Die Verschwörung der Illuminaten

Teil III

Sammer Bruno

Die Verschwörung der Illuminaten

Teil III

Bibliografische Information der Deutschen Nationalbibliothek
Die Deutsche Nationalbibliothek verzeichnet diese Publikation in der Deutschen Nationalbibliografie; detaillierte bibliografische Daten sind im Internet über http://dnb.dnb.de abrufbar.

© 2015 Bruno Sammer
Satz, Umschlaggestaltung, Herstellung und Verlag: BoD – Books on Demand
ISBN 978-3-7392-7207-8

Wir zerstören den Rhythmus der Menschen und lassen nur die leeren Körperhüllen zurück.

Einleitender Einblick über die detaillierten Pläne der Illuminaten und deren Umsetzung zum Aufbau einer Weltherrschaft

Hinweis: Die einzelnen Berichte überschneiden sich bei den Inhalten gelegentlich.

Großbritannien als Vorreiter

Fließen auch verschiedene historische Stränge bei der Umsetzung unserer Pläne zusammen, so stellt die Eroberung Englands im Jahre 1066 durch Wilhelm, den Herzog der Normandie, sicherlich einen alles entscheidenden Schritt dar. In groben Zügen lassen sich diese umwälzenden Ereignisse noch heute auf dem Teppich von Bayeux nachvollziehen, einem mit Bildern und Texten bestickten Wandbehang, der kaum jemand unbeeindruckt zurücklässt. Wobei dieser natürlich nur dem Auge des Betrachters dient und nichts über die wahren Hintergründe preisgibt. Lagen doch dieser Eroberung, die durch Papst Alexander II. ermutigt und unterstützt wurde, unsere weitreichenden Überlegungen zugrunde, die dann in genau aufeinander abgestimmten Schritten umgesetzt wurden.
Arbeitet man nun die wichtigsten Änderungen, die die Eroberung mit sich gebracht hat, heraus, so ergeben sich folgende Gegebenheiten:
Der neue König beseitigte umgehend die einheimischen herrschenden Klassen und ersetzte sie durch seine Gefolgsleute, was einen Austausch der Aristokratie sowie der klerikalen Hierarchie zur Folge hatte.
Doch gab sich der Herrscher damit noch nicht zufrieden. Entscheidend für eine nahezu unumkehrbare, weit in die Zukunft wirkende Situation war die vom ihm durchgeführte Aufoktroyierung neuer Gesetze, die auf dem römischen Zivilrecht basierten, und die bereits im europäischen Mittelalter als Grundlage für die Rechtsordnung dienten. Den wichtigsten Punkt bei der Durchführung dieser Gesetze bildete dabei ein Konkursverfahren, das den notwendigen Verkauf des Eigentums eines Schuldners zugunsten seiner Gläubiger vorsieht. Auch der Landbesitz eines Adeligen war dabei nicht mehr unantastbar – ein im vornormannischen England undenkbarer Umstand. 150 Jahre später untermauerte die Magna Charta noch einmal die Möglichkeit der Enteignung von zahlungsunfähigen Adeligen zugunsten ihrer Gläubiger.
Diese von den Historikern – den von uns beeinflussten und bezahlten Historikern – nur am Rande gestreiften Umwälzungen können mit Recht als der Beginn des kapitalistischen Zeitalters betrachtet werden: – die Übertragung der Macht von der Aristokratie auf eine sich fast unbemerkt bildende neue Klasse von Bankiers und Kaufleuten.

Der nächste Schritt:
Die Gründung der Bank of England (1694).
In den folgenden Jahrhunderten, die der Eroberung Englands folgten, war durch eine Serie von Kriegen und Bürgerkriegen die Staatskasse weitgehend leer gefegt. Verschiedene Versuche, sie mittels weiterer Steuern wieder aufzufüllen, hatten bereits in der Vergangenheit zu Unruhen in der Bevölkerung geführt. Als 1693 noch der Smyona- Konvoi von den Franzosen überfallen wurde – für den

Aufbau der Royal Navy, die einen weitgehenden Schutz gewährleistet hätte, fehlten ebenfalls die Mittel -, stand die Zahlungsunfähigkeit des Staates kurz bevor. Zudem verschärfte sich die Krise durch einen bevorstehenden Krieg mit Frankreich noch. Diese Umstände bewirkten, dass sich niemand bereit fand, König Wilhelm III. und Königin Mary II. weiteren Kredit einzuräumen.
Hier schlug die Stunde William Patersons, eines Schotten, der zusammen mit Michael Godfrey und Charles Montagu, dem damaligen Finanzminister, einen Plan vorlegte, der die wirtschaftliche und politische Situation Englands, und auch der Welt, für immer verändern sollte. Paterson, ein internationaler Unternehmer, der als der Ideengeber fungierte, hatte bereits verschiedene Finanzmethoden ausgeheckt und hielt sich daher für die geeignete Person, dem König aus der Patsche zu helfen. Der Vorschlag, den er präsentierte, sah vor, eine Aktiengesellschaft ins Leben zu rufen, aus deren Vermögen der Regierung Kredite zu günstigen Zinsen angeboten werden sollten, die durch künftige Steuereinnahmen gesichert wären. Des weiteren könnten die Aktionäre Zinsgewinne auf ihre Einlagen erhalten, und die Gesellschaft zudem als Bank auftreten, private Kredite gewähren und auch eigene Banknoten herausgeben.
Der Vorteil für die Regierung lag auf der Hand: Hätte sie doch dadurch eine zuverlässige und dauerhafte Geldquelle zur Verfügung.
Der Plan stieß beim Parlament erwartungsgemäß auf Ablehnung. Doch Charles Montagu, der auf Drängen des Königs handelte, schaffte es schließlich den Widerstand des Parlaments zu zerschlagen und ließ eine Charta ausarbeiten, die am 27. Juli 1694 unterzeichnet wurde.
Auch gelang es, 1268 Gläubiger zu gewinnen, die der Regierung eine Anleihe in Höhe von 1,2 Millionen Pfund zur Verfügung stellten, zu dem für die damalige Zeit sehr günstigen Kreditzinsfuß (Zinssatz) von 8%. Im Gegenzug erhielten die Zeichner der Anleihe das königliche Privileg, eine Notenbank zu gründen mit der Rechtsform einer Aktiengesellschaft. Der Firmenname: The Governor and Company of the Bank of England. Die Notenbank erhielt dazu das Recht, Banknoten in Höhe des Darlehens auszugeben und private Bankgeschäfte zu betreiben.
Hier ist es wichtig festzuhalten, dass der Regierung keine Edelmetalle zur Verfügung gestellt wurden. Sie bekam lediglich Zugang zu den neu emittierten Banknoten. Als Sicherheit erhielt die Bank Anteile an den Zolleinnahmen und Einnahmen aus verschiedenen Steuern. Diese Verbindlichkeiten konnte die Bank umgehend als Kapital geltend machen und das Vielfache als Kredit vergeben. Eine im Bankwesen übliche Vorgehensweise.
Da die neu gegründete Bank es verstand, hübsche Banknoten herauszugeben, mit Unterschriften und eindrucksvollen Siegeln, um auch das Auge zu befriedigen, wurden die Noten anstandslos von den Kunden akzeptiert.
Mit dieser Gründung gelang uns einer der größten Coups. Wir konnten nun Geld aus dem Nichts schaffen. Denn wie einer unser wichtigsten und mächtigsten

Mitgestalter nicht müde wurde zu betonen: „Diejenigen, die das Finanzsystem der Nationen kontrollieren, geben die Handlungsweise der Politiker und Staatsmänner vor und halten damit das Schicksal der Völker in ihren Händen."
So wurde mit einem einfachen „Kunstgriff" die Bank of England ins Leben gerufen, die erste private und staatlich abgesicherte Zentralbank, die zugleich eine Notenbank war. Sie wurde zum Vorbild für viele andere Zentralbanken in Europa. Entscheidend dabei: Die Monarchien und Regierungen wurden durch diese Geldmaschinen vollkommen abhängig gemacht. Kein Wunder, dass die Staatsschulden wuchsen, den Banken dadurch schrittweise mehr Privilegien eingeräumt wurden und ein immer größerer Anteil an Steuergeldern für die Zinsen dieser Staatsschulden aufgewendet werden mussten.

Ein neues Zeitalter: 1700- 1900
Bedingt durch die von uns stetig vorangetriebene Entwicklung des Finanzwesens, wurde eine gravierende Veränderung der Gesellschaften bewirkt, die alles Vorausgegangene in den Schatten stellte. Da Geld sich naturgemäß immer neue „Entfaltungs- möglichkeiten" sucht und zugleich durch die Entdeckung neuer Kontinente eine ungeheure wirtschaftliche Expansion einsetzte, war es nahezu unausweichlich, dass es bei den führenden europäischen Nationen zu einem Ringen um die globale Vorherrschaft kam.
Wie bereits erwähnt, bildete Großbritannien den Vorreiter dieser Entwicklung. So hatten bis zur Mitte des 19. Jahrhunderts Spanien und Portugal einen Großteil ihres Überseebesitzes verloren, und auch Frankreich sowie die übrigen Kolonialmächte erlitten große Verluste bei den einsetzenden Kolonialkriegen.
Ende des 19. Jahrhunderts hatte sich daher Großbritannien als die führende militärische und wirtschaftliche Kolonialmacht fest etabliert und herrschte nahezu über ein Viertel der globalen Landmasse.
Angesichts dieser Umwälzungen zugunsten ihres Landes verwunderte es nicht, dass einige der maßgeblichen britischen Köpfe in Siegestaumel verfielen und ihre Nation als „die beste, menschlichste und ehrenhafteste Rasse der Welt betrachteten." So eine Formulierung von Cecil John Rhodes, der später zu einem der mächtigsten und einflussreichsten Männer des Imperiums aufsteigen sollte.
Natürlich spielten bei diesen Umwälzungen auch die technische Revolution sowie die Fortschritte in der Kommunikation und im Transportwesen eine entscheidende Rolle, um den Kolonialmächten ihre Vormachtstellung zu sichern.
Hinzu kam, dass neben den technischen Neuerungen eine Bewusstseinsänderung einsetzte, begünstigt durch den Buchdruck, der es ermöglichte, politische Theorien und philosophische Richtungen in den Köpfen aller halbwegs gebildeten Menschen fest zu verankern. Werke wie Charles Darwins „Entstehung der Arten mittels natürlicher Auslese" entstanden und wurden eifrig studiert. Dabei lässt der Untertitel dieses Werkes „Die Erhaltung von bevorzugten Rassen im

Kampf um das Leben" bereits ahnen, dass die Ergebnisse der Evolutionstheorie von vielen der damaligen Denker auch auf die gesellschaftliche Entwicklung übertragen wurden. Sahen sie doch darin die Bestätigung ihrer elitären Theorien. So war es nicht verwunderlich, dass Darwins Werk die Basis für zahlreiche Rassenlehren bildete.

Besagte doch eine der Unterthesen, die besonders begierig aufgegriffen wurde, dass die Menschen über Jahrtausende von überlegenen Personen, Rassen oder, noch deutlicher, Blutlinien geführt wurden. So hatte die Elite, folgte man den Thesen, die natürlich insgesamt von unseren Denkern stammen, die diese an abgeschiedenen Orten entwickelten, das „natürlich gegebene" Recht die übrigen Menschen zu lenken und zu führen, nein, noch deutlicher, sie besaß auch die ausdrückliche Pflicht dazu. War doch die Masse nicht in der Lage und verfügte auch nicht über die geistigen Fähigkeiten, eine eigene Lebensplanung durchzuführen.

Einer der eifrigsten Vertreter dieser Lehren war der im Jahre 1819 in London geborene John Ruskin, ein Sozialphilosoph, der in bescheidenen Verhältnissen aufwuchs, und der auch verschiedene Ausprägungen dieser Theorien in kleinem Rahmen persönlich erprobte. Ruskin lehrte Kunstgeschichte in Oxford und war zudem Theosoph und Hochgradfreimaurer. Eines seiner hervorstechendsten Merkmale war, dass er das Talent besaß, Studenten von seinen Ideen zu begeistern. So war einer seiner eifrigsten Schüler der junge Cecil John Rhodes, der später, wie bereits erwähnt, in ungeahnte Höhen aufsteigen sollte.

Cecil Rhodes nun, dem ein außergewöhnliches Geschäftstalent zugeschrieben wurde, schaffte es, die führenden Politiker, Intellektuellen sowie Industrie- und Wirtschaftsbarone zusammenzuführen. Außerdem pflegte er, für die damalige Zeit unerlässlich, hervorragende Beziehungen zum britischen Adel. Im mittleren Alter gründete er eine – in Wirklichkeit von uns ins Leben gerufene – Gesellschaft, die später unter der Bezeichnung „Round Table Group" bekannt werden sollte und die genau unserem Kalkül folgte. Ziel dabei war: " …die Unterwerfung der gesamten unzivilisierten Welt unter britische Herrschaft sowie die Wiedervereinigung mit den Vereinigten Staaten zwecks Etablierung der angelsächsischen Rasse als ein einzigem Imperium."

So einige Zeilen aus dem sogenannten „Glaubensbekenntnis" der Round Table Group.

Die Verwirklichung dieser Pläne.
Obwohl Cecil Rhodes große Macht und ungeheuren Einfluss besaß und viele seiner Vorstellungen deshalb umsetzen konnte (Gründung des Staates Rhodesien etc.), war er trotz allem nicht in der Lage, seinen Traum von der alleinigen Vorherrschaft der angelsächsischen Rasse zu verwirklichen. So war er gezwun-

gen, die Gruppe zu vergrößern, was natürlich ganz in unserem Sinne war, und versuchte deshalb die gesamte globale Elite von einer gemeinsamen Vision zu begeistern. Die bereits bestehenden Pläne wurden neu ausgearbeitet und exakt den jeweiligen politischen Verhältnissen angepasst.
Man kann die von Cecil Rhodes präsentierten Rahmenpläne grob in fünf Punkte gliedern:

Ideologische Wiedervereinigung mit den USA und die Zusammenarbeit mit Gleichgesinnten in anderen Ländern:
Dies gelang weitgehend durch die Gründung von internationalen Organisationen wie: Council on Foreign Relations; European Council on Foreign Relations; die Trilaterale Kommission; die Pilgrim Society; die Bilderberger Gruppe; etc.
Ein besonders wichtiger Faktor: Der geballte Einsatz von Medien zur Beeinflussung und Steuerung der öffentlichen Meinung:
Bei der Schaffung eines globalen Informationsmonopols erschließen sich durch die „neuen" Medien ungeahnte Möglichkeiten, die alles bisherige in den Schatten stellen. Verlage, Nachrichtenagenturen, Radio und TV-Netzwerke sowie die Internetplattformen wurden bereits weitgehend infiltriert.
Errichtung institutioneller Grundlagen:
Völkerbund, daraus hervorgehend die Vereinten Nationen; Schaffung internationaler Organisationen, etc.
Der Einsatz großer finanzieller Mittel, um die Pläne umsetzen zu können:
Im Klartext: Vollständige Kontrolle über das gesamte globale Finanz- und Währungssystem.
Einer unserer größten Coups: Die Vereinnahmung der europäischen Staaten durch die Übernahme ihres bisherigen Geldsystems mit der Einführung des Euro und der damit einhergehenden Manipulation.
Hinzu kam: Die Gründung des Staates Israel durch Großbritannien als Heimat für das jüdische Volk.
Dies stellte einen entscheidenden Punkt dar, der sich als Schlüsselelement entpuppen sollte, da wir dadurch die internationale Finanzelite – meist jüdischer Abstammung – gewinnen konnten. Vor allem die Mitarbeit der Familie Rothschild, die es 1815 geschafft hatte, die Kontrolle über die Bank of England zu erlangen, erwies sich als besonders hilfreich.
Aber auch die Jesuiten, als sehr einflussreiche Interessenvertreter des Vatikans, gingen mit unseren Plänen weitgehend konform. Versucht doch die Kirche, und zwar seit den letzten Kreuzzügen, fieberhaft wieder die Kontrolle über das Heilige Land zu gewinnen.
Selbstverständlich wurden auch der Religion nahestehende Gruppierungen, in denen sich die einflussreichsten, vermögendsten und klügsten Köpfe versammelt hatten, miteinbezogen.

Vor allen anderen: Rosenkreuzer, Theosophen und die Freimaurer bilden dabei das Rückgrat. Gerade für die Freimaurer besitzt ja der Tempel Salomons einen hohen Stellenwert, da er ihnen bei einer Wiedererlangung im Herzen Jerusalems als Hauptloge dienen könnte (Unsere Betrachtung bezieht sich in erster Linie auf die angelsächsische Variante der Freimaurerei). Zieht man nun auch noch die strategische Perspektive mit in Betracht, erweist sich die Gründung Israels als wahrer Glücksgriff. Stellt doch dieser Staat, umgeben von feindlich gesinnten Nationen, allein durch seine bloße Existenz, einen fortwährenden Konfliktherd dar, der die alte kriegerische Formel bestätigt: „Schaffe eine schwere Krise, damit du als möglicher Retter in der Not die Gunst des Volkes gewinnen kannst."

Endspiel!

Unsere Betrachtungen zeigen auf, dass bei geschichtlichen Abläufen der Zufall nur einen sehr geringen Stellenwert besitzt. Mögen auch weltfremde Historiker in ihren Studierzimmern anderer Meinung sein, so bleibt doch die Tatsache bestehen, dass alle wichtigen globalen Ereignisse sorgfältig geplant und auch weitgehend umgesetzt wurden.
Nun endlich sind wir, nachdem über Jahrhunderte mühsame und oft aufreibende Wühlarbeit geleistet wurde, soweit, das Endspiel, gestaltet in drei Akten, ablaufen zu lassen, um uns so die endgültige Herrschaft zu sichern.
Punkt a. Wettermanipulation
Wir haben seit einigen Jahrzehnten darauf hingearbeitet, die Klimahysterie und die Angst vor Umweltzerstörung zu schüren. Denn wer, so unsere Überlegungen, würde sich dem Argument verweigern, dass unser Planet durch industriellen Raubbau, durch Vergiftung und Überfischung der Meere und Verpestung der Atmosphäre auf das höchste gefährdet ist. Unser Hintergedanke dabei: Die Menschen würden, sobald sie nur annähernd das wahre Ausmaß der planetaren Krise erkannt haben, umgehend nach einer regulierenden und kontrollierenden Institution verlangen. Einer Institution, die mehr Befugnisse erhalten würde wie jede andere vor ihr. Und dies sozusagen als Nebeneffekt der von uns erzeugten Krise.
Punkt b. Unruheherde schaffen
Ein sehr wichtiger Punkt, der noch einmal gesondert hervorgehoben werden soll, ist der bereits kurz angedeutete Krisenherd durch die Gründung des Staates Israel. Wie sich schon jetzt abzeichnet, ist es uns dadurch gelungen, immer mehr Staaten im Nahen Osten zu destabilisieren und in ein gewünschtes Chaos zu stürzen. Die von uns an die verschiedensten Gruppierungen gelieferten Waffen sowie die nötigen industriellen Bestandteile zum Aufbau und zur Herstellung von Giftgasproduktion und zur atomaren Bewaffnung bilden dabei einen wesentlichen Faktor. Die Angst vor der herannahenden Apokalypse soll auf diese Weise die Menschen noch manipulierbarer machen.

Punkt c. Finanzkrise
Über diesen Punkt wurde bereits des Öfteren berichtet, da davon die gesamten Abläufe in der Welt betroffen sind. So ist es uns gelungen, die einzelnen Staaten direkt in die Manipulation einzubeziehen. Was im Klartext bedeutet, der viel bemühte und strapazierte Steuerzahler wird herangezogen, um für die von uns absichtlich herbeigeführten Ausfälle bei den Banken zu haften. Mit anderen Worten: Wir haben eine „Melkkuh" geschaffen, die von uns beliebig oft „gemolken" werden kann. Die nicht geringe Kunst besteht nun darin, sie so lange wie möglich am Leben zu erhalten, weshalb wir die unterschiedlichsten Kreditinstitute geschaffen haben.
Einige der wichtigsten:
Der internationale Währungsfond (IWF)
Er umfasst 190 Mitgliedsstaaten, wobei die Vereinigten Staaten den größten Stimmenanteil mit 17 % besitzen. Dies bedeutet, dass die Vereinigten Staaten über eine Sperrminorität verfügen, da die Beschlüsse immer mit einer Mehrheit von 85% getroffen werden müssen.
Die Weltbank
In den 80er Jahren der Inbegriff des Bösen, präsentiert sie sich heute als Finanzinstitution, die darauf ausgerichtet ist, die „Armut" zu bekämpfen. Ihre Schwerpunkte liegen dabei auf der Privatisierung, der Investorenfreundlichkeit und der Einbeziehung der Privatwirtschaft. Sie vergab im Finanzjahr 2012 mehr als 52,6 Milliarden US-Dollar an Krediten, Beteiligungen und Darlehen.
Europäische Bank für Wiederaufbau und Entwicklung (EBWE)
Viel unbekannter in der öffentlichen Wahrnehmung als die Weltbank präsentiert sich die Europäische Bank für Wiederaufbau und Entwicklung. Sie nahm 1991 ihre Arbeit auf, um den Ländern des Ostblocks Demokratie und Marktwirtschaft nahe zu bringen.
Die Europäische Investitionsbank (EIB)
Die Hausbank Europas. Sie fördert das Zusammenwachsen Europas mit großen Infrastrukturprojekten (50-60 Milliarden Euro).
Die Kreditanstalt für Wiederaufbau (KfW)
Bekannter in Deutschland als die oben aufgeführten Banken ist die Kreditanstalt für Wiederaufbau. Sie fördert in erster Linie den Mittelstand, aber auch Exporte deutscher Unternehmen und Entwicklungsprojekte. (2012; 73 Milliarden Euro Kredite).
Festzuhalten ist, dass die Deutsche Bundesregierung in den Verwaltungsräten aller dieser aufgezählten Banken sitzt, mit jeweils bedeutenden Stimmanteilen. Was jedoch noch lange nicht bedeutet, dass sie damit auch deutschen Interessen folgt. Ist es doch gerade mit Unterstützung der Regierungsvertreter möglich, ukrainische Atomkraftwerke oder griechische, slowenische und südafrikanische Kohlekraftwerke länger laufen zu lassen. Die lauthals propagierte Transparenz

steht dabei nicht auf ihrer politischen Agenda. Was natürlich in unserem Sinne ist, da gerade die Undurchschaubarkeit und Unübersichtlichkeit aller Abläufe eine unserer stärksten Waffen ist.

Eine weitere wichtige Maßnahme, die man als den ultimativen Sargnagel für jede „Demokratie" bezeichnen könnte, ist die angestrebte Privatisierung. Auf massiven Druck der richtung-weisenden Banken gelangte so der größte Teil der weltweiten Infrastruktur in die Hände internationaler Investitionsfirmen. Die Schuldenkrise in den verschiedenen europäischen Ländern, hervorzuheben ist Griechenland, ist ein Paradebeispiel, wie unsere Helfer und Helfershelfer arbeiten. So wird der betreffende Staat solange in die Schuldenfalle gelockt, bis seine Zinszahlungen so hoch sind, dass er gezwungen ist, die wichtigsten Einrichtungen und Staatsbetriebe zu sanieren oder ganz zu verkaufen, um weitere Darlehen zu erhalten. Unser Augenmerk liegt dabei besonders auf den staatlichen Einrichtungen, da der Staat durch den Ausverkauf seiner eigenen Betriebe so grundlegend geschwächt wird, dass er später nicht mehr in der Lage ist, uns auch noch einen Rest von Widerstand entgegenzusetzen.

Dies gilt aber nicht nur für die kleinen und mittleren Staaten, nein, sogar die wirtschaftlich starken Staaten sind durch diese Methoden in hohem Maße verschuldet und mussten daher den größten Teil ihrer Infrastruktur privatisieren.

Kurz soll auch noch die Rolle der Federal Reserve (FED), ein Zusammenschluss von privaten Aktionären, die als Geldgeber der USA fungieren, gestreift werden. Sie ist es, die die eigentlichen Fäden der Kapitalpolitik in der Hand hält und auch die übrigen Banken kontrolliert. So müssen die Entscheidungen der Weltbank und des IWF von den amerikanischen Mitarbeitern der FED abgesegnet werden. Durch dieses Zusammenspiel bestimmen die leitenden Mitarbeiter der FED letztendlich die Richtlinien der Weltbank und des IWF, die wiederum als Hauptgeldgeber der übrigen Banken fungieren.

Hinzu kommt ein wichtiger Punkt: Die Federal Reserve ist die einzige in den USA operierende private Bank, die ihre Eigentumsverhältnisse nicht offen legen muss. Aufgrund dieser gezielten Geheimhaltung sickern nur sehr wenige Informationen an die Öffentlichkeit. Natürlich handelt es sich bei den Hauptaktionären um die uns bereits bekannten Geldaristokraten.

Betrachtet man nun die bisherigen aufgeführten Beispiele, so weist der Weg eine nur von uns vorgegebene Richtung auf: Wir schaffen eine langandauernde Krisensituation, wobei die Bevölkerung jedoch noch immer der Ansicht ist, sie wäre der „Souverän" im Staat. In Wirklichkeit beruht diese Vorstellung nur auf einem albernen Kinderglauben, den ein von uns indoktrinierter Personenkreis, meist Lehrer und Dozenten, seit langem in die Köpfe der Menschen einpflanzt. Aber auch diese Abläufe folgen einem exakten Plan, der hauptsächlich auf die Trägheit und Gleichgültigkeit der Menschen baut. Denn um die Masse Mensch wirklich aufzurütteln, bedarf es verschiedener brutaler Anstöße. Erst wenn es

zu Massendemonstrationen kommt, erst wenn die Menschen die Straßen bevölkern, erst wenn sie also so handeln wie sie immer handeln, wenn sie glauben zu handeln, ist unsere Zeit gekommen. Nach Bankenkrisen, nach exorbitant steigenden Lebenshaltungskosten, nach der Erkenntnis über das ungerechte Wirtschaftssystem und die ungleiche Verteilung der globalen Ressourcen, dann, dann ist unsere Zeit gekommen.
Die erste Maßnahme wird eine Reform der Vereinten Nationen sein. Ein geschickt eingefädeltes Täuschungsmanöver, da diese Institution ausschließlich von uns gegründet wurde, eben aus der Absicht heraus, den Menschen das Gefühl zu geben, mitbestimmen zu können. Diese Maßnahme wird der direkte Weg, fast ist man versucht zu sagen, die bequeme Straße zur beabsichtigten Weltregierung sein. Umfasst sie doch Regierungsvollmachten, die alle Nationen betreffen werden, einschließlich Polizeiaufgaben und, für größere Konfliktsituationen, die notwendigen Militärkontingente.
Ist erst einmal der Widerstand gebrochen, bedarf es nur noch weniger, bereits weitgehend vorhandener Lenkungsinstrumente, um den letzten rebellierenden Geistfunken in den Köpfen der Masse für immer zum erlöschen zu bringen:
-Einführung eines bargeldlosen Zahlungssystems, um jeden Rückgriff auf mögliche finanzielle Reserven zu unterbinden.
-Einführung von persönlichen RFID-Chips, vorerst in den Personalpapieren, später als Körperimplantate.
-Großzügige Ausweitung von modernen Medien zur Durchdringung und Zersetzung der gesamten Gesellschaft auf „freiwilliger" Basis.
Und, und, und …
Der Art der möglichen Repressionen sind natürlicherweise keine Grenzen gesetzt.
Fazit: Es wird ein böses Erwachen geben, falls das von uns herbeigeführte Dahindämmern überhaupt noch ein Erwachen, ein kurzes geistiges Aufflackern zulässt. Der Traum vom Leben der Menschheit in einem goldenen Zeitalter, von ewigem Frieden und von Harmonie, von unzähligen Philosophen und anderen Phantasten geträumt, wird in einem Alptraum eines repressiven Überwachungsstaates enden.
Denn wir, und damit verrate ich keine Geheimnisse, herrschen durch die Erzeugung von Zwistigkeiten unter den Menschen, durch das Hervorrufen von Not und Gewalt und durch das Schaffen von Angst in den Köpfen der Menschen. Angst, die die Menschen lähmt, und die sie zu jeder Gegenwehr unfähig macht.

Generalplan XXX

Nachdem wir den Massen den Begriff der Selbstbestimmung eingetrichtert haben, werden wir die Bedeutung der Familie und ihre erzieherischen Werte vernichten. Wir werden es zu verhindern wissen, dass aus ihren Reihen hochbegabte Persönlichkeiten erstehen, und sollten sie dennoch vorhanden sein, so wird die von uns geleitete Masse sie nicht hochkommen lassen, sie bei der ersten besten Gelegenheit niederschreien. Ist sie doch gewohnt, nur uns zu folgen, da wir ihren Gehorsam und ihre Aufmerksamkeit gut bezahlen. Auf diese Weise werden wir uns eine blindgefügige Macht schaffen, die gar nicht imstande sein wird, etwas gegen den Willen unserer Vertreter zu unternehmen, denen wir die Leitung der Masse anvertraut haben. Das Volk wird sich ihrer Herrschaft willig unterwerfen, denn es wird wissen, dass es von ihnen jederzeit Arbeit, Geld und sonstige Vorteile erhalten kann …

Dubai (2009)
Hotel Atlantis

„Können Sie mir verraten, warum Sie ausgerechnet Dubai, und noch dazu", Hausladen drehte den Kopf in alle Richtungen, „dieses seltsame Hotel ausgewählt haben, um mich zu treffen?", fragte er neugierig.
Sein Gesprächspartner, der es sich auf dem ausladenden Sessel, der mit feinstem Krokodilleder überzogen war, bequem gemacht hatte, winkte ab. „Wenn Sie erst meine Geschichte gehört haben, dann werden Sie auch die Gründe verstehen, warum ich diesen Ort ausgewählt habe", antwortete er.
Hausladen, der langjährige Reporter eines großen deutschen Populärmagazin, schüttelte den Kopf. „Ich kenne noch nicht einmal Ihren Namen", sagte er stirnrunzelnd. Er betrachtete sein Gegenüber, einen älteren Mann mit undurchdringlicher Miene, der einen maßgeschneiderten Anzug trug und dessen gepflegtes Haar feine weiße Strähnen durchzogen. „Mein Chef beorderte mich vor einigen Stunden in sein Büro, drückte mir wortlos ein Flugticket in die Hand und verabschiedete mich darauf mit den dürren Worten: „Alles weitere ist bereits geregelt. Hotelreservierung und was sonst noch dazu gehört. Also machen Sie sich unverzüglich auf die Socken! Und während er noch einen lang andauernden Blick auf meine roten Socken warf, die wie immer deutlich zu erkennen waren, da ich die Gewohnheit habe zu kurze Hosen zu tragen, lachte er noch anzüglich, was, wie ich aus dem langen Umgang mit ihm zur Genüge kenne, nichts Gutes bedeutet."
„Und jetzt sitzen Sie hier", bequemte sich der Andere nach einigen Sekunden des Nachdenkens zu antworten. „Und was Ihre Frage betrifft: Mein Name ist Eicke. Einfach Eicke."
„Vermutlich ein falscher Name?", warf Hausladen ein. „Oder irre ich mich?"
„Lassen wir einfach die Angelegenheit mit dem Namen auf sich beruhen", war Eicke nicht aus der Ruhe zu bringen und machte eine wegwerfende Handbewegung. „Viel wichtiger ist das, was ich Ihnen zu berichten habe."
„Und warum ist man ausgerechnet auf mich gekommen?", fragte Hausladen, der langsam neugierig wurde, rasch nach.
Eicke lachte etwas gequält. „Weil Sie uns als sogenannter Whistleblower aufgefallen sind", sagte er. „Ihre Reportagen aus Afrika, China und Südamerika waren ausgezeichnet recherchiert. Sie scheinen sich immer sorgfältig auf eine Aufgabe vorzubereiten", sagte er zustimmend. „Nur haben Sie, wie nicht anders zu erwarten, die wahren Zusammenhänge leider nicht erkannt, was Ihrem Gesundheitszustand vermutlich zuträglicher war."
Hausladen zuckte kurz zusammen. „Ich weiß, was Sie damit andeuten wollen", sagte er. „Die gewalttätigen Gesellschaften, in denen ich mich für meine Reportagen bewegen musste, waren alles andere als angenehm. Dort sitzt die Waffe bekanntlich sehr locker."

Eicke schüttelte verneinend den Kopf. „Das meinte ich nicht mit meiner Anmerkung. Der wahre Feind lauert im Verborgenen. Er schlägt genau dann zu, wenn es niemand von ihm erwartet." Er warf einen kurzen Blick auf die große Uhr, die über ihnen an einem dünnen vergoldeten Rohr angebracht war, und die ein großes Dreieck bildete, das von symbolisierten Sonnenstrahlen eingerahmt war. Hausladen, der seinem Blick gefolgt war, winkte gereizt ab. „Ich weiß, auf was Sie hinaus wollen." Er wies auf die Uhr. „Die Freimaurer, die Illuminaten, die Rosenkreuzer und wer sonst auch immer lenken die Welt." Er verzog das Gesicht und wandte sich der Uhr zu. „In jedem Dreieck, in jeder Abstufung dieses Dreiecks, in jedem noch so kleinen Sonnenstrahl sehen diese Leute geheimnisvolle Zeichen für die Allmacht Gottes und dessen Stellvertreter hier auf Erden. Selbst in Dubai, einem arabischen Land, das über genügend eigene Symbole verfügt."

„Wollen Sie nun eine Story oder nicht?", ging Eicke nicht auf ihn ein. „Oder wollen Sie mit leeren Händen zurückkehren? Ihrer Karriere wird das sicherlich nicht förderlich sein."

„Wenn ich gewusst hätte, was mir mein Chef aufs Auge drückt, dann ...", Hausladen suchte nach den passenden Worten.

„ ...dann wären Sie zu Hause geblieben", ergänzte Eicke und grinste breit. „Habe ich Recht?"

Hausladen nickte nur.

„Offensichtlich wissen Sie auch über die Rolle Ihres Vorgesetzten nicht Bescheid", fügte Eicke hinzu. Er winkte brüsk ab, als Hausladen zu einer Antwort ansetzen wollte. „Auch er ist einer von uns, wenn auch in einer untergeordneten Position, so wie fast alle Medienleute."

„Sprechen Sie!", forderte Hausladen Eicke nach kurzem Zögern auf. „Erzählen Sie mir, was es zu erzählen gibt!"

„Ich hoffe nur, Sie sind sich über die möglichen Konsequenzen im Klaren", fügte Eicke noch an. „Aber wie aus Ihrem bisherigen Lebenslauf hervorgeht, lieben Sie das Risiko."

„Sprechen Sie endlich!", drängte Hausladen.

„Gut!", nickte Eicke. „Noch eine letzte Warnung. Denken Sie an den Popkönig Michael Jackson."

„Michael Jackson?", fragte Hausladen ungläubig. „Was hat dieser pädophile und schrille Sänger damit zu tun?"

„Obwohl seine Lebensweise oft Missfallen bei manchen Menschen erregte, wusste Jackson über gewisse brisante politische Abläufe Bescheid", wies ihn Eicke darauf hin.

„Wollen Sie mir weismachen, dass er eine Art versteckter Menschenfreund war, ja, dass er sogar die Menschheit vor weiterem Unheil bewahren wollte und deshalb ..."

„Sie haben es richtig erfasst", unterbrach Eicke. „Ja, er wurde zum Schweigen gebracht."

„Was kann ein Sänger mit bestimmt nur rudimentären Kenntnissen über verborgene Zusammenhänge schon groß ausplaudern, frage ich Sie?"
„Da schätzen Sie die Situation völlig falsch ein", sagte Eicke. „Allein sein Bekanntheitsgrad hätte genügt, ungeheures Aufsehen zu erregen. Selbst wenn er seine Botschaft nicht klar genug hätte formulieren können."
„Vielleicht haben Sie Recht", musste Hausladen einräumen. „Sein Tod wirft heute noch viele Fragen auf. Aber nun kommen Sie endlich zur Sache! Was wollten Sie mir mitteilen?"
Eicke überlegte einen langen Moment. „Haben Sie sich schon einmal Gedanken darüber gemacht, warum in den letzten Jahren oder Jahrzehnten das politische Gewicht der einzelnen Staaten immer mehr abgenommen hat? Heute wird die Welt weitgehend von Finanzdynastien und global agierenden Konzernen beherrscht."
„Das ist nichts Neues", winkte Hausladen ab. „Auf was wollen Sie hinaus?"
„Nur dass die Situation inzwischen eine neue Dimension erreicht hat", gab sich Eicke unbeeindruckt. Er warf einen abschätzenden Blick auf Hausladen. „Inwieweit sind Sie über die wirklichen Herrschaftsverhältnisse informiert?"
„Ich verfüge über Kenntnisse eines aufgeklärten Bürgers mit durchschnittlichem Bildungshintergrund", sagte Hausladen gereizt und rutschte unruhig in dem Sessel hin und her.
„Also Sie wissen nichts", sagte Eicke. „Um die Lage richtig einschätzen zu können", fuhr er fort, „müssen wir kurz die Personengruppe streifen, die die Fäden zieht, und ihre Organisationen. Denn hier liegt der Schlüssel für das weitere Verständnis."
„Vermutlich die bereits erwähnten Freimaurer, Illuminaten, Druiden und so weiter", warf Hausladen ein und erhob sich. „Die alte Leier."
„Bleiben Sie sitzen, Sie arroganter Narr!", wurde Eicke grob und deutete auf den Sessel.
Hausladen überlegte kurz und ließ sich darauf leise stöhnend wieder in den Sessel zurückfallen.
„Zum ersten Mal in der Geschichte der geheimen Gesellschaften ist etwas geschehen, mit dem niemand in absehbarer Zeit gerechnet hatte", sagte Eicke. „Sie haben ihren über Jahrhunderte währenden Streit beigelegt."
„Hat deshalb die von Ihnen erwähnte Situation eine neue Dimension erreicht?", wurde Hausladen neugierig.
„So ist es!", nickte Eicke. „Trotz Ihrer störrischen Haltung gegenüber diesen Dingen besitzen Sie eine rasche Auffassungsgabe", lobte er.
Hausladen grinste etwas gequält. „Mit plumpen Schmeicheleien …"
„Ach, was!", unterbrach Eicke. „Lassen Sie mich weiter berichten! Die angelsächsischen Freimaurer und der zweite große Dachverband, der Grand Orient de France (Großorient von Frankreich), haben zwar anfänglich noch freundschaft-

liche Kontakte untereinander gepflegt, trennten sich jedoch 1877 endgültig im Streit."

„Und nun sind sie wieder vereinigt?", fragte Hausladen ungeduldig.

„Das sind sie!", stimmte Eicke zu. „Und das ist noch nicht alles. Noch wichtiger ist, dass auch das jüdische Kapital, das in früheren Zeiten immer eigene Wege ging, sich ebenfalls mit den traditionellen Finanzdynastien vereinigt hat. Alle diese Gruppierungen sitzen nun gemeinsam in den Logen und entscheiden über das Schicksal der Erde."

„Bei den Finanzdynastien handelt es sich bestimmt um alte Bekannte?", fragte Hausladen.

„Ja, es sind die bekannten drei", bestätigte Eicke. „Rothschild, Rockefeller und die Windsors."

„Auf der bekannten Forbes-Liste findet man aber keinen dieser drei Namen", entgegnete Hausladen nachdenklich.

„Natürlich nicht", sagte Eicke. „Sie wissen ihr Geheimnis zu wahren." Er wandte sich an Hausladen. „Begreifen Sie langsam die Strategie der drei? Und warum sie ausgerechnet in diese arabische Wüstenecke investiert haben? Denn sie haben die Vereinigten Emirate mit Dubai, Kuwait und Bahrain, Saudi Arabien, Katar und Oman vollkommen umgekrempelt. Mit ihrem Geld! Das meiste stammt von den Privatbanken der Rockefeller, von der FED, von Goldman-Sachs, der J.P.Morgan-Gruppe und den Rothschilds aus der Londoner City sowie der Bank of England."

„Es hat den Anschein, dass es sich um die Aufrechterhaltung des Erdöl-Monopols handelt", bemerkte Hausladen.

„Um das Monopol dieser beiden Familien", präzisierte Eicke, „denn die Rothschilds und die Rockefellers gründeten gemeinsam die Carlyle-Gruppe. Eine Gruppe, bei der sich die finanziellen Interessen der Illuminaten mit denen der arabischen Aristokratie treffen. Aber auch dunkle und anrüchige Geschäfte werden von den Genannten abgewickelt. Und immer mit dabei: Die Familie Bush, bin Laden, Sarkozy, Maurice Strong, Kerzner, Rumfeld und auch „slicky" Bill Clinton und seine Frau."

„Die Familien benutzen offensichtlich die Politik als privates Geschäfts- und Bereicherungsmodell", sagte Hausladen.

„Was außer Frage steht", stimmte Eicke zu. „Hören Sie weiter! Der brisante Teil meiner Ausführungen kommt erst." Er sammelte rasch seine Gedanken. „Diese Gruppe dreht ein noch viel größeres Rad", fuhr er fort. „Werfen Sie einen Blick nach China. Und was sehen Sie? Ein Land, das durch den maoistischen Steinzeitkommunismus fast vollständig ruiniert war. Bei dem Stichwort Mao wird sofort eine andere Assoziation deutlich. Sein Land, völlig am Boden, steigt plötzlich wie das vielbemühte Federvieh der Mythologie aus der Asche empor und schickt sich innerhalb weniger Jahre an, eine der wichtigsten Mächte der Welt zu werden. Kennen Sie Vergleichbares?"

„Ich weiß, auf was Sie anspielen!", nickte Hausladen. „Der wirtschaftliche Aufschwung unter den Nationalsozialisten."
„Ja, sie benützen immer das gleiche Modell", bestätigte Eicke. „Deutschlands Aufschwung sowie der Chinas, beides wurde allein durch die riesigen Kredite der westlichen Banken möglich."
„Aber wir sitzen hier in Dubai", meldete Hausladen Zweifel an. „Und Sie sprechen von China. Üben Sie sich in einem politischen Rundumschlag? Was hat das Ganze miteinander zu tun?"
„Ich verstehe Ihre Unruhe", sagte Eicke. „Die Lage gestaltet sich manchmal etwas kompliziert. Vorweg soviel: Erneut finanzieren die gleichen Geldgeber, reich geworden durch ihre Öleinnahmen, alle Parteien. Nun in Asien. Sie wollen ein bestimmtes Gleichgewicht zwischen Japan, China und Russland aufrechterhalten und spielen dabei mit dem sogenannten „Eurasischen Schachbrett." Ein Ausdruck, der von westlichen, insbesondere von anglo-amerikanischen Denkern geschaffen wurde, und der in verschiedenen immer wieder leicht abgewandelten Versionen existiert, um einzelnen Nationen die theoretische Grundlage für ihre Weltherrschaftsansprüche zu liefern. Er geht besonders auf Homer Lea, Alfred Thayer, den Haupttheoretiker des angelsächsischen Navalismus, Sir Halford Mackinder, der geopolitische Mann, wie er oft genannt wird, und andere zurück. In jüngster Zeit tritt auch der ehemalige Sicherheitsberater Jimmy Carters, Zbigniew Brzezinsky mit seinen strategischen Überlegungen in den Vordergrund. Sein wohl bekanntestes Buch zu diesem Thema: „The Grand Chessboard". Aber auch Thomas P.M. Barnett ist zu erwähnen mit „The Pentagon`s New Maps" und „Blueprint for Action ..."
„Fehlt nur noch Karl Haushofer", unterbrach Hausladen.
„Spielen Sie damit auf die Nähe Haushofers zu den Nationalsozialisten an?", fragte Eicke kopfschüttelnd.
„Nein, nein", wiegelte Hausladen ab. „Der Name schwirrt mir nur so im Kopf herum."
„Nur um das richtig zu stellen", sagte Eicke. „Hier wird Grundlegendes verwechselt. Haushofer, ein bayerischer General und Gründer der Zeitschrift für Geopolitik, war zu keinem Zeitpunkt ein Ideologe des Dritten Reiches."
„Und weiter?", fragte Hausladen. „Wie geht es weiter?"
Eicke winkte ab. „Die Grundlinien der Illuminaten haben sich bereits klar herausgeschält. China und Russland wurden von den erwähnten Geldgebern zu militärischen und wirtschaftlichen Weltmächten erhoben, um die beiden in naher Zukunft in einen zentralasiatischen Krieg zu verwickeln. Schließlich können das nur hochgerüstete Nationen", führte er aus.
„Geht es um die riesigen Rohstoffvorkommen Zentralasiens?"
„Um was denn sonst", nickte Eicke. „Die Strategen zielen dabei auf einen lokalen Krieg ab. Der teuflische Plan, der bereits seit langem fertig ausgearbeitet in der

Schublade liegt, unter Federführung der FED, die zu einem passenden Zeitpunkt eine finanzielle Weltkrise herbeiführen wird, sieht vor, dass das rohstoffarme China die riesigen Ölvorkommen Zentralasiens in Kasachstan, Turkmenistan, Usbekistan und weiter bis zum Kaspischen Meer angreifen wird, um sie in ihre Gewalt zu bekommen ..."

„Da kann Russland nicht mehr beiseite stehen", unterbrach Hausladen aufgeregt." Er schüttelte den Kopf. „Nur ist mir nicht recht klar, wie sich die Westmächte dabei verhalten werden. Nehmen sie nur einen Beobachterstatus ein? Dabei haben sie ja das Ganze ausgeheckt."

„Unsinn!", wehrte Eicke ab. „Die Stunde der Internationalen Organisationen wie NATO, UNO und anderen, alle von den USA gesteuert und sämtlich von den Illuminaten unterwandert, wird schlagen. Sie werden versuchen die Rolle eines Schiedsrichters zu übernehmen mit dem Ziel, den Krieg zwischen China und Russland, der leicht in einem Weltbrand enden könnte, in verschiedenen Punkten zu beeinflussen:

a) Keine der beiden Kriegsparteien darf seine Nuklearwaffen einsetzen.
b) Der Krieg soll auf Zentralasien beschränkt bleiben.
c) Der Konflikt soll auch keine Nachbarstaaten miteinbeziehen (Mögliche Krisenherde bilden dabei Indien, Pakistan, Korea und auch Japan).

Da ohne Zweifel der Westen Russland kulturell näher steht als China, obwohl auch hier gewaltige Unterschiede vorhanden sind, wird er, aller Voraussicht nach, allein Russland unterstützen. Hinzu kommt, dass auch Korea und Japan der westlichen Einflusssphäre unterworfen sind, also mögliche Verbündete darstellen.

Unsicher bleibt jedoch nach wie vor die Reaktion Indiens und Pakistans, da beide Staaten über Nuklearwaffen verfügen.

Festzustellen bleibt jedoch, dass die USA und die übrigen Staaten der Nato sich auf keinen Fall in den Konflikt mit hineinziehen lassen, da das Risiko einfach zu groß wäre. Nein, auch diesmal zielt alles auf einen Erschöpfungskrieg ab. Eine altbewährte Strategie, die besonders in den Weltkriegen und bei vielen anderen Konflikten angewendet wurde.

Verfügt man nun über eine kleine Portion okkultes Hintergrundwissen, so springen einem bei der Vorstellung dieser Pläne unverzüglich die Vorgaben und Richtlinien des legendären Großkommandeurs des Obersten Rates der Südlichen Jurisdiktion des A. und A. Schottischen Ritus von Nordamerika Albert Pike ins Auge, der bereits im Jahre 1890 drei Weltkriege voraussagte, die schrittweise zur Beherrschung Eurasiens führen sollten, wobei er aus seiner damaligen Sicht strikt auf das Britische Empire setzte. Was, betrachtet man die bestehenden Herrschaftsverhältnisse, nur eine geringfügige Abweichung und Verschiebung bedeutet."

„Die alten Seilschaften blieben Ihrer Meinung nach weitgehend intakt?", fragte Hausladen.

„Besitzen Sie eine andere Sicht der Dinge?", fragte Eicke süffisant zurück.

„Nein, natürlich nicht", musste Hausladen einräumen. „Jetzt wird mir auch die Strategie der Amerikaner einsichtig", sagte er nachdenklich: „Die Inbetriebnahme eines weltweiten Raketenabwehrsystems, um Westeuropa vor den Langstreckenraketen aus Nordkorea und dem Iran zu schützen! Besonders Polen und Tschechien bildeten dabei eine tragende Rolle."

„Langsam begreifen Sie die Zusammenhänge", nickte Eicke zufrieden, „Aber lassen Sie mich noch einige Details erläutern. Tibet ..."

„Was ist damit?", wurde Hausladen neugierig. „Das Dach der Welt spielt doch bei diesen Überlegungen kaum eine Rolle."

„Erinnern Sie sich noch an die teilweise an Hysterie grenzenden Aufmacher in den Medien, als die Chinesen die höchstgelegene Eisenbahn der Welt bauten?", fragte Eicke zurück. „Wobei Ostchina mit der Hauptstadt Lhasa verbunden wurde."

„Ja, natürlich", nickte Hausladen. „Ein technisches und logistisches Meisterwerk ohnegleichen."

„Und warum glauben Sie haben die Chinesen diesen Kraftakt unternommen?"

Hausladen zögerte einen Moment. „In den Medien wurde es so dargestellt: um den Tourismus in dem bitterarmen Tibet anzukurbeln", sagte er. „Aber nach Ihren Ausführungen glaube ich nicht mehr so recht daran."

„Tourismus ankurbeln?", sagte Eicke und lachte laut. „Eine Eisenbahnlinie, die auf bestimmten Strecken die Höhe von 5000 Metern erreicht. Wo die Personenzüge mit Sauerstoffapparaten ausgerüstet sein müssen, um die Gesundheit der Reisenden nicht zu gefährden. Tourismus! Ein Witz sondergleichen. Die Leichtgläubigkeit der meisten Menschen ist kaum zu überbieten." Er überlegte einen Augenblick. „Übrigens haben Sie sich schon einmal Gedanken darüber gemacht, wer die gigantische Aufgabe finanziert haben könnte?"

Hausladen zögerte. „Nun, die Chinesen haben doch genügend Devisen angesammelt", sagte er. „Sie werden die Eisenbahnlinie aus eigenen Mitteln finanziert haben, denke ich."

Eicke schüttelte den Kopf. „Für diese Investition waren über 30 Milliarden Dollar nötig", führte er aus. „Dies hätte auch die Chinesen überfordert. Nein, es wurden amerikanische Kredite zur Verfügung gestellt, und es floss internationales Kapital. Es mussten schließlich Hunderte von Tunnels gebohrt und unzählige Brücken gebaut werden. Dieser Ausbau der Infrastruktur hat es erst ermöglicht, dass Tibet zur größten Waffenschmiede der Welt herangewachsen ist, der eigentliche Sinn all dieser Maßnahmen. Amerikanische und westeuropäische Rüstungskonzerne bauen dort, streng geheim, die militärische Macht Chinas auf."

„Klingt einleuchtend", sagte Hausladen. „Denn dazu würde auch die sonst unverständliche Abschottungsstrategie Tibets passen." Er warf einen fragenden Blick

auf Eicke. „Wird deshalb ein riesiges Gebiet von der Außenwelt isoliert, um dort in Ruhe einen militärischen Komplex aufbauen zu können?"
„Einen militärischen Komplex sondergleichen", bestätigte Eicke. „In Tibet wurden zahllose unterirdische Anlagen für Langstreckenraketen und für andere Waffen gebaut. Von dort aus können die Chinesen die Russen oder auch andere Ziele beschießen. Hinzu kommt, dass Tibet militärisch nahezu uneinnehmbar ist. Selbst mit Hilfe der modernsten Satelliten wäre es äußerst schwer, irgendwelche militärischen Ziele auf dieser meist benebelten Hochebene anzupeilen. Und der Landweg ist, wie bereits geschildert, nur über eine Eisenbahnlinie zu erreichen, die von den Chinesen leicht unter Kontrolle zu halten ist."
„Bei Ihren Ausführungen taucht wie von selbst immer wieder ein viel bemühtes Beispiel vor meinem geistigen Auge auf", sagte Hausladen. „Wenn auch damals alles ein paar Nummern kleiner ausfiel als heute."
„Ich weiß, auf was Sie anspielen", sagte Eicke. „Die Aufrüstung Deutschlands unter den Nazis. Besonders sticht dabei der Autobahnbau ins Auge. Auch damals waren wie selbstverständlich US-Banken mit den nötigen Krediten mit von der Partie." Er lachte leise. „Ich habe in Goebbels Tagebüchern nachgelesen, dass sich dieser darüber mokierte, dass die modernsten Autobahnen der Welt, der ganze Stolz Deutschlands, nur unter der Voraussetzung gebaut werden konnten, dass damit auch eine militärische Nutzung verbunden war."
„Jedenfalls trug der Bau dazu bei, die Arbeitslosigkeit im Dritten Reich weitgehend zu beseitigen", sagte Hausladen.
„Ein weiterer Mythos, der von den damaligen Machthabern geschickt ausgestreut wurde", winkte Eicke ab. „Wenn man sich die Zahlen genauer betrachtet, dann stehen sechs Millionen Arbeitslosen ziemlich genau zweihunderttausend Personen gegenüber, die mit dem Ausbau der Autobahnen beschäftigt waren. Wohl kaum genug, um die grassierende Arbeitslosigkeit zu beseitigen. Nein, das eigentliche Geschäft bildete die Rüstungsindustrie, genau: der militärisch-industrielle Komplex, wie man ihn heute bezeichnen würde. Und nach dem gleichen Schema wird von den Geostrategen erneut vorgegangen: Erst eine Eisenbahn, die militärischen Zwecken entsprechen muss, um genau dem erwähnten Komplex dienen zu können. Und um den Schwerindustriekonzernen einen ausreichenden Absatzmarkt in Tibet zu sichern."
„Schürt der Westen auch gleichzeitig die Unruhen im Kaukasus, in der Ukraine und in Afghanistan?", fragte Hausladen.
„Selbstverständlich", nickte Eicke. „es werden von den westlichen Strategen immer die besten militärischen Koordinaten gesucht, um im geplanten Krieg eine gute Ausgangsposition zu haben. Besonders Afghanistan ist ein sehr geeigneter Koordinatenpunkt bei dieser geplanten Operation. Die Berichte über den wachsenden Anbau von Mohn, die von den westlichen Medien in schöner Regelmäßigkeit breitgetreten werden, spielen dabei nur eine untergeordnete

Rolle. Sie dienen nur als Ablenkungsmanöver. Natürlich wird das Rauschgift auch dazu benötigt, um vor allem die Jugend ruhig zu stellen und zu zerstören. Sozusagen als Sedativa gedacht."
„Ihre Schilderung ist an Zynismus kaum zu überbieten", stöhnte Hausladen leise. Eicke zuckte die Schultern. „Humanitätsgeschwafel hat in den Plänen der Illuminaten keinen Platz", sagte er kalt. „Für sie stellt der Mensch einen jederzeit verfügbaren Produktionsfaktor dar und sonst nichts." Er winkte ab, als Hausladen zu einer Antwort ansetzen wollte. „Lassen Sie mich weiter berichten! Sicher ist, dass die westlichen Generalstäbe schon lange an den Plänen eines zentralasiatischen Krieges arbeiten. Dabei werden alle nur denkbaren Optionen durchgespielt."
„Ist die Person bekannt, die für dieses Projekt verantwortlich zeichnet?", fragte Hausladen.
„Ja", nickte Eicke. „Es handelt sich um Anders Rasmussen, den Generalsekretär der Nato. Ein sehr fähiger und auch sehr williger Mann."
Hausladen schüttelte den Kopf. „Folgt man Ihren Schilderungen, dann schält sich heraus, dass China gegenüber Russland klar im Vorteil ist", sagte er, noch immer kopfschüttelnd. „China verfügt über ungeheure Menschenmassen. Es ist hochgerüstet und hat durch das von ihm okkupierte tibetische Hochland noch eine extrem günstige Ausgangslage bei einem Konflikt."
„Sie meinen, die Strategie des Westens kann gar nicht aufgehen?", fragte Eicke und grinste.
„Ja", erwiderte Hausladen. „alles erscheint recht unwahrscheinlich."
„Da unterschätzen Sie die Risikobereitschaft der Illuminaten", sagte Eicke. „Sie geben sich nicht mit kleinen, mit überschaubaren Dingen zufrieden. Nein, sie versuchen mit der Welt Pingpong zu spielen. In diesem von Ihnen angesprochenen Einwand spiegelt sich zwar ein mögliches Verliererszenario wider, doch dieses wird gerne in Kauf genommen. Natürlich wurde auch diese Option durchgespielt. Sollte, um bei Ihrem Beispiel zu bleiben, Russland bei dem bevorstehenden Konflikt ins Hintertreffen geraten, kommt selbstverständlich der Westen Russland zu Hilfe, um, Sie ahnen es vermutlich, wieder ein Gleichgewicht zwischen den beiden Supermächten herzustellen …"
„Und auf ein Neues!", unterbrach Hausladen. „Ein Abnutzungskrieg folgt auf den anderen."
„Natürlich. Entscheidend ist jedoch, dass die Westmächte es schaffen, den Einsatz von atomaren Waffen zu unterbinden", gab Eicke zu bedenken. „Denn dies würde alles gefährden."
„Das von Ihnen heraufbeschworene Szenario befindet sich aber noch in weiter Ferne", warf Hausladen ein.
„Nicht so weit, wie Sie vielleicht denken", widersprach Eicke. „Allerdings muss zuvor noch die Umkreisung des Iran, vor allem durch die Massenmedien, in Szene gesetzt werden. Der Iran, so viel ist klar, wird und muss fallen. Dabei

geht es aber in erster Linie nicht um die vorhandenen Ölquellen, sondern, folgt man den von mir aufgezeigten Plänen, um die Sicherung der besten Stützpunkte für den Westen bei dem bevorstehenden Krieg zwischen China und Russland."
Hausladen schwieg eine Weile. „Und weiter? Wie geht es weiter?", fragte er dann. „Die betreffenden Personen haben doch diese Pläne nicht entwickelt, um China zur alleinigen Weltmacht aufsteigen zu lassen. Dies würde keinen Sinn ergeben."
„Sie haben Recht", nickte Eicke. „Vorausschicken möchte ich jedoch, dass dieser Personenkreis keinerlei Skrupel kennt …"
„Solche wahnsinnigen Pläne können doch nur kranken Hirnen entspringen", unterbrach Hausladen aufgebracht. „Man rüstet zwei riesige Staatsgebilde, die bisher in relativer Bedeutungslosigkeit verharrten, mit Hilfe enormer Kredite auf, hetzt sie darauf wie zwei wildgewordene Kampfhunde aufeinander los, und wartet in aller Ruhe ab, was geschieht. Wer von beiden gewinnt? Und was ist mit dem Sieger? Ist er tatsächlich der Sieger oder ist er in Wirklichkeit der eigentliche Verlierer?"
„Richtig erfasst", sagte Eicke. „Der Sieger ist nicht der wirkliche Sieger, denn es wird keinen Sieger geben. Der Sieger ist schließlich, ebenso wie der Verlierer, bis zum Stehkragen verschuldet. Und Schulden müssen irgendwann zurückbezahlt werden. Was schlussendlich bedeutet, dass der Sieger mit den eroberten Rohstoffen zu bezahlen hat. Dies war die eigentliche Absicht dahinter: Zugriff auf die ungeheuren Rohstoffreserven Asiens. Was natürlich dazu führt, dass beide Staaten in kleine und politisch unbedeutende Territorien aufgeteilt und von westlich gelenkten Marionetten regiert werden."
„Ein auf diese Weise ausgelöster Konflikt dürfte sich aber über Jahre hinziehen", warf Hausladen ein. „Bedenken Sie nur die riesigen Menschenmassen und die Materialvorräte, die den beiden Staaten zur Verfügung stehen."
„Die Illuminaten verfolgen seit jeher langfristige Ziele", sagte Eicke unbeeindruckt. „Was sind da schon fünf oder zehn Jahre, die dafür eingeplant wurden."
Hausladen wischte sich über die Stirn, die trotz der angenehmen Temperatur, die in der stark herabgekühlten Hotellobby herrschte, plötzlich mit Schweißtropfen bedeckt war, und warf rasch einen versteckten Blick auf die Uhr, die über ihnen hing.
Eicke, dem das nicht entgangen war, nickte gönnerhaft. „Ich weiß, die Zeit drängt und außerdem wollten Sie noch fragen, warum ich ausgerechnet dieses seltsame Hotel ausgesucht habe", sagte er und lachte meckernd. Er machte ein vage Handbewegung. „Sie haben sich bereits anfangs über die Symbolik in diesem Haus mokiert", sagte er. „Und warum es ausgerechnet in einem arabischen Land von freimaurerischen Symbolen nur so wimmelt."
„Ja, das habe ich", sagte Hausladen. „Sinn ergeben zwar die von Ihnen dargelegten Pläne zu einem Konflikt zwischen China und Russland unter heimlicher Federführung des Westens, das alles ist einsichtig. Aber was hat Dubai, was ha-

ben die Emirate und die übrigen arabischen Staaten damit zu tun? Die sprudelnden Ölquellen, die sie besitzen, können es nicht sein. Auch nicht der florierende Waffen- und Drogenhandel. Nein, hier müssen noch andere, mir unbekannte Mächte am Werk sein."

Eicke lachte. „Das Ganze ist nicht schwer zu begreifen", sagte er. „Neben den oben genannten Plänen zur Hervorrufung von Konflikten befindet sich noch eine andere Strategie im Fokus der Illuminaten. Es handelt sich um die jüdisch-arabische Frage. Ein bisher völlig ungelöstes Problem, wie Sie sicher wissen."

„Sie meinen, die jüdisch-arabische Frage im Interesse Israels?", fragte Hausladen.

„Natürlich, was sonst", nickte Eicke. „Die Israelis und ihre westlichen Verbündeten werden selbstverständlich den russisch-chinesischen Konflikt in ihrem Sinne nutzen …"

„Was bedeutet, sie werden die arabischen Länder angreifen und versuchen, sie unter ihre Herrschaft zu zwingen", unterbrach Hausladen.

„Genau, das werden sie", bestätigte Eicke. „Die Staatsgrenzen Israels sollen künftig erheblich erweitert werden. Das Ziel dabei ist, die Araber endgültig aus dem Libanon und Palästina sowie von der Halbinsel Sinai zu vertreiben."

„Werden sie etwa in die Wüste gejagt?", fragte Hausladen provozierend.

Eicke ging nicht auf ihn ein. „Es soll ein neuer politischer Status festgelegt werden", sagte er ungerührt. „Die arabischen Staaten sollen nie mehr in Versuchung geraten, eine Gefahr zu bilden. Was bedeutet, sie müssen vollständig von Israel kontrolliert werden."

„Jetzt begreife ich", fasste sich Hausladen an den Kopf. „Dieser Teil des Plans ist der eigentliche Auslöser", sagte er. „Denn gegen den Widerstand Russlands und Chinas ist diese erträumte Konstellation nicht machbar. Deshalb diese teuflische Strategie. Nur um Israel den Weg zu ebnen!"

„Und falls alles klappt", führte Eicke weiter aus, „hätten die wahren Herrscher der Welt keine weiteren Konkurrenten mehr. China und Russland sowie die arabischen Staaten würden in ihrer jetzigen Form von der politischen Landkarte verschwinden."

„Wer sind sie?", fragte Hausladen schockiert. „Wer sind die wahren Herrscher der Welt?"

Eicke überlegte kurz. „Das müssen Sie nicht unbedingt wissen", sagte er ausweichend. „Nur so viel! Für diesen Plan zeichnet der sogenannte „Rat der 30 Weisen" verantwortlich. Es handelt sich dabei um die reichsten und einflussreichsten Personen der Welt. Sie gehören der Freimaurerloge des Sonnenkultes, der Heliopolisloge, an. Ein weiterer und wichtiger Zweig der Illuminaten."

„Ah, deshalb die freimaurerische Symbolik in diesem Hotel", nickte Hausladen und seine Miene verfinsterte sich. „Hotel Atlantis! Damit wird mir auch der Name des Hotels einsichtig."

„Nicht schwer zu erraten", sagte Eicke. „Jetzt, nachdem ich Ihnen die Zusammenhänge lang und breit erklärt habe. Dieses Hotel, von dem südafrikanischen Milliardär und Illuminat Sol Kerzner errichtet, wird den Mittelpunkt einer der modernsten Megametropolen der Welt bilden. Dazu werden Dubai, Abu Dhabi, Dohu, Quator (Katar) und Bahrain miteinander verschmolzen. Gerade hier werden sich die reichsten Personen der Welt niederlassen, um von diesem Ort aus die späteren asiatischen Kolonien auszuplündern und zu regieren. Getauft wird diese Megastadt in New-Atlantis oder New Heliopolis."

„Damit schließt sich der Kreis", ergänzte Hausladen. Er schüttelte den Kopf. „Aber noch immer ist mir jedoch mein Teil an dem Ganzen nicht einsichtig. Was erwarten Sie von mir? Warum haben Sie sich mit mir in diesem Winkel der Welt verabredet? Mit mir, einem Journalisten, der nur über geringen Einfluss verfügt."

Eicke lachte laut. „Sie wurden uns als leicht käuflicher Schreibknecht geschildert", sagte er herablassend.

„Was?", empörte sich Hausladen und sprang auf.

„Sie scheinen gerne zu schauspielern", sagte Eicke und machte eine beschwichtigende Geste, worauf Hausladen sich wieder laut aufseufzend in den Sessel zurückfallen ließ. „Aber uns machen Sie nichts vor. Mit Ihrer künstlichen Aufgeregtheit wollen Sie nur Ihren Preis hochtreiben."

Hausladen schwieg mit verfinsterter Miene. „Wahrscheinlich haben Sie Recht", bequemte er sich nach einer kurzen Weile zu antworten. „Wir Journalisten sind auch nur Huren. Medienhuren des Kapitals. Wir schreiben das was gewünscht wird."

„So gefallen Sie mir schon besser", lobte ihn Eicke süffisant.

„Was also erwarten Sie von mir?", wiederholte Hausladen.

„Sie werden im Detail über die Dinge berichten, über die ich eben mit Ihnen gesprochen habe", sagte Eicke.

„Wir haben uns diesmal für die offene Konfrontation entschieden", antwortete Eicke. „Die überall in den Medien gestreuten Informationen, – Sie sind schließlich nicht der einzige Journalist, den wir gekauft haben -, sollen möglichen Gegnern die Aussichtslosigkeit ihrer Bemühungen, unsere Herrschaft zu verhindern, deutlich vor Augen führen."

„Sie fühlen sich also mittlerweile so sicher, dass Sie glauben sich alles erlauben zu können?", sagte Hausladen.

Eicke nickte. „Wir stellen die Leute nur vor vollendete Tatsachen", sagte er. „Damit beugen wir möglichen Protesten vor."

Hausladen schluckte nervös. „Diesmal werde ich nicht mehr mitmachen", sprudelte es dann aus ihm heraus. „Nein, diesmal nicht!"

Eicke lachte schallend. „Sie werden mitmachen, ob Sie wollen oder nicht", stellte er klar.

„Das verstehe ich nicht", schüttelte Hausladen den Kopf und bekräftigte dann: „Nein, ich werde den Artikel nicht schreiben. Niemals!"

Generalplan XXXI

Nachdem wir dem Staatskörper das Gift des Liberalismus eingeflößt haben, hat sich sein ganzer politischer Bau verändert. Heute sind alle Staaten von einer tödlichen Krankheit der Zersetzung befallen. Wir brauchen nur noch auf den letzten Todeskampf zu warten.
Um dieses gewünschte Ergebnis zu erreichen, werden wir für die Wahl solcher Präsidenten sorgen, deren Vergangenheit irgendeinen dunklen Punkt aufweist. Dann haben wir sie ganz in unserer Hand, dann sind sie blinde Werkzeuge unseres Willens! Einerseits müssen sie sich stets davor fürchten, dass wir mit Enthüllungen kommen werden, die sie unmöglich machen; andererseits werden sie, wie jeder Mensch, das begreifliche Streben haben, sich in der einmal erlangten Machtstellung zu behaupten und die einem Präsidenten zustehenden Vorrechte und Ehren möglichst lange zu genießen. Das Ab-geordnetenhaus, in dem viele Vertrauensleute und Parteigänger des Präsidenten sitzen werden, wird ihm als Rückendeckung dienen: es wird ihn wählen und verteidigen. Damit es aber nicht die Macht über den Präsidenten gewinnt, werden wir ihm persönlich, der Strohpuppe in unserer Hand, das Recht erteilen, neue Gesetze vorzuschlagen oder alte zu verändern. Dann wird die Macht des Präsidenten natürlich zur Zielscheibe unzähliger Angriffe werden ...

Geheimes Dossier 411
(Rohentwurf)

Erstellt vom Sekretär der Westküste der USA (Los Angels)
Illuminatensektion VI.

Vorbereitungen:
Zerstörung der Jugend
Flower Power
Hippie Generation

Der Bericht vom Iron Mountain mit der Kernaussage, dass eine Wirtschaft, insbesondere die US-Wirtschaft, ohne immer von neuem inszenierte Kriege nicht prosperieren könnte, lag bereits einige Jahre zurück, die Kuba-Raketenkrise war gerade beigelegt, und wir konnten uns endlich wieder den bereits seit langem ausgearbeiteten Entwürfen zur Zerstörung der Jugend, einem besonders wichtigen Teilaspekt unserer Pläne, zuwenden.
Voranstellen möchte ich dabei den sogenannten Tonkin-Zwischenfall im Jahre 1964, um die darauf folgenden Verwicklungen zwischen Jugend, Militär und damit verbundener grundlegender Umwälzung der Gesellschaft besser verständlich zu machen.
Kurzer Rückblick!
Amerikanische Kriegsschiffe unter dem Kommando von US-Navy Admiral George Stephen Morrison, Vater von Jim Morrison, dem geheimnisumwitterten Sänger der Doors, werden während einer vorgeblich regelmäßig durchgeführten Patrouillenfahrt durch den Golf von Tonkin (Vietnam) angegriffen, was drei Tage später zur Verabschiedung der längst vorbereiteten Tonkin-Resolution führte: Auftakt zum blutigen Sumpf des Vietnamkrieges mit zirka 50.000 toten amerikanischen Soldaten und Millionen ostasiatischen Opfern in Vietnam, Laos und Kambodscha.
Bildete dies die offensichtliche Seite einer großangelegten Vernichtung der Jugend (zur Reduzierung der Bevölkerung und zur Gewinnmaximierung einiger Weniger wurden schon immer Kriege geführt), nimmt zeitgleich in Los Angeles, in den Hügeln, die das Los-Angeles-Becken vom San Fernando Valley trennen, ein anderer Teil unseres Planes, der in kurzer Zeit die gesamte Jugend der Welt erfassen sollte, Gestalt an.
Die „Hippie-Bewegung" (Blumenkinder), der auch ein neuer Musikstil zugeschrieben wurde, trat in den Blickpunkt der Öffentlichkeit. Im Laurel-Canyon, einer gesellschaftlich und geographisch isolierten Gemeinde der Metropole, sammelte sich innerhalb einiger Monate eine erstaunlich große Anzahl von späteren Rock-Superstars.

Verblüffend jedoch nur für Außenstehende, nicht für Eingeweihte! Denn während die musikinteressierte Welt noch mit Verwunderung auf diesen abgelegenen Flecken Erde starrte, während die „Byrds" mit ihrem berühmten Mitglied David Crosby „Mr. Tambourine Man", ihr Debütalbum, produzierten, während „The Mamas And The Papas", Frank Zappa und „The Mothers of Invention" das Licht der Öffentlichkeit erblickten, wird auch der bereits erwähnte Jim Morrison zu einer der wichtigsten Kultfiguren erhoben.

Jim Morrison, der selbsternannte König der Eidechsen („Lizard King"), ist jedoch auch in anderer Hinsicht interessant.

Zur gleichen Zeit, als sein Vater, der Admiral Georg Stephen Morrison, in unserem Auftrag durch den Tonkin-Zwischenfall einen langjährigen Krieg in Ostasien anzettelte, schickte sich sein Sohn an (als Gegenpart), die kommende Lichtgestalt der Hippie- und Antikriegsbewegung zu werden.

Außergewöhnlich? Nein, eher alltäglich, zieht man die engen Verknüpfungen der Rockszene mit dem Militär, den Geheimdiensten und dem übrigen militärisch-industriellen Komplex, der schon damals eine gigantische Größenordnung erreicht hatte, mit in Betracht.

Jim Morrison stellte nun beileibe keinen Einzelfall dar. Greifen wir nur willkürlich aus der Vielzahl der Personen, deren Eltern und andere Verwandte eng mit dieser Kriegsmaschine verknüpft waren, einige heraus.

Eine der bekanntesten Kultfiguren neben Morrison, die jedoch nie ganz so erfolgreich wie der Admiralssohn sein sollte, war Frank Zappa. Auch er residierte im Herzen von Laurel Canyon in einem „Blockhaus." Wobei man sich bei der Bezeichnung Blockhaus nicht ein kleines Häuschen aus Holz, gezimmert von aufrechten Handwerkern, vorstellen sollte, sondern es handelte sich dabei um ein riesiges Gebäude mit fünf Stockwerken, wobei das Wohnzimmer, ausgestattet mit drei Kronleuchtern und einem steinernen Kamin, allein die Größe von 200 Quadratmetern aufwies.

In diesem „Häuschen" hielt Zappa Hof und entdeckte dort einige reichlich bizarre Künstler. Darunter Captain Beefheart und Larry Fischer (Wild Man) sowie den Psychodelic-Schockrocker Alice Cooper, die später alle zu Superstars aufsteigen sollten.

Festzuhalten ist, dass Frank Zappa nicht viel von der Hippiekultur, obwohl er sie entscheidend mitprägte, hielt, ja sogar eine tiefe Verachtung für sie hegte. So zog er immer den Ausdruck „Freaks" für diese Leute vor.

Ganz sicher jedoch lag sein Vater nicht auf der Linie der sich neu entwickelnden Jugendkultur. Francis Zappa, ein Spezialist für chemische Kriegsführung, der im Edgewood Arsenal arbeitete, einem Ort, an dem auch das MK-Ultra-Programm (Mind-Kontrol: eine Methode zur totalen Gehirnwäsche und Umprogrammierung) entwickelt und durchgeführt wurde, war so tief in den Geheimdienstsumpf verstrickt, dass die undurchsichtige Rolle, die sein Sohn spielte, wohl nahezu deckungsgleich mit seinen und den Absichten seiner Vorgesetzten war, nämlich: Die skrupellose Manipulation, geistige Beeinflussung und Beherrschung der Gesellschaft auf allen Ebenen.

Aber auch Gail Zappa, die spätere Frau Frank Zappas, stammte aus einer Familie hochrangiger Navy-Offiziere. Ihr Vater arbeitete für die US-Navy an einem geheimen Atomwaffenprojekt, während seine Tochter einige Zeit als Sekretärin im Office of Naval Research and Development arbeitete.

Möglicherweise wurde sie bereits in frühen Jahren als Versuchskaninchen benützt, denn sie soll zeit ihres Lebens Stimmen gehört haben. Und auch sonst sind die Parallelen der Lebensentwürfe dieses Personenkreises erstaunlich. Gail Zappa besuchte mit Jim Morrison den gleichen Navy-Kindergarten und soll ihm, so zumindest berichten eifrige Biographen, die der brodelnden Gerüchteküche immer neue Zutaten hinzumischen, bei einer der üblichen Streitereien unter Kindern schon mal einen Hammer auf den Kopf geschlagen haben.

Sicher die besten Voraussetzungen für die Stars der Antikriegs-Bewegung!

Noch ein kurzer Blick auf Herb Cohen, Frank Zappas Manager, eine eher undurchsichtige Figur, der gemeinsam mit seinem Bruder Mutt von der New Yorker Bronx nach Los Angeles gezogen war. Auch er, die Biographien ähneln sich, war ein ehemaliger US-Mariner. Nach eigenen Angaben hatte er einige Jahre die Welt bereist, und hielt sich genau zu dem Zeitpunkt im Kongo auf, als der linksgerichtete Ministerpräsident Patrice Lumumba mit tätiger Hilfe des CIA gefoltert und ermordet wurde.

Natürlich war Herb Cohen in völlig anderer Mission unterwegs. Biographen berichten, dass er sich nur zu dem einzigen Zweck im Kongo aufhielt, um Lumumba die nötigen Waffen zu liefern, die dazu beitragen sollten, die CIA, die, formuliert man es einmal gewunden, mit ihrer Anwesenheit nur für die Interessen der dortigen Bewohner einzutreten vorgab, bei ihren Aktionen zu stören und so in Misskredit zu bringen.

Ohne Zweifel, genau die Tätigkeiten, die man von einem ehemaligen US-Mariner erwartet, der sich als oberste Maxime die Devise auf die Fahnen geschrieben hat: Alles für die ausgebeuteten Völker geben und dazu uneigennützigen Einsatz im Namen der Gerechtigkeit.

So schält sich bereits aus den bisher aufgezeigten Biographien ein Kern heraus, der eindeutig ist: Die Musiker und Gründer der Antikriegsbewegung waren selbst Teil der geheimdienstlichen Institutionen, in deren Auftrag sie ihre Wühl- und Zersetzungsarbeit leisteten.

Aber nun weiter im Überblick, der naturgemäß nur ein grobes Bild vermitteln kann!

Ein anderer hoffnungsvoller Star von Laurel Canyon: Stephen Still Gründungsmitglied der beliebten Bands, „Buffalo Springfield und Crosby, Stills & Nash". Auch er Sohn eines hochrangigen Militärs! Stills erhielt, wen wundert es, wie viele andere seiner späteren Musikerkollegen seine Ausbildung in Schulen auf Militärbasen und an Elite-Militärakademien. Er gehörte später zu den „Beratern", meist CIA-Agenten und Mitglieder der Special Forces, die bereits vor dem Ausbruch des Vietnam-Krieges ins Land gebracht wurden, um dort die nötigen Vorbereitungen für den späteren Einmarsch des US-Militärs zu treffen.

Noch ein nicht unwichtiges Detail am Rande: Stills zweite Single trägt den Titel „Bluebird". Für Eingeweihte ein deutlicher Hinweis. Verbirgt sich doch unter dieser eher unverfänglichen Bezeichnung der ursprüngliche Codename des bereits erwähnten UK-Ultra-Programms (Unbedarfte Zeitgenossen würden diesen Hinweis wohl als vernachlässigbar deuten und ihn auf reinen Zufall zurückführen).

Schon erwähnt wurde ein weiterer Bewohner des Laurel Canyon, David Crosby. Auch sein Vater, wie könnte es anders sein, Mayor Floyd Delafield Crosby, war im Zweiten Weltkrieg für den militärischen Geheimdienst tätig. An Crosby, der ja Gründungsmitglied der Bands „The Byrds" und natürlich von „Crosby, Stills & Nash" war, ist jedoch noch etwas anderes bemerkenswert. Nein, nicht sein Talent und sein Aussehen, beides bewegte sich wohl eher im gediegenen Mittelmaß, sondern es ist sein Stammbaum, der ihn von den Übrigen abhebt. So ist die Liste seiner Vorfahren wirklich beeindruckend. Wimmelt es doch nur so von Senatoren, Kongressabgeordneten, Gouverneuren, Bürgermeistern, normalen Richtern und Richtern am Obersten Gerichtshof der Vereinigten Staaten. Sogar Bürgerkriegsgeneräle und Unterzeichner der Unabhängigkeitserklärung sind in dieser Aufzählung zu finden, da der Ursprung seiner Familie über Generationen mühelos zweihundert Jahre zurückzuverfolgen ist. Natürlich dürfen dabei auch einige hochrangige Freimaurer nicht fehlen. Einer davon, Stephen Van Rensselaer III. soll Großmeister der New Yorker Loge gewesen sein. Und David Von Cordtland Crosby war direkter Nachfolger der Gründerväter Alexander John Hamilton und John Jay.

Ohne mich nun weiter in biographischen Einzelheiten zu verlieren, möchte ich jetzt auf die „rätselhaften" Todesfälle, die bereits nach kurzer Zeit die vermeintliche Idylle im Canyon überschatteten, eingehen. Das brutale Massaker an Sharon Tate, Jay Sebring, Voytek Frykowski und Abigail Folger, ausgeführt von Charles Mansons „Family", nur wenige Kilometer westlich von Laurel Canyon im Benedict Canyon, muss nicht weiter aufgerollt werden. Es wurde von der Klatschpresse in allen Facetten ans Licht der Öffentlichkeit gezerrt.

Selbstverständlich war auch Manson, der Anführer der „Family", der prägende Jahre seines Lebens Erziehungsanstalten und Gefängnisse von innen kennen lernen durfte, der jedoch in der Mordnacht selbst nicht anwesend war, Teil eines Experiments, durchgeführt von einem zivilen Ableger der CIA, das auf Gehirnwäsche, gezielter Anwendung von „bewusstseinserweiternden" Drogen, ständiger sexueller Verfügbarkeit sowie dem gesamten Spektrum verhaltensverändernder Methoden aufbaute.

Nachstehend eine kurze Aufzählung von einigen Leuten, die alle unter meist ungeklärten Umständen in frühen Jahren in den Tod gehen sollten. Es handelt sich dabei um nach dem Zufallsprinzip ausgewählte Personen, die sich im Dunstkreis der Szene im Laurel Canyon bewegten.

- Marina Elisabeth Habe: Die Tochter von Hans Habe wurde von uns nur eingefügt, obwohl ihr sinnloser Tod genau in das Schema passt, da durch ihren Vater eine direkte Verbindung zu Deutschland bzw. Österreich herzustellen ist. Habe, der später eine dubiose Rolle spielen sollte, flüchtete 1940 aus Österreich in die USA, verfolgte nichtsdestotrotz eine geschickte Heiratspolitik – er heiratete eine Erbin des General Foods Konzerns – und begann anschließend eine Ausbildung in psychologischer Kriegsführung am Military Intelligence Training Center (Ausbildungszentrum des militärischen Geheimdienstes). Die dort erworbenen Kenntnisse wurden von ihm im besiegten Deutschland umgesetzt, wo er nicht weniger als achtzehn Zeitungen gründete, was ohne Hilfe des damaligen Vorläufers des CIA, der OSS, sicherlich nicht möglich gewesen wäre.
Was nun seine Tochter betrifft, so wurde ihr zerstückelter Leichnam 1968 am Malholland Drive entdeckt. Zu diesem Zeitpunkt war sie 17 Jahre alt.

- Jimi Hendrix: Zog 1968 nach Los Angeles und wohnte ebenfalls im Laurel Canyon. Er starb 1970 unter bisher ungeklärten Umständen in London. Hendrix diente einige Zeit bei der 101st Airborne Division der US-Army in Fort Campell, worüber er aber nur sehr ungern sprach. Angeblich wurde er aus der Army entlassen, weil er ein schlechter Soldat war. Die Frage, warum er dann ausgerechnet einer Elite-Luftlandetruppe zugeteilt wurde, bleibt damit jedoch ungeklärt. Journalisten gegenüber hielt er sich immer sehr bedeckt oder flüchtete sich in widersprüchliche Aussagen. Zwei davon: Einmal brach er sich bei einem Fallschirmsprung den Knöchel, ein andermal behauptete er homosexuell zu sein, was damals als Entlassungsgrund genügte. Jimi Hendrix wurde 27 Jahre alt.

- Janis Joplin: Ihr Tod, keine zwei Kilometer vom Laurel Canyon entfernt, erregte 1970 großes Aufsehen bei ihrer Fangemeinde. Die Todesursache: eine Überdosis Heroin. Gerüchte besagen, dass ihr irgend jemand den „goldenen Schuss" verpasst hätte. Joplins Vater, er arbeitete als Erdölingenieur, passte zwar nicht so ganz in das bisherige Schema. Aber ihre Beziehung zu William Bennet, dem bekannten „Drogenzaren", weist wieder eindeutig in die von uns aufgezeigte Richtung.

- Jim Morrison: Er ist uns bereits von den oben gemachten Ausführungen her bekannt. Er starb, nach offizieller Lesart, ebenfalls im Alter von 27 Jahren. Was wirklich geschah ist bis heute ungeklärt. Sicher ist nur, dass sein Vater am angeblichen Todestag seines Sohnes bei der Außerdienststellung eines Flugzeugträgers, der bei dem bereits erwähnten Tonkin-Zwischenfall mitverwendet wurde, als einer der Hauptredner auftrat. Auch Jim Morrisons Lebensgefährtin Pamela Courson starb einige Jahre später an einer Überdosis Heroin. Wiederum nach der offiziellen Berichterstattung.

„Wollen Sie plötzlich den Helden spielen?", fragte Eicke und lachte erneut. Er wurde wieder ernst. „Es interessiert uns nicht, ob Sie den Artikel schreiben oder nicht."
„Was soll das nun wieder bedeuten?"
„Der Artikel wird unter Ihrem Namen erscheinen, ob Sie nun zustimmen oder nicht", machte Eicke Hausladen darauf aufmerksam.
„Sie können mich nicht dazu zwingen", sagte Hausladen.
„Hören sie mit dem naiven Geschwätz auf", wurde Eicke grob. „Langsam sollten Sie uns kennen." Er klopfte leicht auf seine Jackettasche. „Ich habe das Gespräch selbstverständlich aufgezeichnet."
„Das geht nicht ohne mein Einverständnis", sagte Hausladen.
„Ihr Einverständnis ist nicht notwendig", erwiderte Eicke. „Ihr Chefredakteur, der bekanntlich einer von uns ist, wird dafür sorgen, dass es gedruckt wird. Und zwar unter Ihrem Namen! Verstanden?" Er wies über die Schulter in eine bestimmte Richtung. „Und falls Sie auf dumme Gedanken kommen sollten …?" Er vollendete den Satz nicht.
Hausladen ließ seine Blicke über die Hotellobby schweifen.
„Haben Sie die netten stattlichen Herren, die nur auf einen Wink von mir warten, Sie an die frische Luft zu befördern, endlich gesehen?" Eicke lachte. „Leider ein etwas abgeschmacktes Bonmot, bei der glühenden Hitze draußen vor dem Hotel."
Hausladen nickte ergeben. „Ich sehe sie", sagte er. „Ihre eiskalten Augen erinnern mich an irgendwelche Psychopathen oder Killer, die nur darauf warten, unschuldige Menschen zum Krüppel zu schlagen."
„Ja, ich denke, das würde ihnen Spaß machen", legte Eicke noch einen drauf. Sein Gesicht verwandelte sich plötzlich zu einer kalten starren Maske. „Und jetzt verschwinden Sie!", fügte er hinzu und verließ ohne ein weiteres Wort die Hotellobby. Die muskelbepackten Männer, die nur darauf gewartet zu haben schienen, folgten ihn.

Sicher ist nur, dass Jim Morrison, ebenso wie Jimi Hendrix, sich begeistert mit okkulten Lehren befasst hatte. Besonders Aleister Crowley, der sich selber als das „Biest 666" bezeichnete, hatte es ihm angetan. Aber auch an Inzest und Sadismus soll er sehr interessiert gewesen sein.
Die Todesliste umfasst noch viele weitere Personen. Sie alle aufzuzählen würde unseren dafür vorgesehenen Rahmen sprengen. Zur Vervollständigung noch einige bekannte Namen:
Christine Hinton, die Freundin von Bill Crosby, Tochter eines höheren Armee-Offiziers, 1969 getötet durch einen Frontalzusammenstoß.
Brandon De Wilde: Mit Bill Crosby befreundet. Tod durch bizarren Autounfall.
Christine Frka: Ehemalige Haushälterin bei der Familie Zappa. Tod durch Überdosis. Es wurde Fremdeinwirkung vermutet.
Dann noch: Danny Whitten; Bruce Berry; Clarence White; Gram Parsons; Alan "Blind Owl" Wilson; Keith Moon, der Drummer von "The Who"; Amy Gossage; Tim Buckley; Phyllis Mayor Browne; Bobby Faller; Duane Allman und Berry Oakley; Phil Ochs.
Am letzterem wurde besonders deutlich, wie weit die „Trance-Formation" Amerikas bereits fortgeschritten war.
Dazu eine kurze Erklärung!
Die Bezeichnung, die „Trance-Formation" Amerikas, bezieht sich auf geheime Pläne, die uns eifrige, willfährige Psychologen und andere „Psycho-Klempner" mit ausgeprägtem Forscherdrang geliefert haben. Damit ist die Umwandlung meist „vorbelasteter" Personen (Heimkinder, Schwerkriminelle, psychisch Labile und alle Sorten von Borderlinern) in eine dissoziierte Persönlichkeit gemeint. Mit Hilfe von Elektroschocks, Nahrungsentzug, körperlichen Strafen, Aussetzen in extremer Hitze und Kälte, gezielter Hypnose, Lichtentzug sowie längerem Aufenthalt in sogenannten Perversionskammern, um nur einige der Möglichkeiten aufzuzeigen – der Erfindungsreichtum des Menschen diesbezüglich ist bekanntlich nahezu unerschöpflich -, werden die Zielpersonen umprogrammiert und damit fügsam und verfügbar für alle von uns gewünschten Situationen gemacht. Die angewandten Methoden gehen meist noch weit über das bereits erwähnte MK-Ultra-Programm hinaus.
Der bekannteste Fall, der leider durch eine unselige Verkettung von Umständen an die Öffentlichkeit gelangte, ist der von Cathie O`Brien, die alle Stufen der Persönlichkeitsspaltung durchlief und danach sogar als Präsidenten-Model eingesetzt wurde. Selbstverständlich wurde ihr Fall von den zuständigen Stellen aus Gründen der nationalen Sicherheit umgehend niedergeschlagen.
Um nun zu Phil Ochs zurückzukommen: Er, der durch seinen Vater Dr. Jacob Ochs bereits vorbelastet war, da dieser mehrere Jahre als Patient in Militärkrankenhäusern verbracht hatte, durchlief nahezu alle Stufen dieses eben aufgezeigten Programms. Er unterzog sich einer Schönheitsoperation, im Jahre 1958

bestimmt nicht üblich, wechselte darauf mehrmals seine Identität- er war sogar überzeugt, selbst der CIA anzugehören – und konsumierte darüber hinaus ungeheure Mengen an Alkohol und alle verfügbaren Drogen. Merkwürdigerweise besuchte er, so wie vor ihm Herb Cohen in Afrika weilte, Chile, wo die CIA gerade einen Staatsstreich gegen Salvador Allende durchführte.

Ohne noch auf andere Details seines immer bizarrer werdenden Lebens einzugehen, die von uns dargestellten Lebensläufe ähneln sich, sei gesagt, dass Phil Ochs immerhin „35 Jahre" alt wurde.

Ergebnis: Fasst man nun zusammen, so dürfte selbst unbedarften Zeitgenossen klar geworden sein, was die eigentliche Absicht hinter diesem unserem Programm war: Die Umpolung nahezu der gesamten 68er Generation auf eine einfache Art und Weise. Und zwar überall auf der Welt. Die eigentliche Überraschung für uns war: Es bedurfte nur einiger weniger überdrehter amerikanischer Hippies, von uns zu Stars aufgeblasen, um mit ihnen auch die übrigen Nationen zu infizieren. Was jedoch am meisten verblüffte, war die Duldsamkeit der älteren Generation, die ihre eigenen Kinder sehenden Auges in den Wahnsinn und in den Tod schickte, ohne sich groß Gedanken darüber zu machen. Natürlich wurde in erster Linie ein Personenkreis ausgesucht, der uns schon immer treu zu Diensten stand: Militärs, Geheimdienstler, Ärzte, Psychiater, und nicht zu vergessen, all die Dozenten, die erst theoretisch den Boden für die aufgehende Saat vorbereiteten. Aber auch der permanent schwelende Generationenkonflikt wurde von uns geschickt ausgenutzt. Alt gegen Jung, Konservativ gegen Progressiv. Darüber hinaus haben wir auch Drogen und suchterzeugende Pharmaka salonfähig gemacht, immer mit der Vorgabe, damit die Grenzen des Alltags zu sprengen, um nicht mit der spießigen Welt der älteren Generation konform gehen zu müssen. Unter dem Deckmantel Bewusstseinserweiterung gelang uns das ohne große Schwierigkeiten.

Schulungsbrief: Stufe 2
Zum internen Unterricht empfohlen

Schwerpunkt: Strukturaufbau der Freimaurer und Illuminaten

Da über die Illuminaten, Freimaurer und andere Geheimgesellschaften häufig irrtümliche Vorstellungen existieren, sollen nachfolgend einige Details richtig gestellt werden.
So wird in einschlägigen Publikationen für gewöhnlich der 24. Juni 1717 (Johannistag) als Geburtsstunde der Freimaurerei angegeben, da sich an diesem Tag in London vier bereits bestehende Logen zu einer Großloge zusammenschlossen. Tatsächlich findet sich der Begriff „Freemason" (Freimaurer) bereits in anderen Dokumenten, etwa in einer Urkunde der Kathedrale von Exeter aus dem Jahre 1396. Einschränkend ist hinzuzufügen, dass man durch die Festlegung eines willkürlichen Datums nicht der Idee dieser Bruderschaften gerecht wird, einer Idee, die es ermöglichte, dass sich aus einer reinen Handwerkerzunft eine weltumspannende Gemeinschaft von Intellektuellen entwickelte, die sich dem Humanitätsgedanken verpflichtet fühlte.
Dargestellt wird die damalige Situation für gewöhnlich so: Die Steinmetz-Brüder trafen sich zu ihren geheimen (also privaten) Zusammenkünften immer in einem tür- und fensterlosen Gebäudes das nur betreten werden konnte, sobald einige Dachschindeln entfernt wurden und dadurch eine Lücke entstand, durch die man in das Gebäude hineinkletterten konnte. Waren nun alle Brüder im Innern versammelt, verschloss ein dafür bestimmter Bruder von außen wieder die Lücke im Dach und bewachte das Gebäude. Dieser Wächter hieß „Tailor" (schneiden, teilen, weil er das Dach des Gebäudes teilte.) Eine Bezeichnung, die bis heute für den Mann am Eingang des Freimaurertempels gilt.
Ob nun diese gewählte Abgeschiedenheit dazu beitrug, eigene Gedankensysteme zu entwickeln, frei von den damals vorherrschenden Zwängen der Kirche und des Adels, bleibt umstritten. Sicher ist jedoch, dass die Blüte der Bauhütten mit der Hochgotik zusammenfällt und die damit einhergehenden Abhängigkeit von der Kirche, deren wachsendes Selbstverständnis sich im Bau von riesigen Kathedralen und Kirchen widerspiegelte. Gerade in diesen überragenden Bauten ist bereits die ausgefeilte Symbolik zu finden, die später zum Geheimnis der Maurer werden sollte. Erzählte doch jedes vom Steinmetz gesetzte Fenster, jeder Schlussstein, jeder Pfeiler, jeder Fensterbogen eine Geschichte, die dazu beitrug dazu, eine genau festgelegte Gesetzmäßigkeit festzuschreiben, und die damit immer auch einen Bildungsauftrag erfüllte. Kann doch noch heute diese Magie der Baukunst beim Betreten der Gotteshäuser erahnt und erspürt werden. Mit dem Ende der Gotik im 15. Jahrhundert und der Herausbildung und Verfestigung der Reformation, die zu einer Spaltung der Kirche führte, geriet auch die

Kirchenbaukunst weitgehend ins Stocken. Die Steinmetze wandten sich immer mehr der Errichtung säkularer Bauten wie Schlösser, Palästen oder auch Handelsbörsen zu (Zum Beispiel: Börse Brügge 1531; Augsburger Börse 1540; Royal Exchange in London 1571).

Hier zeigt sich bereits das Dilemma der Bauhütten. Sie, die auf die Errichtung von Klöstern und Kirchen ausgerichtet waren, sahen sich gezwungen, die sakrale Baukunst zugunsten von profanen Repräsentationsbauten, die auch häufig einen Wohnzweck zu erfüllen hatten, weitgehend aufzugeben. Gerade das aufkommende Bildungsbürgertum, überwiegend in den Städten angesiedelt, dem der religiöse Gedanke nicht mehr genügte, trug einen entscheidenden Teil dazu bei. Die traumatischen Erlebnisse des Dreißigjährigen Krieges noch vor Augen, welche die von der Kirche gepredigten Gottesbilder ins Wanken gebracht hatten, taten ein Übriges und ließen andere Moralvorstellungen und neue ethische Werte entstehen. Auch die überall neu gegründeten Universitäten bildeten einen Gegenpart zu den religiösen Anschauungen, konnten jedoch den meisten Menschen keine wirkliche Orientierung geben, da sie zu sehr von der Ratio geprägt waren und daher den spirituellen Bedürfnissen nicht gerecht werden konnten.

Es darf zu Recht vermutet werden, dass die Freimaurer diese für sie günstige Situation erkannten und mit den sich neu entwickelnden gesellschaftlichen Schichten in Verbindung traten. Bot doch gerade ihre europaweit verzweigte Organisation der Bauhütten zusätzlich ideale Voraussetzungen für diesen Schritt. Hinzu kam, dass ihre dunkle Symbolik und ihre streng abgeschotteten Geheimzirkel eine ungeheure Faszination ausübten.

Die bevorzugten Ansprechpartner für sie bildeten natürlich diejenigen Männer, die den Mächtigen der damaligen Zeit als Berater dienten, und die mit deren Bauplänen befasst waren. In den späteren deutschen Monarchien stellten dies die Geheimen Räte dar, aus denen die zukünftigen bürgerlichen Beamten hervorgingen. Sie bildeten die Schnittstelle zwischen den Bauwünschen der Mächtigen und deren Umsetzung und halfen damit, wohl mehr unbeabsichtigt, die bei Kloster- und Kirchenbauten erworbenen Kenntnisse der Steinmetze am Leben zu erhalten.

So wurden aus den „Dombaumeistern" Architekten und Hofbaumeister, vor allem dort, wo es sich um Repräsentationsbauten handelte. Zugleich schlossen sie sich als „spekulative freie Maurer" zusammen, die die Symbolik der prächtigen Kirchenbauten auf eine andere geistige Ebene hoben. Anders betrachtet: Die Lehren der Steinmetze wurden transformiert und in ein pädagogisches Modell umgewandelt. Der einzelne Mensch, das Individuum, wurde zum „großen Baumeister der Welt" und das unabhängig von jeder Religionsgemeinschaft. Alle, ob Christen, Juden oder Moslems, sie alle eint die Idee des zentralen Baumeisters der Welt als oberste Gottheit.

Gemeinsam mit dieser Transformierung vollzog sich auch eine Öffnung der Bauhütten. Wollten die Steinmetze auf der einen Seite die alten Fertigkeiten nicht in Vergessenheit geraten lassen, so wurden sie auf der anderen Seite gezwungen, neue Ideen und Vorstellungen mit einfließen zu lassen, was bedeutete, die Bauhütten sollten auch „Schulen der Humanität und der sittlichen Reifung" werden. Somit war der Schritt zu den Freimauererlogen, so wie sie sich noch heute präsentieren, getan. Der Mythos einer geheimnisvollen Gesellschaft, die über okkultes Wissen verfügte, jedoch blieb und lockte das aufstrebende Bürgertum, viele Adelige, Könige und Kaiser, später Präsidenten und selbst Kanzler an.

Der Auftritt der Illuminaten:
Als nun Adam Weishaupt, Professor für Kirchenrecht aus Ingolstadt, am 1. Mai 1776, mit einigen Gefolgsleuten den historischen Illuminatenorden gründete, waren dessen Vorläufer, die Freimaurer-logen, längst in der Gesellschaft fest verankert.
Allerdings wiesen die Freimaurerlogen zu diesem Zeitpunkt bereits erste Zeichen der Zersplitterung auf und waren, da immer neue Fraktionen auftraten, extrem zerstritten. Öffentlich zutage trat diese Entwicklung im Jahre 1776 beim Zusammenbruch der „Strikten Observanz" innerhalb der Freimaurerei.
Dazu eine kurze Erklärung:
Bei der Strikten Observanz handelt es sich um ein im 18. Jahrhundert in Deutschland entstandenes Hochgradsystem, welches großen Einfluss auf die Entwicklung der Freimaurerei in Deutschland hatte. Der Gründer war Freiherr Karl Gotthelf von Hund, der aber noch höhere „Unbekannte Obere" als Leiter des Ordens anführte. Der Grundgedanke der Strikten Observanz betraf die Templer, mit anderen Worten, deren Mitglieder hielten sich für die berechtigten Nachfolger der Tempelritter. Ihr Ritualsystem umfasste die drei Grundgrade der Freimaurerei und darüber als vierten Grad den Schottischen Grad, als fünften das Noviziat, als sechsten die Ritterweihe und als siebten Grad die Professritter des großen Gelübdes. In Nachahmung des alten Templerbrauchtums wurde die Erde in Provinzen aufgeteilt.
Hund selbst erklärte, 1742 am Hofe des Prätendenten Karl Eduard Stuart von einem mysteriösen Ritter „a penna ruba" (Von der roten Feder) die Weihen als Ritter des alten, in Schottland angeblich fortlebenden Templerordens empfangen zu haben und zum Heermeister der VII. Ordensprovinz (Deutschland) ernannt worden zu sein.
Bei dem großen Freimaurerkonvent der Strikten Observanz, der vom 16. Juli bis 1. September 1782 in Wilhelmsbad stattfand, gelang es – der Illuminatenorden war noch verhältnismäßig jung – einer Gruppe von Illuminaten unter Führung eines der damals bekanntesten Mitglieder, Adolph Freiherr von Knigge, die zersplitterten Freimaurer der Strikten Observanz zu übernehmen und neu auszurichten.

Der Grund des großen Erfolges der Illuminaten innerhalb der Freimaurerlogen ist vermutlich in der gezielten Orientierung zu suchen, die Weishaupt bot.
Dazu ein Zitat Weishaupts aus „Verbessertes System der Illuminaten:"
„Wenn sich also in jedem gegebenen Volk die Anzahl der sittlichen Menschen vermehrt, in eben diesem Maß vermehrt sich die Sittlichkeit eines Volkes: Und wer einzelne Menschen ins Bessere verändert, verbessert das Volk; und mit dieser Verbesserung mehrerer Völker wird das Schicksal der Erde ins Bessere verändert."
Hier wird deutlich: Weishaupt zielt mit seinen Vorstellungen auf die sittliche Entwicklung der Menschen ab. Wird der einzelne Mensch sittlich verbessert, so verbessert sich die Sittlichkeit aller Menschen. Ein Gedanke, der der Alchemie und der Hermetik, angelehnt an Hermes Trismegistos, entnommen wurde: „Wie im Kleinen so auch im Großen". Damit weicht Weishaupt aber stark von den Ideen der Bauhütten ab, entwirft er doch ein kompliziertes pädagogisches System, das tief in das Leben seiner Schüler eingreift.
So musste jedes Mitglied des Illuminatenordens einen sogenannten quibus-licet-Bericht erstellen, eine Art persönliches Protokoll, in dem sich alle in Selbstkontrolle und Selbstbeobachtung üben sollten. Dieser Bericht wurde nach ausgefeilten Regeln innerhalb der Ordenshierarchie weitergeleitet und erlaubte den Oberen so eine nahezu vollständige Kontrolle seiner Mitglieder. Im heutigen Sprachgebrauch würde man von einem umfangreichen Dossier sprechen, das über jedes Ordensmitglied angelegt wurde.
Vergleicht man nun das Konzept Weishaupts mit den Ideen der Freimaurer, so wird deutlich, wie weit beide auseinander klaffen. War für die Freimaurer das oberste Ziel, den Menschen mit Symbolen und ausgefeilten Ritualen sittliche Wesensbildung nahe zu bringen, so setzten Weishaupt und seine Gefolgsleute auf einen tiefgreifenden
Entwurf, der nichts dem Zufall überlässt.
Die aus heutiger Sicht naiv erscheinenden Ideen Weishaupts dürfen jedoch nicht darüber hinwegtäuschen, dass er zuerst Idealist war, dem die Sprengkraft und Reichweite seiner eigenen Vorstellungen wohl nicht in vollem Umfang bewusst war. Selbst als der Illuminatenorden 1785 durch kurfürstlichen Erlass aufgehoben wurde, hielt er bis zum Tod an seinen Weltverbesserungsplänen fest.

Verbot des Illuminatenordens:
Stellte nun der Illuminatenorden durch seine Übernahme der Strikten Observanz wirklich eine Gefahr für die herrschenden Klassen, die Kirche und die weltliche Macht dar? Diese Frage ist mit einem unbedingten Ja zu beantworten. War doch das König- und Kaisertum seit dem 7. Jahrhundert ohne katholische Kirche undenkbar. Diese Verbindung, die bis in unsere Zeit reicht, wurde durch die Krönung von Flavios Herakleios Konstantinos in der Hagia Sophia in Byzans zum ersten

Mal auf eine offizielle Stufe gehoben und bildete so das Vorbild für unzählige weitere Krönungsakte. So ließ sich auch Karl der Große als erster Kaiser der westlichen Hemisphäre im Jahr 800 vom Papst in einer Kirche krönen und erhielt so eine begründete Legitimation für seine Herrschaft. Zu ergänzen ist, dass eine Krönung die Salbung mit heiligem Öl, gemäß den biblischen Überlieferungen, mit einschloss. Dieser „magische" Vorgang, der aus einem gewöhnlichen Menschen einen Herrscher mit fast unbegrenztem Machtanspruch installierte, durfte vom Volk nicht angezweifelt werden. Wobei auch die Kirche einen gewichtigen Anteil zu dieser Legitimation mit beitrug, drohte sie doch jedem Abtrünnigen mit Höllenqualen und ewiger Verdammnis.
Unbeantwortet bei diesem Zeremoniell bleibt jedoch, wie es den Herrschenden gelingen konnte, die Menschen des Mittelalters mit dieser eher durchsichtigen Handlung über lange Jahre hinweg hinters Licht zu führen. Ist doch, nüchtern betrachtet, bei diesem Vorgang kein Eingriff einer höheren Macht zu erkennen, die den Gesalbten dazu legitimiert hätte, über Leben und Tod seiner Untertanen zu bestimmen. Tatsache jedoch ist, dass diese Methode nie in Frage gestellt wurde, und dass in Mitteleuropa sogar eine Art Wettrennen der Städte einsetzte mit dem erklärten Ziel, bei der nächsten Krönung die größte Kirche oder Kathedrale zur Verfügung stellen zu können.
Vor diesem Hintergrund wird auch der Stolz der Steinmetze verständlich, die mit ihren Bauten den Königen und Kaisern erst den repräsentativen Rahmen für ihre Zeremonien verschafften und damit entscheidend dazu beitrugen, deren weltliche Macht festzuschreiben.

Mit der Renaissance jedoch beginnt die bis dahin absolute Macht der Kirche erste Risse aufzuweisen. Pilgerte doch seit 1508 (Maximilian I.) kein künftiger Kaiser mehr nach Rom zu seiner Krönung durch den Papst. Die deutschen Kaiser ließen sich ab diesem Zeitpunkt in Frankfurt am Main die Krone aufsetzen, legitimiert also durch die deutschen Kurfürsten, was einen starken Bedeutungsverlust für Rom darstellte. Auch die Reformation trug ihren Teil dazu bei, die Macht der katholischen Kirche mehr und mehr zu beschränken. Die jahrhundertealte Verbindung zwischen Kirche und Adel verlor fast unmerklich immer mehr an Bedeutung, wobei nur selten ins Bewusstsein tritt, dass die europäische Aristokratie ohne die Stütze durch die Kirche, die sich stets auf die Worte der Bibel berufen konnte, nie so lange am Leben gehalten worden wäre.
Nicht verwunderlich ist es deshalb, dass gerade bei den Steinmetzen, die mit ihren überragenden Fähigkeiten der Kirche und den Adeligen zu ihrer Legitimation verholfen hatten, erste Zweifel laut wurden. War doch in ihren Bauhütten auch der Kaiser und der Papst nur einer unter vielen, einer der im wirklichen Leben niemals einen Stein behauen hatte, und dem darüber hinaus auch jede Fähigkeit zur Planung und Konstruktion der riesigen Kathedralen und prächtigen Schlösser abging.

Die heimliche Abwendung von der Kirche warf jedoch neue Probleme für die Steinmetze auf. Wie sollten sie sich die neuen Machthaber, die Fürsten und Könige, geneigt machen? Hier bot sich eine einfache Lösung an. Sie wandten sich den neuen Helfern der Herrschenden, den Geheimen Räten und anderen öffentlichen Würdenträgern zu, denen sie Zugang zu ihren Bauhütten ermöglichten, um durch sie Einfluss zu gewinnen, mit dem erklärten Ziel das „System" von innen heraus zu verfeinern und einen neuen Humanismus ins Leben zu rufen. Natürlich war der Kirche nach dem bekannt werden dieser versteckten Tätigkeiten der Bauhütten schnell klar, dass sich hier eine schwerwiegende Auseinandersetzung anbahnte. Konnte es doch nur „einen" geben: Katholische Kirche oder Freimaurer. Und so viel war sicher: Die Kirche wollte in keinem Fall ihre Deutungshochheit in Frage gestellt wissen.

Inzwischen war die emsige Wühlarbeit der Freimaurer jedoch auf fruchtbaren Boden gefallen. Die Proklamation der Unabhängigkeits- erklärung der Vereinigten Staaten (4. Juli 1776) und der Beginn der großen europäischen Revolutionen versetzte der Kirche einen weiteren verheerenden Schlag, von dem sie sich nie mehr ganz erholen sollte.

Besonders deutlich ist die Handschrift der Freimaurer bei der Französischen Revolution zu erkennen. Betrachtet man nur eine zeitgenössische Darstellung der französischen Erklärung der Menschen- und Bürgerrechte, so wird klar, dass das Motto „Freiheit, Gleichheit, Brüderlichkeit" direkt den Freimaurerstatuten entnommen wurde. Auch die Präambel der Erklärung wurde nicht ohne Absicht in zwei Säulen (Jachin und Boas; Grundpfeiler der Humanität) aufgeteilt. Zwischen den Säulen ist darüber hinaus eine Schlange zu sehen, die sich selbst in den Schwanz beißt, ein Ouroboros, ein altägyptisches Symbol, das für die ursprüngliche Ganzheit oder für die Verwobenheit von Materie und Geist steht. Darüber schwebt, über der immer gegenwärtigen Pyramide, das allsehende Auge, als Allmachtsausdruck des obersten Baumeisters aller Welten. Bei näherer Betrachtung sind weitere Symbole zu erkennen, die auf den Einfluss der Freimaurer hinweisen. So die Phrygische Mütze, eines der zentralen Symbole der Freiheits- und Unabhängigkeitsbewegungen überall auf der Welt, die später bei der Revolution zur Jakobinermütze umgedeutet wurde.

Aber auch in vielen europäischen und europäisch orientierten Städten (Washington D.C.) ist der Einfluss der Freimaurer noch deutlich sichtbar. Selbst in Berlin sind ihre Symboliken und Bautraditionen schnell auszumachen. Herausragende Beispiele sind dafür der Schlosspark von Sanssouci in Potsdam, das Reichstagsgebäude und die über die Spree führende Oberbaumbrücke, die von zwei Säulentürmen (Jachin und Boas) eingerahmt wird.

So erweist sich, dass von den Freimaurern die eigentlichen Inspirationen für die umwälzenden Ideen, die Europa erschütterten, ausgingen, wobei nicht vergessen werden sollte, dass Adam Weishaupt, der Gründer der Illuminaten, dies vorausgesehen hatte. War doch gerade er es, der die Ideen der Aufklärung in die Köpfe der Masse einpflanzte, und der voraussah, dass diese Ideen für die notwendige kritische Masse sorgen würden, die eine Umwälzung ermöglichten. Mit seltener Klarheit erkannte er, dass gerade in den deutlich hervortretenden Dekadenzerscheinungen der feudalen Systeme der Schlüssel für eine Umgestaltung lag.

Die Rivalität der Freimaurerlogen
Die Freimaurerlogen eint als großer verbindlicher Gedanke, dass sich der einzelne Mensch kraft seines Geistes und seiner Vernunft selbst verfeinern und veredeln könne. Nur über den Weg, der zu dieser Veredelung führt, über die Methoden und Maßnahmen, gehen die Meinungen innerhalb der Logen weit auseinander.
Betrachtet man nun die Organisation, den Aufbau der Freimaurer, so wird deutlich, dass kein zentrales Führungsgremium, das alle Logen der Welt repräsentieren könnte, existiert, sondern die verschiedenen Zweige gliedern sich in einzelne unabhängige bürgerliche Vereine (den Logen), die je nach den Statuten der Dachverbände in Großlogen und Großorienten sich zusammenschließen und gegenseitig an-erkennen. Zu dieser Anerkennung ist wiederum eine Anerkennung eines älteren Dachverbandes notwendig, um als Großloge innerhalb der Freimaurerei (angenommener Ritus) beglaubigt werden zu können.
So gab es bis zur Gründung der United Grand Lodge of England (UGLoE) 1717 in England und Frankreich nur die aus den Bauhütten hervorgegangenen, nicht organisierten Freimaurerlogen.
Erst 1773 wurde dann der zweite große Dachverband, der Grand Orient de France (Großorient von Frankreich, GOdF), gegründet. Die beiden Freimaurerlogen pflegten zunächst noch freundschaftliche Kontakte, bis es 1877 zum endgültigen Bruch kam. Nachdem es bereits längere Zeit zwischen den beiden Logen Unstimmigkeiten gegeben hatte, begründete der Grand Orient de France die Spaltung mit mangelnder Gewissens- und Glaubensfreiheit seitens der United Grand Lodge.
Dazu Frederic Demons: „Die Freimaurerei hat zu Grundsätzen die unbedingte Gewissensfreiheit und die menschliche Solidarität. Sie schließt niemanden um seines Glaubens willen aus."
Zugleich erklärte die Loge, auf das Allsehende Auge in einer Pyramide (Symbol des Allmächtigen Baumeister aller Welten) verzichten zu wollen.
Die Vereinigte Großloge von England reagierte umgehend, brach ebenfalls alle Kontakte ab und erkennt seither den Großorient von Frankreich und die von ihr anerkannten Großlogen und Logen nicht mehr als regulär an.
(Falls man heute also eine Pyramide mit Auge sieht, die irgendwie in Verbindung zu den Freimaurern steht, dann handelt es sich in jedem Fall um die englische Freimaurerei).

Unter diesen großen Dachverbänden organisieren sich heute nahezu die gesamten Freimaurer, wobei cirka vier bis fünf Millionen der Vereinigten Großloge von England und etwa drei Millionen der Grand Orient de France angehören.
Verblüffend ist nun, dass diese Zwistigkeiten der Großlogen von der Forschung nie richtig wahrgenommen wurden, obwohl hinter deren Dualismus vollkommen konträre Weltanschauungen und Entwürfe stehen. So ist die englische Freimaurerei nach dem York-Ritus (York=Georg) organisiert. Sie ist streng klerikal (aber nicht nur christlich) ausgerichtet, historisch royalistisch-elitär geprägt und beruft sich auf die (jüdisch-christliche) Hiram-Legende.
Die Zielsetzung der französischen Freimaurerei hingegen ist extrem anti-klerikal bis atheistisch und freiheitlich-bürgerlich. Sie folgt weitgehend dem Schottischen Ritus und beruft sich, wie schon die Logenbezeichnung „Orient" deutlich macht, auf die altägyptischen (Bau-)Traditionen, vor allem auf den Isis- oder Memphis-Kult.

Schon diese kurze und unvollständige Aufzählung zeigt, dass die Unterschiede innerhalb der beiden Zweige nicht größer sein könnten. Und so ist es nicht verwunderlich, dass es oft zu harten Auseinander-setzungen kam. Ausgetragen wurden diese Konflikte vor allem zwischen 1789 (Französische Revolution) und 1918 (Ende des Ersten Weltkrieges), wobei viele prominente Opfer zu verzeichnen waren. Dieser heute weitgehend vergessene Krieg der Freimaurer, der sich über nahezu zwei Jahrhunderte hinzog, sollte das Gesicht der Welt grundlegend verändern, da die beiden Großlogen durch ihre innere Organisationsstruktur auch auf den Aufbau und die Legitimierung der Logen aller übrigen Länder direkten Einfluss nahmen. Was wiederum zur Herausbildung unterschiedlicher politischer und sozialer Systeme führte.
So ist auch die berühmte ägyptische Expedition unter dem damaligen General Napoleon Bonaparte 1798-1801, die heute als der Beginn der modernen Archäologie und Ägyptologie betrachtet wird, der Suche nach den antiken Ursprüngen gewidmet, um so die Überlegenheit der französischen Freimaurerei wissenschaftlich zu untermauern.
Das Ziel des Revolutionsheeres überraschte damals alle europäischen Beobachter. Ebenso erstaunt waren sie über Napoleon, der während der Überfahrt (bereits der Name weist auf die Mission hin) auf dem Flagschiff „L'Orient" residierte. Ein seltsamer Name für ein Schiff, das eigentlich die Vorherrschaft Frankreichs gegenüber dem übrigen Europa symbolisieren sollte.
Die Reaktion der englischen Freimaurer ließ angesichts der offensichtlichen Provokation deshalb auch nicht lange auf sich warten. Bereits noch im gleichen Jahr wurde die französische Flotte von dem britischen Admiral Horatio Viscount of Nelson vernichtend geschlagen, wobei natürlich auch die geostrategische Rolle Englands eine nicht zu unterschätzende Rolle gespielt haben dürfte.

Der Begeisterung für die Ägyptologie tat diese Niederlage jedoch keinen Abbruch. Schon 1805 wurde in Venedig, noch unter dem Einfluss der Ergebnisse dieser Expedition, an der auch 150 Wissenschaftler beteiligt waren, der erste Memphis-Misraim-Ritus der Freimaurer ins Leben gerufen, (auch Ägyptischer Ritus genannt). Die Expeditionsergebnisse wurden verständlicherweise in erster Linie von den französischen Großlogen begrüßt, die sich dadurch in der Lage sahen, immer mehr Geheimnisse der altägyptischen Traditionen zu entschlüsseln, um sie auf ihre eigenen Mysterien übertragen zu können. Ihr verborgenes und dunkles Wirken wurde dadurch noch gefestigt und auf eine solide Basis gestellt.

Verborgenes Wissen:
Bereits einige Jahre nach der ägyptischen Expedition kam es in den verschiedenen Logen, besonders in Europa, zu einer Art Mysterienversessenheit und es wurden die merkwürdigsten und abwegigsten Studien über den Ursprung und Sinn dieser Mysterien durchgeführt. Jedoch hätte ohne diese Studien, die oft mit einer erstaunlichen Leichtgläubigkeit und interpretatorischen Freizügigkeit einhergingen, sicherlich auch die Zauberflöte eines Wolfgang Amadeus Mozart nie das Licht der musikalischen Welt erblickt.

Neben diesen mehr auf den künstlerischen Bereich beschränkten Ausformungen zeichnete sich daneben deutlich ab, dass viele Logen in den viel älteren ägyptischen Traditionen die einzig angemessenen sahen, was die bereits bestehende Spaltung zwischen den beiden Großlogen noch mehr verschärfte. Vor allem glaubten die ägyptophilen Freimaurer im Besitz des einzig wahren Geheimnisses zu sein, sie sprachen deshalb der jüdisch-christlichen Freimaurerei deren Deutungsmuster von vorneherein ab und bezeichneten diese als leere „Geheimniskrämerei." So kam es zu dem bizarren Streit, wer von beiden über das größere „Geheimnis" verfüge, wobei sich die nach Ägypten ausgerichtete Freimaurerei auf drei wesentliche Säulen berief:

- a) die Kunst unter der Erde zu bauen (schon lange hatte man entdeckt, dass die ägyptischen Großbauten unter der Erde noch einen weit größeren Umfang auswiesen);

b) auf die magische, damals noch nicht entzifferte Schrift der Hieroglyphen;

c) auf einen geheimen Priesterorden, der das nicht öffentlich gemachte Wissen aufbewahrte.

Wobei die frankophilen Freimaurer immer wieder richtig zu stellen versuchten, dass sie als die einzig wahren Erben dieses Ordens zu betrachten seien. Aus diesem Glauben heraus entstanden eine Vielzahl von Einweihungsriten, immer von der Voraussetzung ausgehend, dass eine entsprechende Verankerung in den altägyptischen Ritualen zu suchen und auch zu finden wäre. Eine dieser Erkenntnisse, die daraus entwuchs, war, dass jede Ordnung, besonders die staatliche Ordnung, der Lüge bedürfe, und zwar als Religion, um nicht gänzlich zu verschwinden. Natürlich wurde damit auf die christliche Lehre abgezielt, die im Schatten der Aufklärung nur noch als hohl und inhaltsleer angesehen wurde oder gar als „Opium fürs Volk" zu fungieren schien.

Eines ihrer wichtigsten Argumente war die bereits erwähnte Bautätigkeit der antiken Meister unter der Erde, die auch als „Religio Duplex" von den vergleichenden Religionswissenschaftlern interpretiert wurde. Unterirdische und oberirdische Sakralbauten legen nach dieser Interpretation den Schluss nahe, dass die sichtbaren Bauten Zeremonienräume für das einfache Volk darstellen sollten, während die unterirdischen Gänge, Höhlen und Schächte die geheimen Bereiche für die reine, die wahre Religion bildeten. Dort unten hielt sich die Priesterelite auf, die über die geheimnisvollen Hieroglyphen an den Wänden wachte und ihre Geheimnisse zu wahren wusste.

Bemüht man nun noch eine Analogie, so stellte die ägyptische Baukunst auch einen Spiegel für die damaligen sozialen Verhältnisse dar. Oben die Kirche und die Feudalherren, die mit ihrer nahezu absoluten Macht und Zensur die Welt beherrschten, unten die Freimaurer mit ihren bewachten Bauhütten, die mit einer sorgfältig ausgewählten Bildungsschicht subversiv dagegen ankämpften.

Festzuhalten bleibt, lässt man einmal die offensichtliche Geheimnis-krämerei aller okkulten Gesellschaften außer Acht, dass das eigentliche Geheimnis der Freimaurer ihre bloße Existenz darstellte. Allein diese Existenz einer gesellschaftlichen Opposition, die im Verborgenen agierte, war für viele „Wahrheits- und Weisheitssucher" Geheimnis genug, um sich diesen Lehren anzuvertrauen.

Generalplan XXXII

Die Sorge um das tägliche Brot zwingt die Menschen, zu schweigen und unsere gehorsamen Diener zu sein. Aus ihrer Zahl suchen wir für unsere Presse die geeigneten Leute aus. Ihre Aufgabe besteht darin, alles das nach unseren Weisungen zu erörtern, was wir in den amtlichen Blättern nicht unmittelbar bringen können. Ist die Streit-frage erst aufgerollt, so können wir die von uns gewünschten Maßnahmen ruhig durchführen und dem ahnungslosen Volk als Erfüllung seiner angeblichen Wünsche darbringen. Niemand wird es wagen, eine Aufhebung oder Abänderung dieser Maßnahmen zu verlangen, da wir dafür sorgen werden, dass sie als Entgegenkommen gegenüber der öffentlichen Meinung und als Verbesserung des bisherigen Zustandes erscheinen. Die Presse wird die öffentliche Meinung schnell auf neue Fragen ablenken. Haben wir die Menschen doch gelehrt, sich in der ewigen Sucht nach etwas Neuem zu erschöpfen!

Die (katholische) Kirche
Die Kirche als schwarzmagischer Bund, der dem Planeten „Saturn", ihrem Gott, geweiht ist.

In einem von uns durchgeführten Täuschungsmanöver, das bis heute für bare Münze genommen wird, behaupten wir, es habe eine strikte Trennung von Kirche und Staat gegeben, und der Papst mitsamt seiner Kirche sei nun ohne wesentlichen Einfluss. Durch diese vollzogene Trennung wären die Menschen auch von den „mittelalterlichen" Machtinstitutionen der Kirche befreit worden und somit gehöre die lange Blutspur, die sie im Laufe der letzten zwei Jahrtausende hinterlassen habe, endlich der Vergangenheit an.
Doch weit gefehlt!
Die Wirklichkeit sieht anders aus. Sind doch die mosaischen Religionen die direkten Nachfolger des Babylon- und Mithraskultes, die beide wesentlich älter sind als das Christentum und die auf ausgefeilten schwarzmagischen Ritualen aufbauen.
Wirft man beispielsweise nur einmal einen Blick auf die Gewänder der heutigen Würdenträger (z.B. Talar und Fischhut) und betrachtet man einige der Bräuche genauer (z.b. Weihnachten und Ostern, deren Ursprünge ja in vorchristlichen Zeiten liegen), so wird klar, dass diese Riten eins zu eins von den babylonischen Priestern übernommen wurden.
Gräbt man noch etwas tiefer, so schält sich rasch heraus, dass sich hinter dem christlichen Weihnachtsfest, als herausragendem Kirchenfest, in der Vorzeit die Anbetung des babylonischen „Gottes" Nimrod, des Gottes des Planeten Saturn, verbirgt, der auch in Rom verehrt wurde (Rom war zudem als die „Stadt des Saturn" bekannt). Den Planeten Saturn feierte man in den sogenannten „Saturnalien", die zwischen dem 17. und 30. Dezember stattfanden. So wurden an diesen Tagen dem Gott „Saturnus" Opfergaben (Geschenke) gebracht und Bäume geschmückt. Später wurde dieser Zeitraum von der katholischen Kirche mit der Feier der Geburt Jesu verbunden, und fand so Eingang in die offizielle Lehre.
Nun noch einige Details!
Skeptikern ist es natürlich nicht entgangen, dass das allsehende Auge, das sich an unzähligen Kirchen und Kathedralen befindet (sogar der Mormonentempel in Salt Lake City ist nicht frei davon), auch das allsehende Auge Luzifers darstellt. Noch seltsamer zeigt sich der Glaube der Kirche am offiziellen Stuhl des Papstes in Rom, der für alle sichtbar das Kreuz des Antichristen trägt – es ist verkehrt herum! Natürlich behaupten wohlmeinende und meist unwissende Theologen, dass es sich dabei um das Petruskreuz handele – Petrus wurde bekanntlich mit dem Kopf nach unten gekreuzigt- und dies also nur ein organisatorisches Versehen sein könne.
Das Kreuz, bzw. das Kreuzzeichen, wird noch auf verschiedene andere Art und

Weise verwendet: Es stellt z. B. eines der beliebtesten Symbole für viele Geheimgesellschaften dar. Manche Kenner der Materie sprechen auch von einem „induzierten" Irresein, das durch den Gebrauch und die gezielte Konzentration auf gewisse geometrische Symbole (Kreuz) herbeigeführt werden kann.
Klar ist auch, dass an den meisten Menschen, überwiegend bei Gläubigen, von der Taufe bis zum Tod, ohne ihr Wissen, (schwarz)magische Rituale durchgeführt werden, wobei die Verwendung des Kreuzzeichens dabei eine gewichtige Rolle spielt, da es bereits bei der Taufe zum Tragen kommt.
So bedeutet:
Kreuz auf die Stirne: geistig nicht sehen dürfen, Blockierung der Hellsichtigkeit, das dritte Auge wird verschlossen! Die Kirche nimmt dabei Bezug auf die östliche Chakrenlehre, die natürlich auch ihr nicht unbekannt ist.
Kreuz auf den Mund: nicht sprechen dürfen!
Kreuz auf die Brust: Verschließung des Brustchakras, keine Gefühle zeigen dürfen!
Dieses Ritual wird einige Jahre später, bei der Kommunion, wiederholt, um damit die eingeleitete Blockierung noch zusätzlich zu verfestigen.
Auch soll der „gute" Gläubige, der mehrmals am Tag das Kreuzzeichen schlägt (Verschließung der Chakren), ohne sein ausdrückliches Wissen immer wieder neu zum Satanskult hin verführt werden, da das Kreuzzeichen, das er schlägt, genau das umgedrehte Petrus-Kreuz darstellt. Der obere Balken ist länger als der untere. Folglich wird auch hier ein auf dem Kopf stehendes Kreuz beschworen.
Verblüffend ist jedoch, dass das Kreuz (Kruzifix), welches ja ein Hinrichtungsobjekt darstellt, gerne am Körper, meist am Hals, getragen wird.
Um einen Gedankensprung zu machen: Würde jemand sich gerne – lässt man die wenigen Personen, die in abartigen Bereichen zu Hause sind, einmal außer Acht – eine Guillotine oder einen ähnlichen Tötungsapparat um den Hals hängen oder die Wohnung damit schmücken?
Sicher kein unabhängig denkender Kopf!
Verwunderlich nur, dass dies zahllosen Symbolforschern und anderen theologischen Spezialisten nicht aufgefallen sein sollte.
Aber auch den ehemaligen Papst Benedikt scheint es nicht zu bekümmern, dass er sich verschiedene Male mit der Handgeste, die Mano cornuta, das Teufelszeichen, öffentlich zur Schau stellt. Dass diese Zurschaustellung nicht einmalig ist, zeigt ein weiteres Beispiel: So schmückt sein Nachfolger Papst Franziskus das Cover eines bekannten Magazins (Time-Magazin). Und zwar wurde er so geschickt platziert, dass das „M" auf seinem Kopf Hörner bildet.
Sicher kein Zufall!
Zudem ist die Ausgabe nahezu komplett in Rot und Schwarz gehalten, den bekannten Farben des Satanismus.
Womit erkennbar wird, dass auch die Hauptvertreter der Kirche einem versteckten Satanismus anhängen.

An verschiedenen anderen herausragenden Ritualen, die während der „heiligen" Messe durchgeführt werden, z.B. bei der Verwendung von Hostien und „roten" Wein, ist dies unverkennbar. So repräsentiert die Hostie das Fleisch des Körpers und der rote Wein das Blut von Jesus Christus. Jedoch bereits die Wortwahl für „Hostie" (Opfer, Opfertier) ist entlarvend. Die Darreichung in Form einer Oblate (Opfergabe) verdeutlicht dies noch. Ebenso weist die Bereitstellung des Weines (Blut), der in einem goldenen Kelch (Gold auch in Anlehnung an die Anbetung des Mammon) vom Priester stellvertretend für alle Gläubigen getrunken wird, auf ein makabres Ritual (die Einverleibung von Leib und Blut Christi) hin, das seine Ursprünge in satanischen Ritualen hat, bei denen auch Menschen (vorrangig Kinder) geopfert wurden.

Der mythologische Ursprung des Saturn-Satans-Kults
Der Planet Saturn

Dieser Planet wird seit jeher mit der Farbe Schwarz assoziiert, mit der Dunkelheit, weil man bereits im Altertum annahm, dass Saturn am weitesten von der Sonne entfernt sei, folglich nur wenig Licht abbekomme und es deshalb ständig kalt und dunkel sein müsse. Ebenso wurde auch die dunkle Materie mit Schwarz in Verbindung gebracht. Interessant bei dieser Betrachtung ist der Polarwirbel am Nordpol des Saturns, ein seltenes Phänomen, dessen Entstehung bisher ungeklärt ist. Er bildet eine hexagonale Struktur, mit einem Loch in der Mitte, welches das Zentrum, also das Auge (das Allsehende Auge Luzifers, von uns gern als Symbol verwendet), darstellt. Diese hexagonale, nahezu perfekte Struktur ergibt in dreidimensionaler Sicht einen Würfel, der auf der Spitze steht.
Saturn wird auch durch die Gottheit Pan, in Gestalt des Baphomet, repräsentiert (Pan ist der Name eines der bekanntesten Saturnmonde).
Astronomen wissen, dass Saturn von großen Ringen umgeben ist, welche sich in verschiedene Ringgruppen unterteilen. Bei den Griechen war der für seine Grausamkeit berüchtigte Saturngott unter dem Namen Chronos bekannt und galt als Herrscher der Zeit. Das astronomische Symbol Saturns ist die Sichel, der „Sensenmann", der die Lebenszeit beendet und die Menschen damit zu Sklaven der Zeit macht.
Auffallend ist, dass sich das Wort Saturn und Satan ähneln. So wird er in der irischen Sprache Satarn genannt. In der südafrikanischen Bantusprache Yhosa wiederum isateni. Im Englischen ist der Weihnachtsmann als Santa Claus bekannt, ein Anagramm für Satan Lucas, wobei offensichtlich wird, dass der „Saturday" für Saturnstag steht. Verblüffend ist dabei die Parallele zur jüdischen Religion, wo der Sabat dem Samstag und damit erneut dem Saturn gewidmet ist. Auch der alttestamentarische rachsüchtige Gott der Juden und der Christen, nämlich Jehova (bzw. Yahovah, Jahwe), weist mit großer Wahrscheinlichkeit auf

den Saturngott hin, wie das hebräische Wort hova verrät, was übersetzt Unheil, Boshaftigkeit oder Lüsternheit bedeutet. Spaltet man die Wörter Yah und Hovah auf, so erhalten wir den „Gott des Unheils".
Einige Beispiele sollen dies verdeutlichen:
Manche unserer Brüder im Geiste, die jedoch in ihrer esoterischen Ecke verblieben sind, wie die „Bruderschaft des Saturns" (Fraternitas Saturni), die zu Unrecht als einflussreichste, magisch-okkulte Geheimgesellschaft gilt, huldigen Saturn und sehen in ihm den Gott der Dunkelheit, des Krieges, des Chaos und der Zerstörung, dessen Funktion es ist, die niederen Triebe des Menschen zu bestrafen und zu zähmen.
Ein Großmeister des Ordens, G. Eugen Grosche, besser bekannt unter seinem Ordennamen Gregor A. Gregorius, zeigt mit einiger Klarheit die Ziele und Wege eines Saturnanhängers auf: „Er wird dann zum Meister des oberen und unteren Lichtes. Die Dämonen der Tiefe zwingt er, und die Engel der mentalen Sphäre müssen ihm dienen. Ist seine Reife dann soweit vorgeschritten, steht er mit klarem, furchtlosem Blick dem Hüter der Schwelle gegenüber, und Saturn wird seinem Diener das dunkle Tor öffnen. Ein so geformter geistiger Mensch wird sich immer als Weltbürger fühlen und erkennt keine Grenzen an zwischen Volk, Rasse und Nation. Die üblichen Moral- und Ethikgesetze existieren für ihn nur dann, wenn er sie verstandesgemäß einhalten muss. Er wird sich immer nach aller Möglichkeit isolieren. Er weiß, je einsamer er wird, desto leichter wird ihm die gewollte Isolierung."
Womit gerade durch die letzten Aussagen G.A. Gregorius`, der auch mit dem Schwarzmagier Aleister Crowley („Tu was du willst soll sein das ganze Gesetz") bekannt war, deutlich wird, dass für bestimmte „erleuchtete" Gruppierungen alle üblichen Ethik- und Moralgesetze obsolet sind.
Was von uns nur unterschrieben werden kann!
Wesentlich durchsichtiger wird jedoch der Saturn-Kult, wenn man seine überall auf der Welt ins Auge springenden Ausformungen anhand des bereits erwähnten Würfels sowie der sieben Saturn-Ringgruppen betrachtet.
Mekka: Heiligster Ort der Moslems!
So wird auch in Mekka ein großes schwarzes Gebäude in Würfelform (Kaaba, arabisch Kubus, Würfel) verehrt. Drinnen im Gebäude liegt ein schwarzer Stein, von dem behauptet wird, er sei ein Meteorit oder weise einen anderen übernatürlichen Ursprung auf. Von verschiedenen Traditionen wird überliefert, dass Abraham diesen Stein von Erzengel Gabriel erhalten habe. Hervorzuheben ist, dass Adam und Abraham in allen drei mosaischen Religionen vorhanden sind.
Es ist nun wohl kein Zufall, dass die Moslems, die eine Pilgerreise nach Mekka unternehmen, das schwarze Gebäude sieben Mal (die sieben Saturn-Ringe) gegen den Uhrzeigersinn in konzentrischen Kreisen (Polarwirbel) umrunden, und bei jeder Umrundung den schwarzen Stein, der an einer Ecke des Gebäu-

des angebracht ist, berühren oder gar küssen. Der schwarze Kubus sammelt dadurch von den Gläubigen große Mengen spiritueller Energie, von der sich, laut geheimen kosmischen Regeln, die dunkle, die schwarze Seite der Welt (Satan) ernährt. Was zeigt, dass sich der Saturngott listig hinter verschiedenen Namen und Formen versteckt.

Zurückgeführt werden diese meist unbewusst begangenen Rituale auf mythologische Erzählungen, nach denen unser Sonnensystem zwei Sonnen gehabt haben soll, die uns bekannte Sonne und Saturn. Auch deshalb wurde der Planet als die schwarze Sonne bekannt. Er spiegelt den Feiertag der Christen, den Sonntag wider. So verbirgt sich hinter dem christlichen – meist schwarzen – Kreuz in Wirklichkeit ein aufgeklappter Würfel (Auch der Gebetsriemen der Juden, Tefelin, stellt einen Würfel dar, der auf dem Kopf getragen wird.)

Die Wirkungsmächtigkeit Saturns (Würfel) reicht selbstverständlich bis in unsere Zeit. So gilt der Würfel auch als Symbol des Zwanges, des Eingesperrtseins, als eine Art „Box" (Gefängnis), die uns von unserer eigentlichen Natur trennen soll. Durch die begrenzte Größe und seine drei Dimensionen werden wir im Raum festgehalten. Zudem sind wir in der Zeit (Chronos) gefangen und durch die Farbe Schwarz auch in der Materie, im Materialismus.

Ein besonders interessantes Beispiel für die dunklen Kräfte Saturns findet man erneut in der katholischen Kirche, im Saturno, einer Kopfbedeckung, die besonders in Italien gerne von Geistlichen getragen wird (scherzhaft auch Don-Camillo-Hut). Auffallend dabei ist die vollkommen runde Form und die weite Krempe, die die Ringe des Saturns widerspiegelt. Die Hüte sind alle in tiefstem Schwarz gehalten, mit Ausnahme des Papst-Hutes. Bischöfe tragen eine gold-grüne Hutschnur mit einer grünen Quaste daran, Kardinäle eine gold-rote Hutschnur mit roter Quaste. Die Kopfbedeckung des Papstes hingegen ist rot und mit goldenen Stickereien verziert.

So finden sich auch hier die Farben Schwarz und Rot bei den höchsten geistlichen Würdenträgern wieder. Die regelmäßige Zurschaustellung des Saturngottes wurde bereits des Öfteren von verschiedenen Medien bemerkt. So betitelte eine bekannte überregionale deutsche Tageszeitung den Auftritt des ehemaligen Papstes Benedikt XVI. bei einer Generalaudienz auf dem Petersplatz, bei dem dieser mit einem Saturno mit breiter Krempe, den Planetringen des Saturns nachempfunden, vor die Gläubigen trat, mit den Zeilen: „Behütet vom Saturn." Deutlicher kann wohl die „versteckte" Verehrung des Gottes Saturn nicht geführt werden.

Damit befindet sich der Papst natürlich in bester Gesellschaft. Denn als Zeichen ihrer Macht haben Könige und Königinnen schon seit jeher eine Krone (Saturnring) getragen. Der Kreis mit dem Kreuz in der Mitte ist auch ein Hinweis auf den Sonnen- bzw. Saturnkult. Und die Phönizier, die ebenfalls Saturn als Gott huldigten, verbanden diesen Planeten mit der purpurnen Farbe: genau die

Farbe, die von den höheren Rängen der Kirche, von Bischöfen und Kardinälen getragen wird.
Der Gebrauch von Symbolen ist natürlich nicht neu. Viele Orden und Religionsgemeinschaften verwendeten sie, und oft stand das Kreuz (aufgeklappter Würfel) im Vordergrund. Die geringste Scheu vor einer Offenlegung der satanischen Symbolik scheinen dabei die Jesuiten zu haben. Ist doch das astronomische Symbol für den Planeten Saturn fast identisch mit dem Symbol des Jesuitenordens.

Architektonische Umsetzung
Die materielle Umsetzung spiegelt sich am augenscheinlichsten in der Urbauweise (Würfelbauweise) wieder, da diese eine besonders prägnante Ausdrucksform des Menschen darstellt. An dieser Form zeigt sich der Sieg Saturns über die Menschen, da hier deutlich wird wie er sie in Häuser in Würfelform, in Hochhäuser, in Plattenbauten und Bürotürme förmlich hineinzwingt.
Aber auch als künstlerische Gestaltungsmittel sind schwarze Würfel sehr beliebt. So gibt es kaum eine größere Stadt, die nicht über einen oder mehrere meist auf die Spitze gestellte Würfel verfügt, die überwiegend an markanten Plätzen aufgestellt werden.
Werbebanner von bekannten Firmen arbeiten ebenfalls mit dem Saturnsymbol. So weist ein Internetprovider, ein Turnschuhhersteller, eine Automarke und ein Internet-Explorer-Browser dieses Logo auf. Noch durchschlagender tritt das Firmenzeichen eines Elektrofachmarktes auf, der es sogar schaffte, damit bis in den Kölner Dom zu gelangen. Dort bildet es einen Teil des Fensters am Südturm, was manchen Gläubigen wohl gelegentlich zum Grübeln verleiten mag.

Schwerpunkt:
Karl Marx als preußischer Regierungsagent

Kurzer historischer Abriss über unsere allumfassende, über Jahrhunderte währende Einflussnahme, anhand einer exemplarisch ausgewählten, streng geheimen Stasiakte

Gericht Leipzig 1988; Abteilung Landesverrat; nicht öffentliche Verhandlung

Vorsitzender: J. Goldsmith
Beisitzer: B. Dobrinsky
Angeklagter: Willi Schneider
Sekretärin: Lisa Wolf

Goldsmith blätterte nachdenklich in der umfangreichen Akte, die vor ihm auf dem Tisch lag. Nach einiger Zeit richtete er den Blick auf die große Uhr, die an der Wand hing und ein leises klackendes Geräusch von sich gab, und schüttelte dann sichtlich angewidert den Kopf. „So ein Fall ist mir in den zwanzig Jahren, in denen ich als Richter der Deutschen Demokratischen Republik tätig sein durfte, noch nicht untergekommen", sagte er darauf schleppend und schüttelte erneut den Kopf. „Ein treues, ein langjähriges Mitglied der SED erdreistet sich, ungeheure Lügen, die unsere demokratische Ordnung auf das höchste gefährden und zersetzen könnten, zu verbreiten. Und zwar Lügen über die Väter des wissenschaftlichen und revolutionären Sozialismus, Karl Marx und Friedrich Engels ..."
„Auch vor den übrigen Vertretern dieser Schule, die die Welt veränderte und bis auf die Grundmauern erschütterte, hat er nicht Halt gemacht", warf Dobrinsky ein. „Unglaublich! Ein einfaches, ein unauffälliges, ein bisher noch nie in Erscheinung getretenes Mitglied unserer Partei schwingt sich zu gedanklichen Höhenflügen auf, die selbst den größten Denkern unserer Republik, und auch den Genossen unserer in Freundschaft verbundenen Republiken, nicht im entferntesten in den Sinn kämen."
„Genosse Schneider wird seiner gerechten Strafe nicht entgehen", stellte Goldsmith klar. „In Bautzen, „im Roten Elend", wie unsere Schule für Abgeirrte, für Subjekte, die unser revolutionäres System in Frage stellten, despektierlich genannt wird, hat er genügend Zeit, um zur Besinnung zu kommen." Er wandte sich an Schneider, der den bisherigen Ausführungen mit einem schwer deutbaren Gesichtsausdruck gelauscht hatte. „Ihrer Miene kann ich als erfahrener Richter entnehmen, dass Sie der verstockten Sorte Mensch angehören. Habe ich Recht? Antworten Sie!"
„Diese Verhandlung kommt bereits in groben Zügen einer Vorverurteilung gleich",

bequemte sich Schneider nach einigem Zögern zu antworten. „Bisher hatte ich noch keine Gelegenheit meine Sicht der Dinge darzulegen."

„Ihre Sicht der Dinge?", höhnte Dobrinsky. „Ich halte Sie eher für einen armen, verblödeten Irren, der sich zum notorischen Besserwisser aufgeschwungen hat. Der sicherlich nichts, rein gar nichts, von den kühnen Gedanken unserer geschätzten Vordenker verstanden hat."

„Lassen wir ihn trotzdem zu Wort kommen", lenkte Goldsmith ein. „In unserer demokratischen Republik, die von Arbeitern und Bauern getragen wird, hat selbst dieses verkommene Subjekt", er unterstrich seine Worte mit erhobenem Zeigefinger, „das Recht, sich zu verteidigen."

„Soll ich das zu Protokoll nehmen, Genosse Vorsitzender?", meldete sich Frau Wolf.

Goldsmith überlegte kurz. „Gehen Sie nach der altbewährten Arbeitsweise vor", wies er sie an.

„Ich soll also das Protokoll etwas glätten?", fragte Frau Wolf nach. „Etwas straffen?"

Goldsmith nickte nur leicht gequält.

„Ich werde mir trotzdem nicht nehmen lassen, die Wahrheit zu berichten", sagte Schneider unbeeindruckt. „Und das obwohl meine Verurteilung bereits feststeht. Denn die Wahrheit muss ans Licht."

„Ihre Wahrheit!", winkte Dobrinsky ab. „Ihre Wahrheit! Die Wahrheit, die Ihnen von westlichen Agenten eingeflüstert wurde. Und dass es so war, steht wohl außer Frage!"

„Kommen wir endlich zur Sache! Hören wir uns Ihre Wahrheit an! Heraus damit!", wandte sich Goldsmith ungeduldig an Schneider. „Sie behaupten nicht mehr und nicht weniger, als dass es sich bei Karl Marx, den von uns allen verehrten Meisterdenker, um einen preußischen Regierungsagenten handelte." Er ließ seine Hand klatschend auf die Akte, die vor ihm lag, fallen. „So zumindest steht es in den bisherigen Verhörprotokollen."

„So ist es, Genosse Vorsitzender", bestätigte Schneider. „Eine andere Möglichkeit, betrachtet man einmal seinen Lebenslauf etwas genauer, ist weitestgehend auszuschließen."

„Wollen Sie sogar die Biographie Karl Marx` in Frage stellen?", fragte Dobrinsky rasch. „Sie wurde schließlich von unzähligen Marxismus-Experten bis zum letzten I-Tüpfelchen unter die Lupe genommen. Herauskristallisiert hat sich ein Denker, der unbeirrt seinen Weg ging. Unbeirrt von allen Anfeindungen, von allen Nackenschlägen missgünstiger, übelgesinnter Zeitgenossen."

„Ja, folgt man den offiziellen, den sorgfältig von allen möglichen Unstimmigkeiten gereinigten Quellen", entgegnete Schneider. „Die Realität sah ganz anders aus."

„Berichten Sie uns über einige Details!", forderte Goldsmith Schneider auf. „Eine allgemein gehaltene Diffamierung genügt uns nicht."

Schneider zuckte die Schultern. „Die Familien Marx und von Westphalen, ein altes Adelsgeschlecht, standen in Trier, dem Geburtsort Karl Marx`, in engem Kontakt miteinander. So eng, dass die Kinder Spielgefährten waren ..."
„Sie setzen zu einem kühnen Gedankensprung an", unterbrach Dobrinsky. „Eben noch war Karl Marx preußischer Regierungsagent!"
Schneider fuhr fort: „Im Geschichtsunterricht wurde uns beigebracht, dass Teile der rheinischen Gebiete, darunter auch Trier und Köln, bei den Verhandlungen, oder sollte ich besser „Verschacherung" sagen, des Wiener Kongresses, Preußen zugeschlagen wurde."
„Werden Sie nicht überheblich", wies ihn Goldsmith zurecht. „Es ziemt sich für einen Angeklagten nicht, dem Gericht Belehrungen zu erteilen."
„Ich weise nur auf die bekannten geschichtlichen Tatsachen hin", verteidigte sich Schneider, „und um die Verwandtschaftsbeziehungen deutlicher herauszuarbeiten, war diese kleine Abweichung sicher notwendig."
„Dass Karl Marx einen preußischen Innenminister als Schwager hatte, ist wahrlich nichts Neues", sagte Goldsmith. „Seine Frau Jenny Marx war schließlich eine geborene von Westphalen. Und es ist auch nichts Neues, dass Ludwig von Westphalen, der Freund seines Vaters, Heinrich Marx, dem jungen Karl auf langen Spaziergängen zum ersten Mal die Gedanken des Sozialismus in dessen aufnahmefähiges Gehirn einpflanzte. Hier erfuhr er von den Frühsozialisten, von Saint-Simon und anderen. Sie müssen ein sonderbares Gespann gebildet haben: da der begeisterungsfähige Schüler Marx, dort der vornehme ältere Edelmann. Deren Freundschaft ging sogar so weit, dass Karl Marx seine spätere Doktorarbeit Ludwig von Westphalen widmete, und nicht etwa seinem Vater."
„Zu dieser von Ihnen erwähnten Doktorarbeit möchte ich später noch etwas anmerken", sagte Schneider.
Goldsmith zögerte einen Moment. „Warum nicht gleich?", fragte er.
„Um den Verlauf der Verhandlung nicht vollends unübersichtlich werden zu lassen", wandte Schneider ein. „Die erwähnte Promotion rückt zum jetzigen Zeitpunkt noch in weite Ferne. Noch befindet sich Marx als Schüler in Trier. Wobei", er lachte leise, „bereits in den Beurteilungen der damaligen Lehrer seine blühende Phantasie besonders hervorgehoben wird." Er zögerte und warf einen Blick auf Goldsmith. „Wollen Sie ein Beispiel hören? Ich zitiere aus dem Gedächtnis!"
Goldsmith nickte nur. „Zitieren Sie ruhig! Das wird Sie auch nicht vor einer Verurteilung retten."
Schneider überlegte einen Augenblick. „Karl Marx – `gedankenreiche, ausufernde, kraftvolle Darstellung, die Lob verdient, wenngleich das Wesen der fraglichen Vereinigung gar nicht angegeben wurde.´ Oder: ` ...nur theilweise befriedigend gelöst, ist doch der letzte Theil gelungen zu nennen, und die Arbeit im Ganzen lobenswerth.´"
„Wollen Sie damit andeuten, dass Karl Marx bereits in jungen Jahren über eine

blühende Phantasie, wie Sie es nennen, verfügte?", fragte Goldsmith. „Wollen Sie damit den späteren Denker Karl Marx in Frage stellen? Jeder Mensch benötigt schließlich eine gewisse Reifezeit um zum Wesentlichen zu gelangen."

„Ich deutete dies nur an, als kleinen Hinweis auf die spätere Entwicklung", sagte Schneider.

„Sie meinen auf die von Ihnen behauptete Biegsamkeit des Geistes?", fragte Goldsmith hintergründig.

„Die ich gleich zur Sprache bringen werde", sagte Schneider.

„Angeklagter, wenn Sie weiter so ausschweifend referieren", warf Dobrinsky ein, „dann werden wir noch Tage benötigen, um an ein Ende zu gelangen."

„Genosse", stutzte ihn Goldsmith zurecht, „man kann für den weiteren Aufbau des Sozialismus in der Deutschen Demokratischen Republik nicht genug über unsere Gründerväter erfahren. Das sollten Sie sich vor Augen führen. Und sei es nur, um später die reine, die sozialistische Wahrheit, und nur darauf kommt es uns an, von den von den Kapitalisten weit verbreiteten Lügen trennen zu können."

„Selbstverständlich, Genosse Vorsitzender", gab sich Dobrinsky zerknirscht. „Trotzdem ..."

„Fahren Sie fort!", wies Goldsmith Schneider an.

Dieser nickte. „Um unseren Meisterdenker, wie Sie Karl Marx nennen, besser verstehen zu können, ist es wohl notwendig, kurz das Denken Friedrich Hegels zu streifen, da gerade er beinahe das gesamte Geistesleben der damaligen Intellektuellen: kurz des gebildeten Bürgertums, besonders in der Hauptstadt Berlin, beherrschte."

„Da bin ich aber gespannt", konnte Goldsmith nicht an sich halten und beugte sich neugierig nach vorne, „ob Sie Friedrich Hegel ebenfalls in bewährter Manier in den Dreck ziehen."

Schneider lachte laut. „In dieser Hinsicht enttäusche ich Sie nicht", sagte er. „Denn Hegel wurde von der alles bestimmenden Gesellschaftsschicht, also hauptsächlich vom König und der Regierung, nur deshalb nach Berlin geholt (nachdem er vorher als Hauslehrer eines Frankfurter Weingroßhändlers gedient hatte), weil mit ihm die, von Spöttern so genannte `Hegelei´ Einzug in die akademischen Kreise hielt ..."

„Was meinen Sie damit?", fragte Goldsmith etwas ratlos. „Hegelei? Was kann man sich darunter vorstellen?"

„Ein schönes Beispiel, das auch in keiner Biographie fehlt, vorweg", sagte Schneider. „Hegel, der nach seiner bereits erwähnten Tätigkeit als Hauslehrer vorübergehend in Jena als Professor tätig war, bezeichnete 1806 den Einzug Napoleons in die Stadt diesen als die `Weltseele zu Pferde´. Was bereits damals ein bezeichnendes Licht auf sein ungenaues, philosophisch angehauchtes Geschwafel warf ..."

„Eine kurze Beschreibung eines kaiserlichen Auftrittes bezeichnen Sie leicht-

fertig als Geschwafel?", unterbrach Goldsmith. „Ist das alles, was Sie an Argumenten vorbringen können?"
Schneider verzog das Gesicht. „Noch eine weitere tiefgründige Aussage Hegels: `Das Wahre ist das Ganze. Das Ganze aber ist nur das durch seine Entwicklung sich vollendende Wesen. Es ist von dem Absoluten zu sagen, dass es wesentlich Resultat, dass es erst am Ende das ist, was es in Wahrheit ist; und hierin besteht eben seine Natur, Wirkliches, Subjekt oder Sichselbstwerden zu sein´", zitierte er leicht stockend, immer wieder den Kopf schüttelnd.
„Stammt das von Ihnen oder ist es von Hegel?", fragte Goldsmith stirnrunzelnd. „Es ist äußerst unwahrscheinlich, dass Sie Hegel so exakt wiedergeben können."
„Wir wurden schließlich lange genug in der Schule mit diesem pseudo-philosophischen Gefasel traktiert", erwiderte Schneider. „Verschiedene Texte haben sich in mein Gehirn eingebrannt. Ich habe noch mehr auf Lager: `Es ist der Gang Gottes in der Welt, dass der Staat ist; sein Grund ist die Gewalt der sich als Wille verwirklichenden Vernunft´", fuhr er fort. Er warf einen Blick auf Goldsmith. „Können Sie sich, nimmt man das wirre Geschwätz ernst, und die herrschende Schicht hat dies getan, die Auswirkungen auf die Gesellschaft vorstellen? Auch der brutalste Krieg gewinnt durch diese Vernunftgründe, die Hegel anführt, seine Berechtigung. Die gesamten Texte sind ungenau formuliert, so dass nahezu alles, ich betone alles, irgendwie gerechtfertigt werden kann. Hegel hält auch den Krieg nicht für ein `absolutes Übel´, sondern erkennt darin ein `sittliches Moment´. Ja, er erteilt sogar den Regierungen den Ratschlag, von Zeit zu Zeit Kriege zu entfachen: `Um die isolierten Gemeinwesen innerhalb des Staates nicht festwerden, hier durch das Ganze auseinanderfallen und den Geist verfliegen zu lassen, hat die Regierung sie im Innern von Zeit zu Zeit durch Kriege zu erschüttern, ihre sich zurechtgemachte Ordnung und ihr Recht der Selbstständigkeit dadurch zu verletzen und zu verwirren, den Individuen aber, die sich darin vertiefend vom Ganzen losreißen und dem unverletzbaren Fürsichsein und der Sicherheit der Person zustreben, in jener auferlegten Arbeit ihren Herrn, den Tod, zu fühlen zu geben.´"
Schneider warf einen herausfordernden Blick auf Goldsmith, der sich verlegen am Kopf kratzte und hilfesuchend Dobrinsky zunickte. „Was sagen Sie dazu, Genosse? Hat der Angeklagte Recht? Kann man seinen Aussagen trauen? Sie haben sich doch meines Wissens auf der Kaderschule ausführlich mit Hegel beschäftigt."
„Spielt die Aussage des Angeklagten überhaupt eine Rolle?", fragte Dobrinsky vorsichtig tastend. „Es handelt sich doch hier um staatszersetzende Umtriebe. Was interessieren uns da die weit hergeholten Zitate."
„Warum geizen Sie so mit Ihrem philosophischen Hintergrundwissen, Genosse?", versuchte Goldsmith Dobrinsky aus der Reserve zu locken. „Wenigstens einen kleinen Überblick!"

„Unser Hegel unterscheidet sich um Welten von dem Hegel des Angeklagten", bequemte sich Dobrinsky dann zu antworten. „Unser Bild von Hegel, das uns auf der Kaderschule nahegebracht wurde, ist folgendes: Hegel war ein, wenn nicht der bedeutendste, Denker des deutschen Idealismus. Er zeigt den Aufstieg des philosophischen Gedankens vom vorstellenden Bewusstsein bis zur Vernunft und zum absoluten Wissen. In seiner `Logik´ entwickelt Hegel den Sinngehalt des Absoluten, was bedeutet, die Wahrheit `an und für sich selbst …´ So genau ist der große Denker leider nicht mehr in meinem Gedächtnis verankert. Irgendetwas mit Sittlichkeit, Recht und Moralität als Willensform des Geistes und dem Staat als die absolute Wirklichkeit der Sittlichkeit. Oder so ähnlich. Und hinzu kommt die allgegenwärtige Dialektik. Sie ist besonders wichtig bei Hegel …" Er brach ab und warf einen hasserfüllten Blick auf den Angeklagten, der jedoch unberührt blieb.
„Der erste Teil Ihrer Ausführungen stellt vermutlich ein Lexikonzitat dar", sagte Schneider dann und grinste.
„Und der zweite Teil?", fragte Dobrinsky zornig.
„Der zweite Teil ist eine wirre Ansammlung von abstrakten Begriffen, die mit der Wirklichkeit nichts, und zwar gar nichts, zu tun haben …"
„Sie reden sich um Kopf und Kragen, Angeklagter!", unterbrach Dobrinsky zornig. „Es steht Ihnen einfach nicht zu, so über unsere staatstragenden Denker herzuziehen."
„Auf denen unser gesamter Staat aufbaut", sagte Schneider. „Das haben Sie vergessen."
„Mäßigen Sie sich, Angeklagter!", kam nun Goldsmith Dobrinsky zu Hilfe. „Und fahren Sie fort mit der Schilderung über Karl Marx. Denn nur Marx, nur Marx, interessiert uns."
„Ohne gewisse Vorgaben, was sein Denken betrifft, ist Marx sicher nicht zu begreifen", wandte Schneider ein. „Kein Denken bewegt sich im Vakuum …"
Goldsmith winkte ab. „Fahren Sie endlich fort!", sagte er und streifte aus den Augenwinkeln Frau Wolf, die gelangweilt dasaß und mit dem Stenographiestift herumspielte, wobei sie ihn auf den Zeigefinger stellte und dabei versuchte das Gleichgewicht zu halten, was ihr nur immer für einige wenige Sekunden sehr unvollkommen gelang. Trotz der vielen fehlgeschlagenen Versuche war sie jedoch nicht bereit ihre Versuche aufzugeben.
„In diesem Zusammenhang ist die Erwähnung der Junghegelianer aber sicher noch notwendig", sagte Schneider. „Denn damit nähern wir uns bereits dem jungen Marx als Student und dem sogenannten Doktorklub."
Goldsmith nickte. „Ich weiß, ich weiß. Sie beziehen sich jetzt auf den Theologen David Friedrich Strauß. Er war der Begründer und Namensgeber der Junghegelianer. Sie spalteten sich später, je nach Position und je nach Radikalisierung, in Rechts- und Linkshegelianer." Er schüttelte den Kopf. „Mehr weiß ich darüber nicht."

„Vielleicht sollten Sie den Genossen Dobrinsky um Hilfe bitten", sagte Schneider.
„Werden Sie nicht frech, Angeklagter!", polterte Dobrinsky umgehend los.
„Berichten Sie schon!", forderte Goldsmith Schneider auf. „Und hören Sie endlich auf uns zu provozieren."
Schneider sammelte seine Gedanken. „Der von Ihnen bereits erwähnte Theologe Strauß hatte 1835 mit der Schrift `Das Leben Jesu, kritisch bearbeitet´ für großes Aufsehen gesorgt. Die Anhänger seiner Thesen bezeichnete er als Junghegelianer, die Gegner als Rechtshegelianer", sagte er und schwieg einen Moment, um Goldsmith die Möglichkeit einer Erwiderung einzuräumen. Als diese jedoch ausblieb, fuhr er fort: „Das Entscheidende seiner Thesen war jedoch, dass er das Leben Jesu auf geschickte Art und Weise mit der Methode Hegels verband. Er hob den Wirklichkeitsgehalt der Berichte im Neuen und Alten Testament auf, ein einfacher dialektischer Vorgang, was der historischen Leugnung der `Glaubenswahrheiten´ gleichkam. Von den Hegelianern war dies nicht leicht anzugreifen, da er, ganz `hegelianisch´, die historische Person mit Namen Jesus von der Menschheitsidee des Christus trennte. Der Kunstgriff dabei: Die Berichte in den Evangelien werden zu allegorischen Ereignissen, zu ewigen Wahrheiten, und müssen nicht mehr historisch belegt werden. Sie müssen daher von den Gläubigen nicht mehr wörtlich genommen werden."
„Und der Sinn dieser Wortklauberei?", fragte Goldsmith etwas ratlos.
„In der Praxis bedeutet dies, dass die theologischen Positionen deutlich geschwächt wurden, was den damaligen preußischen Kulturminister Altenstein umgehend dazu verleitete, die Kirche von den Schulen fernzuhalten. Wobei anzumerken ist, dass nach dem Beschluss des Ministers ein deutlicher Gesinnungswandel einsetzte und die Junghegelianer sukzessive aus den Universitäten und Beamtenstellen gedrängt wurden. So auch Strauß selbst.
Zu den Junghegelianern zählten die damals sehr bekannten Personen: die Brüder Bauer, Ruge, Herwegh, Hess, Köppen, Bakunin, Stirner, natürlich Marx und Engels und später auch Ludwig Feuerbach, dessen Schrift ´Das Wesen des Christentums` auch Ihnen bekannt sein dürfte."
„Den habe sogar ich noch in Erinnerung", bestätigte Goldsmith nachdenklich. „Einer unserer Pauker ist wochenlang auf ihm herum-geritten. Behalten habe ich eher nichts."
„Mir geht es genauso, Genosse", stimmte Dobrinsky zu. Er stöhnte leise. „Warum müssen wir uns so lange mit diesen unwesentlichen Dingen beschäftigen?", fragte er. „Es geht doch bei dieser Verhandlung um die Zersetzung unserer demokratischen Ordnung. Um nicht mehr und nicht weniger. Warum also dieses langatmige Wiederkäuen von irgendwelchem philosophischem Gedankengut?"
Goldsmith schüttelte verneinend den Kopf. „Sind Sie etwa auch bereits von dem Zersetzungsvirus, den der Angeklagte in sich trägt, infiziert?", fragte er. „Denn nur so ist Ihre Reaktion zu deuten."

„Nein, Genosse Vorsitzender!", knickte Dobrinsky sofort ein. „Nur ermüden mich diese philosophischen Spielereien rasch."

„Diese philosophischen Spielereien, wie Sie es nennen, sind die Basis unseres Staates", sagte Goldsmith streng. „Vergessen Sie das nicht! Oder soll ich noch deutlicher werden?"

Dobrinsky antwortete nicht, sondern nickte nur zustimmend.

Schneider, der dem kurzen Disput der beiden aufmerksam gefolgt war, räusperte sich. „Soll ich mich etwas kürzer fassen?", fragte er und grinste versteckt. „Damit Ihre Aufmerksamkeit sich auf die wirklich wichtigen Punkte, Karl Marx betreffend, richten kann."

Goldsmith zögerte kurz. „Ja, tun Sie das, Angeklagter. Ihre Verurteilung betrifft das jedoch nicht. Sie steht auf jeden Fall außer Frage."

Schneider nickte nur gleichmütig. „Das habe ich auch nicht erwartet", sagte er und überlegte rasch. „Nur Bruno Bauer möchte ich noch erwähnen, da dieser sich unverzüglich vehement gegen die Thesen Friedrich Strauß' wandte und deshalb als Hoffnungsträger der Rechtshegelianer galt. Bruno Bauer war, was seine politische Richtung betraf, ein strikter Vertreter des Absolutismus und war sich deshalb des Wohlwollens der Regierung sicher. Bauer, der evangelische Theologie studiert hatte, rechnete daher, nachdem er sich in Berlin habilitiert hatte, mit einiger Sicherheit mit einem Lehrstuhl …"

„Den er jedoch nie erhielt", versuchte Goldsmith zu bremsen. „Der spätere Streit mit Karl Marx zeichnete sich bereits ab. Und so weiter …"

„Ich merke, Sie werden langsam ungeduldig", lenkte Schneider ein. „Ich komme daher zum `Doktorklub´ zurück. Den Treffpunkt dieser Runde bildete die Hippelsche Weinstube, in der schon E.T.A. Hoffmann und Heinrich Heine zu Gast waren und wo später Karl Marx auf Friedrich Engels stieß. Engels befand sich ab 1841 in Berlin bei der Garde-Artillerie-Brigade als Einjährig-Freiwilliger und besuchte in seiner Freizeit Philosophie-Vorlesungen an der Universität. Artillerie war damals, wie später Jagdflieger, Elite. Führende Positionen waren jedoch dem Adel vorbehalten. Hier in diesem illustren Kreise wurde jemand wie Marx, der in der Lage war, reichlich Runden zu schmeißen, schnell zum Mittelpunkt, und besonders der darüber hinaus in der Lage war, Kredite zu vergeben."

„Sie beziehen sich jetzt auf die sprichwörtliche Ausgabefreudigkeit von Karl Marx und vermuten sicher hinter den nicht unbeträchtlichen Mitteln, über die er verfügte, die preußische Regierung?", setzte Goldsmith die Ausführungen Schneiders fort. „Habe ich Recht? Da die allermeisten Intellektuellen für gewöhnlich über wenig finanzielle Mittel verfügten, daran hat sich bis heute nichts geändert, kam so ein Goldesel für sie gerade recht. Mit Geld erwirbt man sich bekanntlich Sympathien und viele echte, und noch mehr unechte, Freunde."

„Ja", nickte Schneider zustimmend, „dass sich in der Hippelschen Weinstube eine beträchtliche Anzahl von Spitzeln und auch von qualifizierten Agenten unter die übrigen Gäste mischte, ist wohl ein offenes Geheimnis."

„Und deshalb verdächtigen Sie auch Karl Marx?", warf Dobrinksy ein. „Alle Ihre Behauptungen beruhen auf bloßen Vermutungen."

„Nein!", widersprach Schneider. „Oder können Sie den stetigen Geldfluss, über den Marx verfügte, anders erklären? Selbst sein Vater, der ebenfalls nicht unbegütert war, beklagte sich in vielen Schreiben stets über seinen Sohn, der mehr Geld ausgäbe als die meisten Reichen. Und legt man einmal die damaligen Vermögensverhältnisse zugrunde, so verfügte Marx über 700 Taler jährlich, während den gut Situierten im gleichen Zeitraum nur etwa 500 Taler zur Verfügung standen. Von den mageren Einkünften der Armen einmal ganz abgesehen."

„Es ist doch bekannt, dass sein späterer Freund und Mitstreiter Friedrich Engels, als Fabrikantensohn, ihm mit beträchtlichen Mitteln unter die Arme griff", versuchte Goldsmith zu berichten. „Oder streiten Sie das ebenfalls ab?"

„Das mag richtig sein", sagte Schneider, „nur reichen diese Gelder bei weitem nicht aus, um die überaus üppigen Ausgaben zu erklären."

„Hier kommt wohl ein gewisser Neidfaktor zum Tragen", sagte Goldsmith. „Ihrer Ansicht nach, folgt man Ihren Erläuterungen, lief bei Karl Marx einfach alles zu glatt. Als Erklärung dafür kommt nur seine angebliche Agententätigkeit in Frage."

„Bei Marx lief wirklich alles zu glatt", sagte Schneider. „Betrachten Sie nur einmal seine Promotion ..."

„...die er, wie wir bereits gehört haben, von Westphalen gewidmet hat", unterbrach Goldsmith. „Weist auch sie Mängel auf?"

„Sie wurde schlicht und einfach von Karl Marx gekauft", sagte Schneider. „Da er ohne Studienabschluss blieb, wählte er, auf Drängen Bruno Bauers, der ihm damals noch mit einer gewissen Sympathie verbunden war, die einfachste Lösung, und die bestand in einer Promotion, die damals auch ohne Abschluss möglich war."

„Das ist mir neu", sagte Goldsmith und zuckte mit den Schultern. „Dem nachzugehen fehlt uns jedoch die Zeit."

„Karl Marx", fuhr Schneider fort, „reichte eine Arbeit über die Differenz der demokratischen und epikureischen Naturphilosophie ein. Und Wunder über Wunder, die Arbeit, die am 6. April 1841 eingereicht wurde, und zwar in Abwesenheit, ist bereits am 15. April bestätigt worden. Und Marx war promoviert."

„Was nur die Genialität des großen Denkers hervorhebt", sagte Dobrinsky zufrieden. „Es gibt doch kaum eine bessere Bestätigung dafür."

„Dabei weist selbst das Begleitschreiben zur Dissertation grobe Mängel auf, wie ein Gutachter bösartig, anders kann man es wohl nicht nennen, vermerkt hat", sagte Schneider. „Wenn der Anschein nicht trügt, dann standen dem jungen Doktor nicht alle wohlmeinend gegenüber."

„Übelgesinnte gibt es immer und überall", sagte Dobrinsky und machte eine wegwerfende Geste.
„Wahrscheinlich erkannte jedoch Marx selbst, dass seine Arbeit nicht den notwendigen Anforderungen entsprach, denn er verzichtete darauf, sie zu publizieren, was gegen den Brauch und deshalb ganz unüblich war", sagte Schneider.
„So gibt es auch kein Exemplar seiner Dissertation, nur eine unvollständige Kopie, die seltsamerweise nicht in Jena vorliegt, wo er promoviert wurde, sondern in irgendwelchen Archiven schlummert."
„Gut!", beendete Goldsmith die Ausführungen Schneiders. „Wir haben Ihre Behauptungen über die Dissertation zur Kenntnis genommen. Ein Beweis steht aber aus. Gerade in dieser Hinsicht schießt so vieles ins Kraut. Bis in unsere Zeit."
„Es gibt genügend Belege für meine Behauptungen, wie Sie sie nennen", wandte Schneider ein.
„Entscheidend für den großen Denker Marx sind wohl ganz andere Dinge", wehrte Goldsmith ab. „Sicher stellte sein saloppes Vorgehen, immer vorausgesetzt, es befindet sich ein Funken Wahrheit in Ihren Anschuldigungen, eine Jugendsünde dar, so wie sie fast allen Menschen zu eigen ist."
„Gewöhnliche Menschen werden mit anderen Maßstäben gemessen", war Schneider nicht zufrieden zu stellen.
„Wo liegt nun die eigentliche Agententätigkeit von Karl Marx?", fragte Dobrinsky. „Bisher haben wir nur unhaltbare Verdächtigungen von Ihnen gehört."
„Und halten Sie sich kurz!", mahnte Goldsmith. „Uns interessieren nur Fakten, Fakten und sonst nichts!"
Schneider nickte nur. „Nach seinem Studienabschluss", er lachte leise, was ihm einen tadelnden Blick von Goldsmith eintrug, „schrieb Marx zusammen mit Bruno Bauer und anderen in der Rheinischen Zeitung. Jedoch nur so lange bis er es schaffte, die Chefredaktion zu übernehmen. Sobald er diese Position innehatte, versuchte er vehement Bruno Bauer und die übrigen Intellektuellen, die ebenfalls Teil dieses Blattes waren, zu verdrängen …"
„Daraus schließen Sie vermutlich, dass er preußischer Agent war", sagte Goldsmith, „da er ja unverzüglich gegen die kritischen Geister vorging."
„Dazu sollte einiges richtig gestellt werden", sagte Schneider. „Die Zeitung war eine streng katholische Zeitung, sozusagen das Sprachrohr der ultramontanen Richtung, die am Rhein das Sagen hatte und über ein nahezu unangreifbares Monopol verfügte. Verantwortlich für diese Zeitung waren drei bedeutende Persönlichkeiten: Dagobert Oppenheim aus der bekannten Bankiersfamilie, der Kunsthändler Engelbert Renard und Georg Jung."
„Die Zeitung war den preußischen Behörden offensichtlich ein Dorn im Auge", warf Dobrinsky ein. „Streng katholisch ausgerichtet mit einer überwiegend konservativen Leserschaft. Das konnten sie sich auf Dauer nicht bieten lassen."
„Doch wie schaffte es Karl Marx, diese renommierte Zeitung zu kapern?", fragte

Goldsmith. „Wie konnte er, offenbar ohne große Anstrengungen, mir nichts, dir nichts, Chefredakteur werden?"
„Er benützte dazu einen kleinen Umweg", erläuterte Schneider. „Da er, außer einigen unwichtigen kleinen Artikeln, noch nichts veröffentlicht hatte, schrieb er zunächst unter einem Pseudonym erste Beiträge. Und zwar von derartiger Qualität, dass das Überleben der Zeitung nur noch eine Frage der Zeit sein konnte." Er griff in die Tasche und holte einen zerknitterten Zettel hervor, den er sorgfältig glatt strich. „Möchten Sie eine Kostprobe hören?", fragte er, an Goldsmith gewandt.
„Das wird uns nicht weiterhelfen!", kam Dobrinsky Goldsmith zuvor.
„Nein, lesen Sie ruhig!", entschied Goldsmith und nickte Schneider zu.
„Es handelt sich um einen Artikel über die Pressefreiheit, und zwar vom 12. 5. 1842", informierte sie Schneider kurz.
„Lesen Sie schon!", drängte Goldsmith und beugte sich nach vorne, um einen Blick auf das Blatt zu erhaschen. „Aber begnügen Sie sich mit Auszügen!"
„Die Sprache ist etwas antiquiert", sagte Schneider einleitend und fuhr dann fort: ´Weit entfernt also, dass das Pressgesetz eine Repressionsmaßregel gegen die Pressfreiheit wäre, ein bloßes Mittel, um vor der Wiederholung des Verbrechens durch die Strafe abzuschrecken, so müsste vielmehr der Mangel einer Pressgesetzgebung als die Ausschließung der Pressfreiheit aus der Sphäre der rechtlichen Freiheit betrachtet werden, denn die rechtlich anerkannte Freiheit existiert im Staate als Gesetz. Gesetze sind keine Repressivmaßregeln gegen die Freiheit, so wenig wie das Gesetz der Schwere eine Repressivmaßregel gegen die Bewegung ist, weil es zwar als Gravitationsgesetz die ewigen Bewegungen der Weltkörper treibt, aber als Gesetz des Falles mich erschlägt, wenn ich es verletze und in der Luft tanzen will. Die Gesetze sind vielmehr die positiven, lichten, allgemeinen Normen, in denen die Freiheit ein unpersönliches, theoretisches, von der Willkür des Einzelnen unabhängiges Dasein gewonnen hat. Ein Gesetzbuch ist die Freiheitsbibel eines Volkes.´
Und so geht es endlos weiter", schloss Schneider. „Ohne Zweifel ein kluger Schachzug, Karl Marx zum Zuge kommen zu lassen."
„Was meinen Sie damit?", fragte Goldsmith.
„Erkennen Sie die Hegelei nicht?", fragte Schneider zurück.
Goldsmith nickte bedächtig. „Sie wollen andeuten, dass Karl Marx unleserliches Zeug schrieb", sagte er. „Und deshalb die Zeitung eingestellt werden musste."
„Genau das meinte ich", sagte Schneider. „Und Sie stimmen mir dabei sicher zu, dass Artikel von derartiger Qualität wohl keine Aussicht auf eine große Leserschaft hatten."
„Was sagen Sie dazu, Genosse?", wandte sich Goldsmith an Dobrinsky, der mit hochrotem Gesicht dasaß.
„Ich …ich finde es eine bodenlose Frechheit von dem Angeklagten", sprudelte es

dann aus ihm heraus, „dass er unseren allverehrten Denker so der Lächerlichkeit preisgibt. Sicher hat er", er wies mit dem ausgestreckten Zeigefinger auf Schneider, „gar nicht begriffen, wie Karl Marx in seiner unnachahmlichen Art den Text durchdrungen, in angemessener Weise analysiert und interpretiert hat. Ihm kann niemand das Wasser reichen. Selbst Hegel, der auch als einer unserer tiefsten und glasklarsten Denker gilt, nicht. Und der Angeklagte, ich wiederhole mich, ganz sicher nicht." Er richtete sich auf. „Ich schlage deshalb vor, dass er nicht weiter angehört werden sollte, nein, wir sollten zur Festlegung des Strafmaßes schreiten und ihn umgehend verurteilen. Der Ort, wo er seine weiteren Jahre verbringen wird, kann nur Bautzen sein. Denn dort, im „Roten Elend", kann er dann zusammen mit weiteren Straftätern über ´sein` Elend nachdenken, und vielleicht, vielleicht entzündet sich auch bei ihm im Gehirn ein kleiner Geistfunken, der ihn die Tiefe der Gedanken, die überbordende Fülle des geistigen Reichtums, die Karl Marx allein zu eigen war, erkennen lässt."

Goldsmith schwieg einen Augenblick. „Ich verstehe Ihre Erregung, Genosse", sagte er. „Trotzdem gebietet es uns die juristische Sorgfaltspflicht, den Angeklagten bis zum Ende anzuhören. Denn es besteht durchaus die Möglichkeit, dass er, so verstockt er auch sein mag, wieder auf den rechten Weg zurückfindet."

„Nein, Genosse Vorsitzender!", sagte Dobrinsky. „Nein, niemals. Dazu ist er schon zu weit vom Weg abgewichen."

Goldsmith betrachtete Schneider, der ein völlig unbewegtes Gesicht zur Schau stellte, nachdenklich. „Und jetzt fahren Sie endlich fort, Angeklagter!", sagte er dann kurz entschlossen. „Aber verschonen Sie uns in Zukunft mit ihren langatmigen Spitzfindigkeiten."

„Darf ich …", mischte sich Dobrinsky ein, wurde aber von Goldsmith mit einer Handbewegung zum Schweigen gebracht.

„Das Muster, dessen sich Marx bediente, kennen wir nun bereits in groben Zügen", fuhr Schneider fort. „Bei einer Zeitung einsteigen oder eine Zeitung gründen, sie mit unlesbaren, völlig daneben liegenden Beiträgen in den Ruin treiben, darauf stilllegen und weiterziehen …"

„Auf welche Zeitung beziehen Sie sich diesmal?", fragte Goldsmith.

„Diesmal sind es die „Deutsch-Französischen Jahrbücher", die er zusammen mit Arnold Ruge und Georg Herwegh plante", erläuterte Schneider. „Ich sollte vielleicht noch kurz die Heirat mit seiner Braut Jenny erwähnen. Nachdem er sie sieben Jahre vernachlässigt hatte, so lange dauerte die Verlobungszeit, – Jenny hatte beinahe schon das 30. Lebensjahr erreicht, für die damalige Zeit ein stattliches Alter – beendete er endlich sein Junggesellendasein. Was sich für ihn natürlich auch finanziell auswirkte. Es wurde als Redaktionsgehalt die große Summe von 500 Taler vereinbart. Ein erstaunlich hoher Betrag."

„Das beweist doch nur, wie talentiert er …", versuchte Dobrinsky einzuwerfen.

„Nein, Genosse!", bremste Goldsmith ihn sofort ab. „Nein, lassen Sie den Angeklagten ausreden!"
Schneider nickte zustimmend. „Zu den Jahrbüchern möchte ich nur soviel sagen, dass bereits der Vertrieb unter merkwürdigen Umständen scheiterte", sagte er. „Marx hatte offenbar der Polizei einen Hinweis gegeben, was zur Folge hatte, dass die Jahrbücher, ohnehin nur in wenigen Stückzahlen aufgelegt, abgefangen wurden. Außerdem hatte er für die beschlagnahmten Exemplare auch keinen Ersatz geplant."
„Was bedeutete, die Jahrbücher wurden wieder eingestellt", ergänzte Goldsmith. „Oder irre ich mich?"
„Nein, Sie haben vollkommen richtig vermutet, Genosse Vorsitzender", bestätigte Schneider. „Mit dem Abfangen wurden die Jahrbücher nie wieder aufgelegt."
„Sie haben vergessen, zu erwähnen, dass sich Karl Marx zum damaligen Zeitpunkt in Paris aufhielt", sagte Goldsmith. „Dort befand sich ab 1830 eine lebhafte Emigrantenszene, von der er sich sicherlich einige Anregungen für seine weitere revolutionäre Tätigkeit geholt hat."
„Die Bedeutung der Emigrantenszene wird erheblich überschätzt", sagte Schneider. „Sie war, wie könnte man es von rebellischen Geistern anders erwarten, zutiefst in einzelne Lager gespalten. Dort in Paris agierte Börne gegen Heinrich Heine, wobei Marx sich auf die Seite von Heine schlug und kräftig über christlich-germanische Esel wetterte, womit er auf Börne abzielte, der angeblich Heines Schriften verunglimpft hätte."
„Sie meinen seine Mitarbeit am „Vorwärts", der 1844 zweimal wöchentlich in Paris erschien?", sagte Goldsmith.
„Ja", nickte Schneider. „Im „Vorwärts" versuchte er sich über den Weberaufstand in Schlesien."
„Er versuchte sich über den Weberaufstand?", wiederholte Goldsmith. „Was wollen Sie damit ausdrücken?"
„Ich wollte damit ausdrücken, dass Marx den Aufstand in alter Manier, wir kennen dies ja bereits, abhandelte. Herauskam: Hegelianisches Geschwätz. So erinnert er an das „Weberlied", die kühne Parole des Kampfes, worin er, unnachahmlich in seiner Art, feststellt, wie das geknechtete Proletariat sogleich den Gegensatz zur Gesellschaft des Privateigentums in schlagender, scharfer, rücksichtsloser, gewaltsamer Weise herausschreie. Deutlich sei dabei das wachsende Bewusstsein über das Wesen des Proletariats zu erahnen, da die Aktion selbst einen überlegenen Charakter trage. Denn nicht nur die Maschinen, diese Rivalen des Arbeiters, würden zerstört, nein, auch die Kaufmannsbücher, diese Titel des Eigentums. Und weiter: Richtete sich diese Bewegung nur gegen die Industrieherren, den sichtbaren Feind, so kehre sie sich diesmal zugleich gegen die Bankier, den versteckten, den wirklichen Feinden ..." Schneider brach ab und atmete tief durch. „Nicht allein die vorherrschenden wirtschaftlichen Bedingungen der

damaligen Zeit haben viele Menschen um den Verstand gebracht, nein, auch das pseudowissenschaftliche Geplapper tat ein übriges, um alle, wirklich alle in völliger Ratlosigkeit zurückzulassen."

Goldsmith schwieg einen Moment. „Sie neigen zu Übertreibungen", sagte er dann.

„Sicher nicht!", widersprach Schneider. „Offensichtlich hatte Marx erkannt, dass selbst seine Beschwichtigungsphrasen tiefen Eindruck hinterließen. Und so bediente er sich in Folge immer wieder dieser Methode. Nicht dumm für einen Mann, der zu analytischem Denken gar nicht fähig war. Ich möchte hier auf das Urteil vieler heutiger „Denker" hinweisen, die allen Ernstes behaupten, dass im Unverständlichen der wahre Sinn vorhanden sei, den es nur zu entdecken gilt. So betrachtet war Marx seiner Zunft weit voraus."

„Sie reden sich langsam um Kopf und Kragen", sagte Goldsmith nachdenklich.

„So ist es, Genosse Vorsitzender!", kam ihm Dobrinsky sofort zu Hilfe. „Dem Angeklagten sollte auf der Stelle jede weitere Aussage verboten werden."

„Nein!", widersprach Goldsmith. „Wir stecken schon viel zu sehr in diesem Wulst von falschen, von diffamierenden Aussagen des Angeklagten. Nur wenn wir die Verhandlung fortsetzen, können wir die Spreu vom Weizen trennen." Er wandte sich an Schneider. „Fahren Sie fort!", befahl er. „Aber bringen Sie es endlich auf den Punkt!"

„Leider ist die Situation, in der sich Marx damals befand, nicht mit einigen dürren Sätzen abzuhandeln", entgegnete Schneider. „Die Sache gestaltet sich leider schwieriger ..."

„Reden Sie nicht um den Brei herum!", wies ihn Goldsmith zurecht. „Der nächste Ort, an dem Marx auftaucht, ist Brüssel, wenn mich mein Gedächtnis nicht im Stich lässt."

„Ja", gab ihm Schneider Recht. „Paris musste er wegen eines Artikels im „Vorwärts" verlassen. Darin bedauert er, dass der Bürgermeister Tscheck, der ein Attentat auf Friedrich Wilhelm IV. ausübte, kein besserer Schütze war. Seltsam war nur, dass Marx als Einziger den Ausweisungsbefehl befolgte, obwohl dieser auch für die übrigen Redaktionsmitglieder galt. Alle anderen, wie Heine, Bakunin, Ruge und Börnstein blieben in Paris, ohne weitere Komplikationen fürchten zu müssen. Sein langjähriger Mitstreiter Friedrich Engels blieb ebenfalls zurück. Hier sollte ich vielleicht noch einige passende Worte zu Engels, dem Sohn eines reichen englisch-preußischen Fabrikanten, der Marx sein Leben lang finanziell unterstützte, einflechten. Engels, der mit einem Sprachfehler geboren wurde, und Marx, der eine hohe piepsige Stimme besaß, bildeten auch in dieser Hinsicht ein unschlagbares Duo ..."

„Was meinen Sie damit?", unterbrach Goldsmith zornig.

Schneider grinste breit. „Es wird kolportiert, dass Engels, der sich in mehreren Sprachen ausdrücken konnte, nachgesagt wurde, er stottere in zwanzig Sprachen, während Marx´ Aussprache schlicht und einfach unverständlich blieb."

„Nein!", blockte Goldsmith ab. „Nein! Das ist unmöglich. Die beiden Revolutionäre wären nie, ich betone nie, von den übrigen Mitstreitern akzeptiert worden, würde man Ihren an den Haaren herbeigezogenen Behauptungen folgen."
Schneider zuckte die Schultern. „Die Beweise dafür sind leider erdrückend", sagte er. „Marx und Engels kamen nie als Anführer in Frage. Was ja auch gar nicht ihre Absicht war", ergänzte er einschränkend. „Ihr Ziel, und das ihrer Hintermänner, war es, jedes Sprachrohr, jede Stimme, jede Bewegung, die sich gegen die Herrschenden richtete, zum Schweigen zu bringen."
„Unsinn!", sagte Goldsmith mit Nachdruck. „Letztendlich hat die Revolution gesiegt. Sie umfasst mittlerweile mehr als ein Drittel der Menschheit. Und sie gewinnt von Tag zu Tag an Bedeutung."
„Ja, ich kenne derlei Aussagen zu Genüge", sagte Schneider. „Wie prophezeite doch unser aller verehrter Generalsekretär und Staatsratsvorsitzender Erich Honecker vor kurzem: `Den Sozi in seinem Lauf, hält weder Ochs noch Esel auf.´"
„Womit er, verdammt noch mal, auch Recht hat", bekräftigte Dobrinsky lebhaft. „Womit er verdammt Recht hat."
„Nein, das hat er nicht!", widersprach Schneider vehement. „Denn auch er ist, wie wir alle, nur ein Spielball der Illuminaten, die uns wie Figuren auf dem Schachbrett hin- und herschieben."
„Hören Sie sofort mit diesem Quatsch auf!", wurde Goldsmith zornig. Er schüttelte abwehrend den Kopf. „Selbst bis in die Mitte der Gesellschaft haben sich solche konspirativen Einflüsterungen der Kapitalisten bereits ausgebreitet. Unglaublich!"
„Man sollte dem Angeklagten unverzüglich den Mund verbieten!", versuchte Dobrinsky die aufkeimenden Zweifel Goldsmiths zu verstärken. „Und zwar auf der Stelle."
„Nein!", sagte Goldsmith. „Nein! wir hören uns weiter an, was er zu sagen hat. Umso deftiger wird das Urteil ausfallen, das versichere ich Ihnen."
„Nun", fuhr Schneider ohne noch auf Goldsmith zu achten fort, „die Methoden, ich erwähnte es bereits, deren sich Marx bediente, blieben immer gleich. Diesmal, um chronologisch vorzugehen, war Wilhelm Weitling, ein Schneidergeselle auf der Walz, das Opfer. Weitling, der bekannt wurde durch seine an christliche Gerechtigkeits- vorstellungen angelehnte Schrift: `Die Menschheit, wie sie ist und wie sie sein sollte´, gründete auch den Bund der Gerechten mit über 400 Mitgliedern. Die frühen Sozialisten verübelten aber Weitling vor allem, dass er an religiösen Grundsätzen anknüpfte. Besonders mit seiner Schrift: `Das Evangelium der armen Sünder´, die sich als sehr massenwirksam erwies, wurde er für die christlichen Regierungen gefährlich, wohingegen die Wertformanalyse der Sozialisten auf die Arbeiter ohne Wirkung blieb, da sie mit den darin enthaltenen rabulistischen Formulierungen nichts anfangen konnten. Sie blieben für sie völlig unverständlich."
„Karl Marx arbeitete also wieder einmal den Regierungen zu?", stellte Goldsmith fest.

„Natürlich, er wurde ja von Ihnen bezahlt", bestätigte Schneider. „Und so schaffte er es mit fortgesetzter Agitation, und nachdem er die Polizeibehörden auf Weitling aufmerksam gemacht hatte, diesen, der bereits über eine beträchtliche Anzahl von Anhängern verfügte, zur Flucht in die USA zu bewegen. Auch als Weitling im Revolutionsjahr 1848 noch einmal nach Hamburg zurückkehrte, konnte er dort nicht mehr Fuß fassen, musste erneut fliehen und geriet dann endgültig in Vergessenheit."

„Seine Ideen waren sicherlich nicht so fundiert und ausgereift wie die Ideen eines Karl Marx", wies Dobrinsky Schneider zurecht. „Es stellt wohl keinen Zufall dar, dass nur dessen Gedanken sich letztendlich weltweit durchsetzen konnten."

Schneider zuckte mit den Achseln. „Die Wahrheit ist für viele Menschen ein rotes Tuch", sagte er rätselhaft.

„Genosse Vorsitzender, der Angeklagte macht sich über uns lustig", empörte sich Dobrinsksy.

Goldsmith nickte düster. „Sie haben Recht, Genosse. Ich hätte dem Angeklagten schon früher seine Grenzen aufzeigen sollen." Er wandte sich an Schneider. „Beeilen Sie sich!", forderte er ihn auf. „Berichten Sie nur noch im Zeitraffer!"

„So eine Art Schnelldurchlauf?", fragte Schneider zurück. „Habe ich Sie richtig verstanden?"

„Sie haben mich richtig verstanden", bekräftigte Goldsmith.

„Aber wie soll ich mit einer Kurzfassung die gesamte Brisanz des Marxschen Einflusses ans Tageslicht bringen?", fragte Schneider enttäuscht. „Wie soll ich die ungeheure Wirkung seiner Verwirrungsmethoden mit einigen wenigen dürren Worten aufzeigen?"

„Beeilen Sie sich!", drängte ihn Goldsmith, der mit versteinertem Gesicht dasaß. „Das ist Ihre letzte Chance."

Schreiber überlegte kurz. „Marx", führte er aus, „der nach der Vertreibung Wilhelm Weitlings den Bund der Gerechten dominierte, er wandelte ihn unverzüglich in den „Bund der Kommunisten" um, stellte sich auch gegen den in Frankreich berühmten Pierre-Joseph Proudhon, der mit seiner „Philosophie des Elends" großes Aufsehen erregt hatte. Marx steuerte mit seinem Buch „Das Elend der Philosophie" dagegen. Wieder nach altbewährter Methode: Verständliches gegen Unverständliches auszutauschen …"

„Wie ordnen Sie sein „Kommunistisches Manifest" ein?", fragte Goldsmith dazwischen.

„Ich wollte erst noch …", wandte Schneider ein.

Goldsmith winkte ab. „Das interessiert uns hier nicht", blockte er brüsk ab. „Beantworten Sie meine Frage! Sicher haben Sie zu einer der revolutionärsten Schriften der Menschheit wieder eine abweichende, eine negative Meinung. Habe ich Recht?"

„Ja, die habe ich", sagte Schneider. „In dieser Hinsicht enttäusche ich Sie sicher nicht. Gibt sich doch Marx bereits am Anfang seiner Schrift der völlig abwegigen Hoffnung hin, dass die sich abzeichnenden Wirtschaftskrisen bereits ein Vorzeichen für die große, alles verändernde Revolution darstellen würden. Was natürlich völlig aus der Luft gegriffen war! Da ja seine analytischen Fähigkeiten, wie von mir bereits des Öfteren angesprochen, nur sehr rudimentär vorhanden waren, bediente er sich seiner alten Schemata: Er reihte abstrakte Substantive in schier endloser Anzahl aneinander. Eine Substantiv-Koppelung folgte der anderen. Produktionsverhältnisse, Verkehrsverhältnisse, Eigentumsverhältnisse, wobei die Produktionsverhältnisse ungeheure Produktionsmittel hervorgezaubert, die Verkehrsverhältnisse hingegen ungeheure Verkehrsprobleme aufgeworfen, die Eigentumsverhältnisse dagegen die Lebensbedingungen der Bourgeoisie widergespiegelt hätten. Und hinter allem steht ein Hexenmeister, der diese Gewalten nicht mehr in den Griff bekam. Und so genügt es, laut Marx, die Handelskrisen zu kennen, um die Existenz der gesamten Gesellschaft in Frage zu stellen. Denn in Handelskrisen wird ein großer Teil der bereits erzeugten Produkte wieder regelmäßig vernichtet …"

„Lag Marx mit seinen Analysen etwa falsch?", bremste Goldsmith Schneiders Redefluss.

Schneider schüttelte abwehrend den Kopf. „Was Marx und auch Engels nicht erkannt hatten", sagte er, „war, dass die Ursache aller Handelskrisen ein Resultat der Geldordnung und des Bankensystems ist. Krisen werden bekanntlich oft zur Durchsetzung politischer und ökonomischer Interessen benützt. Lohnsenkung und die Schaffung einer industriellen Reservearmee sind dafür oft ein geeignetes Mittel."

„Die Schreiber des Manifestes, folgt man Ihren Ausführungen, gingen daher von falschen Voraussetzungen aus?", fragte Goldsmith. „Sie waren nicht in der Lage die Ursachen zu erkennen?"

„Das sollten sie ja auch gar nicht", sagte Schneider. „Ihre Aufgabe war es, die Lohnabhängigen zu verunsichern und zu verwirren. Schließlich wurden sie genau dafür bezahlt. Und was die Wirtschaftskrise von 1847 betrifft, die dem Erscheinen des Manifestes vorausging, so waren es in erster Linie die Missernsten der Jahre 1845 und 1846, die sie verursachten. Hinzu wurde durch den ´Bank Charter Act` von Robert Peel eine Vorschrift ins Leben gerufen, die die Verknappung der Geldversorgung zum Inhalt hatte, was eine verschärfte Kreditvergabe, eine Zinserhöhung und damit einhergehend eine Absatzkrise zur Folge hatte." Er warf einen Blick auf Goldsmith, dessen Ungeduld förmlich mit Händen zu greifen war. „An Ihrem Gesichtsausdruck kann ich erkennen, dass Sie an weiteren, detaillierten Ausführungen, das Manifest betreffend, nicht interessiert sind", sagte er.

„Ja, beschließen Sie den Überblick", forderte ihm Goldsmith auf, „obwohl ich bereits weiß, wie Ihre Schlussfolgerungen lauten werden."

„Sie scheinen, im Gegensatz zu Karl Marx, dem diese sicher abgingen, pro-

phetische Fähigkeiten zu besitzen, Genosse Vorsitzender", sagte Schneider grinsend.
„Das geht zu weit! Das müssen wir uns nicht bieten lassen", schimpfte Goldsmith los. Er wandte sich an Frau Wolf, die eher gelangweilt der Sitzung folgte. „Haben Sie alles …"
„Keine Sorge, Genosse Vorsitzender", kam sie ihm zuvor. „Ich habe das Protokoll selbstverständlich gestrafft und geglättet. Sie können sich in dieser Hinsicht auf meine Fähigkeiten verlassen. Das wissen Sie doch!"
Goldsmith musterte Schneider streng. „Und wie lauten nun Ihre Schlussfolgerungen zum „Kommunistischen Manifest?", fragte er. „Voranstellen möchte ich noch", antwortete Schneider , „dass die Idee der Klassenkämpfe nicht von Marx und Engels stammt, sondern sie wurde von ihnen von dem Historiker Augustin Thierry und dessen Mitstreiter , dem Schriftsteller Francois Guizot, übernommen. Diesen beiden wird die Idee zugeschrieben, dass die Geschichte durch Klassenkämpfe bestimmt sei. Maßgeblich beteiligt an diesen Vorstellungen war auch der Bankier Jacque Laffitte. In seinem Haus trafen sich die Anhänger der revolutionären Parteien."
„Wollen Sie damit andeuten, dass die Revolution in Wirklichkeit von den Bankiers ins Leben gerufen wurde?", fragte Goldsmith leicht irritiert.
„Genau so war es, Genosse Vorsitzender", sagte Schneider. „Die Arbeiter waren nur das schmückende Beiwerk für diese Gesellschaftsschicht. Dies sollte man beachten, ehe man von Arbeitern eine Revolution erwartet."
„Karl Marx glaubte offensichtlich an sie", warf Goldsmith ein. „Und an ihren Willen, die Gesellschaft zu verändern."
„Nein, das tat er nicht", widersprach Schneider. „Denn das `Manifest´ zeigte keinerlei Lösungen auf. Im Gegenteil. Es sollte den Arbeitern in Wirklichkeit jede Chance verbauen, mögliche politische Zweckbündnisse einzugehen, und beraubte sie daher jeder Möglichkeit, die Zustände, wenn schon nicht zu verändern, so doch wenigstens zu verbessern."
„Sie sind ein hoffnungsloser Fall", sagte Goldsmith. „Fehlt nur noch der Bankier Rothschild, als Strippenzieher im Hintergrund."
„Selbstverständlich war auch die Familie Rothschild mit von der Partie", bestätigte Schneider. „Sie werden kaum eine Intrige, ein Komplott, einen Aufstand, einen Krieg finden, wo nicht die Rothschilds die Fäden zogen. Auch die Illuminaten wurden und werden von ihnen gefördert. Die Verbindung von Adam Weishaupt, dem Begründer der Illuminaten, zu den Rothschilds ist ein offenes Geheimnis."
„Ja", winkte Goldsmith ab. „Das haben Sie bereits erwähnt. Alles was Sie vorbringen ist vollkommen unglaubwürdig und aus der Luft gegriffen."
„Als Ketzer hätte man Sie früher verbrannt", warf Dobrinsky ein. „Das wäre genau die richtige Strafe für Sie gewesen. Schätzen sie sich glücklich, dass Sie in einer

Demokratischen Republik leben dürfen, wo die Gerechtigkeit einen hohen Stellenwert aufweist. Ihrer gerechten Strafe entkommen Sie jedoch dadurch nicht."
„Soll ich das Protokoll an dieser Stelle schließen, Genosse Vorsitzender?", fragte Frau Wolf dazwischen.
Goldsmith überlegte einen Augenblick und schüttelte den Kopf. „Nein, noch nicht!", bestimmte er dann. „Es würde in seiner Unausgewogenheit einen schlechten Eindruck hinterlassen. Der stellvertretende Parteikreisvorsitzende, der wie stets eine Hand am Puls des Volkes hat, bekundete bereits vor Wochen sein Interesse an dem Bericht. Sicher wäre er mit dem jetzigen Stand nicht zufrieden."
„Da meine Verurteilung bereits festzustehen scheint", sagte Schneider, „begnüge ich mich für den Rest meiner Darlegung mit einigen wenigen Stichworten."
„Das ist genau in unserem Sinne", sagte Goldsmith und lehnte sich zufrieden zurück.
Schneider holte tief Luft. „Der `Bund der Kommunisten´, ehemals `Bund der Gerechten´, wird von Marx unterwandert und übernommen", führte er aus. „Der `Kölner Arbeiterverein´ wird umbenannt und aufgelöst. Die `Rheinische Zeitung´ wurde aufgekauft und eingestellt. Die Frage nach den Finanzen zum Aufbau einer Zeitung erübrigt sich wohl …"
„Ja, erneut die ominösen Hintermänner", bemerkte Goldsmith und lachte laut. „Sie wiederholen sich!"
„Nein, die Geschichte wiederholt sich", wehrte Schneider ab. „Interessant ist jedoch noch der Londoner Flüchtlingsfond, der für Marx und seine Auftraggeber eine sprudelnde Informationsquelle darstellte."
„Karl Marx wechselte nach London über?", fragte Goldsmith nach.
„Ja, das tat er", sagte Schneider. „Ich vergaß es zu erwähnen. In London geriet er, mitsamt seiner Familie, folgt man den vehementen Klagen seiner Frau Jenny, geborene von Westphalen, in eine finanzielle Notlage. Was jedoch bei Marx nichts wirklich Umwerfendes war. Richtig zu stellen ist jedoch, dass die geschilderte Notlage nicht mit einer wirklichen Notlage, wie sie zum Bespiel ein Arbeiter bei den damaligen Verhältnissen zu durchleiden hatte, zu vergleichen war. Denn Marx und seine Familie waren es gewohnt einen großbürgerlichen Stil zu pflegen. So bezogen sie in London durchwegs luxuriöse Häuser und waren umgeben von mehreren Dienstboten. Für die Töchter wurden Klaviere und andere Musikinstrumente gekauft, es wurden im Hause Bälle gegeben, ja sie nahmen sogar Einladungen der englischen Aristokratie an. Was Marx, schon aus finanziellen Erwägungen heraus, sicher entgegenkam, da eine Verheiratung seiner Töchter mit vermögenden Schwiegersöhnen ihn zumindest für kurze Zeit von der lästigen Sorge um den Lebensunterhalt für seine Familie befreien mochte. So brachte einer der Schwiegersöhne, Paul Lafargue, eine Mitgift von mehreren tausend Talern mit in die Ehe ein. Sein Vater besaß Kaffeeplantagen in Kuba und einen Weingroßhandel in Frankreich.

Eine schlechte Karte bei diesem Spiel zog hingegen sein unehelicher Sohn, den er mit seiner Haushälterin gezeugt hatte und der umgehend zu Pflegeeltern verbracht wurde. Sein treuer Freund Friedrich Engels, der Helfer in allen Lebenslagen, musste sich zur Vaterschaft bekennen. Womit die leidige Angelegenheit für Marx erledigt war, da sein Sohn fortan für ihn nicht mehr zu existieren schien."
„Hören Sie endlich auf, uns mit diesen seltsamen Familiengeschichten zu langweilen", stoppte Goldsmith Schneider. „Auch ein Genie kann sich manchmal in den Fallstricken, die das Leben eben bereithält, verfangen. Was jedoch nicht im mindesten die ungeheure Lebensleistung dieses herausragenden Mannes verkleinert. Knüpfen Sie lieber noch einmal an den von Ihnen angesprochenen Flüchtlingsfonds an. Denn damit bekommen wir endlich eine Bestätigung für den menschenfreundlichen Umgang, dessen sich Marx befleißigte, indem er armen Flüchtlingen unter die Arme griff. Es ist langsam an der Zeit, dass endlich seine Leistungen, sogar von Ihnen, angemessen gewürdigt werden."
Schneider verzog das Gesicht. „Ich fürchte, Sie haben mich falsch verstanden, Genosse Vorsitzender", sagte er. „Der Londoner Flüchtlingsfonds, von dem ich sprach, diente der Regierung dazu, Informationen zu sammeln und auszuwerten. So musste der Betreffende belegen, dass es sich bei ihm um einen echten politischen Flüchtling handelte. So war es ein Leichtes, ihn über seine Erlebnisse oder auch über andere Personen auszufragen. Falls er zu diesen Auskünften nicht bereit war, konnte man ihm aufgrund der Notlage, in der er sich befand, große Probleme bereiten, und einer gezielten Erpressung stand nichts im Wege."
„Wollen Sie damit andeuten, dass sich Marx für derartige Spitzeldienste bereiterklärte?", fragte Goldsmith zornig.
Schneider nickte. „Es existieren genügend Unterlagen und Quellennachweise, die belegen, dass er davor nicht zurückschreckte", sagte er. „Schließlich hatte er ja seinen Auftraggeber, die preußische Regierung, zufrieden zu stellen. Er musste also sein Geld wert sein, wie man es umgangssprachlich formulieren würde."
„Diese Tätigkeit, immer vorausgesetzt, Ihre Aussagen entsprechen der Wahrheit, musste doch irgendwie auch bis zu den Flüchtlingen durchgedrungen sein", sagte Goldsmith kopfschüttelnd. „Sicher waren wenigstens einige der Flüchtlinge mit soviel Hirn ausgestattet, um sich eins und eins zusammenzählen zu können."
„Natürlich ergab sich dieses Problem des Öfteren", sagte Schneider. „Marx und Engels jedoch waren geschickt genug, oder sollte man es gar gerissen nennen, den aufkeimenden Verdacht in andere Bahnen zu lenken. So offenbarten sie sich in der britischen Zeitung `The Spectator´ als preußische Spione, nahmen damit allen Anfeindungen diverser Personen von vornherein den Wind aus den Segeln und wuschen sich dadurch wieder weiß."
„Wie kamen solche Verdächtigungen überhaupt zustande?", fragte Goldsmith.
„Nun, die beiden wurden verschiedene Male mit vermeintlichen oder wirklichen preußischen Beamten oder Angehörigen der preußischen Gesandtschaft gesich-

tet", erläuterte Schneider. „Jedenfalls lieferten sie genügend Anhaltspunkte um sich verdächtig zu machen. Umsichtig wie sie waren, behielten sie diese Methode auch länger bei und bezogen deshalb im Krimkrieg Stellung für England."
„Die Geschichte scheint für Sie sehr dehnbar und beliebig interpretierbar zu sein", sagte Goldsmith und verzog das Gesicht. „Alles was Sie berichten ist vollkommen unglaubwürdig."
„Ich möchte noch ein weiteres Beispiel anführen", sagte Schneider ungerührt. „Marx fuhr im Jahre 1861 mit einem falschen Pass, er lautete auf den Namen Bühring, nach Berlin zu Ferdinand Lassalle. Dort traf er auch die Gräfin Hatzfeld, begegnete auf Empfängen der Berliner Prominenz und besuchte auch die königliche Oper. Sogar der Polizeidirektor, dem er wiederholt begegnete, schien sich keine großen Sorgen um den ausgewiesenen Staatsfeind und Umstürzler zu machen. Wieder ein deutlicher Hinweis für die von der preußischen Regierung zugedachte Rolle."
„Ihre Vorwürfe gegen Marx beziehen sich in erster Linie auf Alltagsvorkommnisse", winkte Goldsmith ab. „Wo bleiben die hieb- und stichfesten Fakten?"
„Die bereits aufgezeigten Fakten sollten genügen", sagte Schneider. „Denn Tatsache ist, dass die allermeisten aus diesem Personenkreis, die von der späteren Geschichtsschreibung als Revolutionäre eingestuft wurden, im Sinne der Herrschenden dachten und auch so handelten: Lassalle, Liebknecht und all die anderen, die sich im Dunstkreis von Marx und Engels bewegten. Meist war es nur eine unglückliche Verkettung von Lebensumständen, die sie dazu zwangen die Seiten zu wechseln. Was jedoch bedeutete, dass sie sich trotz alledem staatskonform verhielten. Nehmen Sie nur einmal von diesem illustren Völkchen einen heraus: Ferdinand Lassalle. Lange Jahre hatte er auf eine solide universitäre Anstellung gehofft. Nur machte ihm sein von Skandalen durchzogenes Leben einen Strich durch die Rechnung, und so war er, wie eben auch die vielen anderen, gezwungen, eine ´Karriere` außerhalb der bürgerlichen Institutionen anzustreben. Und da bot sich ihm, dem begabten Redner, die beginnende Arbeiterbewegung förmlich an."
„Und Karl Marx und Friedrich Engels?", fragte Goldsmith. „Kamen sie etwa für eine solche Rolle nicht in Frage?"
„Nein, auf gar keinen Fall", entgegnete Schneider. „Ich erwähnte es bereits. Beide konnten sich kaum verständlich ausdrücken und waren deshalb bei Arbeiterbewegungen nicht zu vermitteln. Das wussten sie natürlich auch selbst, und so hielten sie sich im fernen England auf, von wo aus sie versuchten, ihre unsäglichen theoretischen Konstrukte unters Volk zu bringen. Wobei ich der Gerechtigkeit halber anmerken muss, dass Engels ein durchaus passables schriftstellerisches Talent besaß, und auch seine analytischen Fähigkeiten waren nicht von der Hand zu weisen, wie er das in seinem noch heute gerne gelesenen Werk ´Die Lage der arbeitenden Klasse in England` eindrucksvoll unter Beweis stellte."

„Und was war mit Liebknecht?", fragte Goldsmith neugierig. „Wechselte auch er unverzüglich nach der Amnestie durch König Wilhelm I. im Jahre 1862 ins bürgerliche Lager über?"

„Wilhelm Liebknecht, der Vater des zusammen mit Rosa Luxemburg 1919 in Berlin ermordeten Karl Liebknecht, schrieb später sogar für die ´Norddeutsche Allgemeine Zeitung`, auch bekannt als Bismarcks´ Hauspostille, welcher seit 1862 Ministerpräsident war", sagte Schneider. „Dies stellte wohl die höchste Form der Anbiederung an die Regierenden dar. Mehr ging nicht mehr. Und die Liste der Abtrünnigen ließe sich leicht fortsetzen. Sogar Michail Bakunin, der ungestüme Revolutionär, der später auf Betreiben von Marx aus der 1. Internationale ausgeschlossen wurde, unterwarf sich dem Zaren mit seiner in der Peter und Paul-Festung verfassten `Beichte´."

„Jeder Mensch ist nur innerhalb gewisser Grenzen belastbar", sagte Dobrinsky grinsend.

„Ich weiß, was Sie damit andeuten wollen, Genosse", reagierte Schneider unverzüglich. „Auch ich werde sicher in Bautzen, in dem mir angedrohten `Roten Elend´, dem berüchtigten Ort für politisch Unzuverlässige, noch zur Vernunft kommen, und vielleicht werde ich sogar später als nützliches Mitglied und treuer Bürger der Demokratischen Republik, dieser noch einmal wertvolle Dienste leisten können."

„Sie haben mir das Wort aus dem Mund genommen", sagte Dobrinsky und lachte schmierig.

„Über die herrschende Klasse und ihre Handlangern habe ich mich noch nie irgendwelchen Illusionen hingegeben", sagte Schneider gleichmütig.

„Nun ist das Maß endgültig voll!", mischte sich Goldsmith zornbebend ein. „Uns als Handlanger zu bezeichnen, obwohl wir nur unsere Pflicht erfüllen, indem wir den Staat vor solchen verdorbenen Subjekten wie Sie schützen, ist eine Ungeheuerlichkeit. Haben Sie verstanden?"

„Ich bin mit meinen Ausführungen sowieso an ein Ende gekommen", sagte Schneider. „Nur Marx´ `Zur Kritik der Politischen Ökonomie´, die ja als Vorarbeit zum `Kapital´ gilt, sollte ich noch kurz erwähnen."

„Sie werden die `Kritik´ ebenso abkanzeln und als vollkommen wertlos und unlesbar darstellen, so wie Sie es auch mit den anderen Schriften von Marx getan haben", sagte Goldsmith. „Oder irre ich mich?"

„Nein, Sie irren sich nicht", bestätigte Schneider. „Es wird sogar berichtet, dass Wilhelm Liebknecht, der sich von Marx eine fundierte Ausarbeitung der politischen Ökonomie erhofft hatte, bei der Durcharbeitung dieser Schriften vor Enttäuschung in Tränen ausbrach angesichts der unverständlichen und völlig unzugänglichen Texte …"

„Und das `Kapital´ selbst?", unterbrach Goldsmith. „Das bewährte Handbuch nahezu jeder sozialistischen Bewegung! Was ist damit?"

„Dazu muss ich noch einmal Hegel bemühen", sagte Schneider. „Wie Hegel die Studenten aus dem Bürgertum beeindrucken sollte, indem er in ihre jungen und aufnahmefähigen Köpfe wirre Begriffe einpflanzte und sie damit für den Rest ihres Lebens für jedes klare Denken unbrauchbar machte, so wurde Marx der Hegel der Arbeiterbewegung. Nahezu mit Händen zu greifen ist, dass seine Auftraggeber wohl in verhaltenen Jubel ausgebrochen sind angesichts dieser Zusammenballung von ausgemachten Banalitäten, überhöht durch wirre und unpassende Formulierungen und riesige Wortungetüme. Und dies alles ausgebreitet auf über zweitausend Seiten wehrlosem Papier, verteilt auf drei Bände, wobei nur der erste Teil von ihm selbst stammte, während der zweite und dritte Teil jeweils von Friedrich Engels und Karl Kautsky fertiggestellt wurde. Marx selbst war sich nicht zu schade, wohl mangels theoretischer Substanz, im `Kapital´ mit ausführlichen Berichten und Diskussionen des englischen Parlaments, mit Hinweisen auf Kinderarbeit und über die Regelung von Arbeitszeiten oder Arbeitsunfällen aufzuwarten. Und dazwischen immer wieder die viel bemühte `Wertformanalyse´ und die vollkommen wertlose `Werttheorie´."

„Folgt man konsequent Ihren Gedankengängen, dann hat Marx, ebenso wie Hegel, letztendlich doch noch gesiegt", sagte Goldsmith. „Nur anders als von den Revolutionären und der Arbeiterbewegung erhofft."

„Sie haben es erfasst, Genosse Vorsitzender", gab ihm Schneider Recht. „Hegel, Marx und Engels stellten die idealen Werkzeuge für die herrschende Klasse dar. So schafften sie es einerseits, die aufmüpfigen Studenten und die unzufriedenen Arbeiter in geschickter Weise einzulullen, um dadurch von den eigentlichen Problemen, nämlich der notwendigen Verbesserung und Veränderung der bestehenden Lebensbedingungen abzulenken, und sie wurden andererseits dafür als Helden gefeiert. Fazit: Keine schlechte Arbeit, die diese Meisterdenker da vollbrachten."

„Nur hat die Geschichte doch einen anderen Verlauf genommen", wies ihn Goldsmith zurecht. „In einem großen Teil der Erde triumphiert der Sozialismus und breitet sich immer mehr aus. Ja, er wird in Kürze die gesamte Welt vereinnahmen. Das Proletariat wird siegen und dann herrscht endlich das sozialistische Paradies so wie es Marx und die übrigen Denker sich erträumt haben. Was Sie angedeutet haben, spielt in der Vergangenheit. Zu den Zeiten unserer großen Theoretiker Hegel, Marx und Engels ist es den Herrschenden, wie Sie sie nennen, ich nenne sie Ausbeuter und Blutsauger, die auf Kosten der arbeitenden Klasse lebten, noch einmal gelungen, die Oberhand zu erlangen. Doch das Blatt hat sich, gemäß den Sozialismus innewohnenden Gesetzmäßigkeiten gewendet. Sie selbst können es feststellen …"

„Und ich werde es feststellen", sagte Schneider trocken. „In Bautzen, dem `Roten Elend´, wird mir das künftige Paradies deutlich vor Augen geführt werden. Da bin ich mir ganz sicher."

„Wer ein Omelett essen will, der muss dafür Eier zerschlagen", sagte Goldsmith. „Dieses Gesetz gilt auch im Sozialismus. Große Ideen erfordern Opfer." Beschwichtigend fügte er hinzu: „Seien Sie froh, dass Sie das Privileg genießen dürfen, in unserer Demokratischen Republik zu leben, wo Gerechtigkeit nicht nur ein leeres Wort ist."
„Das sollte genügen, Genosse Vorsitzender", sagte Dobrinsky.
Goldsmith erhob sich und wandte sich Schneider zu. „Das Strafmaß wird Ihnen in Kürze mitgeteilt werden!"
Schneider nickte nur.

Generalplan XXXIII

Da wir jeden Zusammenstoß der Kräfte, außer der unserigen, zerstören wollen, so müssen wir vor allem die Verfassung der Hochschulen von Grund auf verändern. Bilden doch gerade diese geistigen Hochburgen mit ihrer Lehrfreiheit eine ernste Gefahr für unsere Bestrebungen. Wir werden daher die Lehrfreiheit aufheben und sowohl den Verwaltungsbehörden als auch den Lehrkörpern der Hochschulen ausführliche geheime Vorschriften darüber erteilen, wie sie sich in den einzelnen Fragen zu verhalten haben. Die geringste Verletzung dieser Vorschriften wird streng bestraft werden. Bei der Ernennung der Hochschullehrer werden wir die größte Vorsicht walten lassen und sie in völliger Abhängigkeit von der Regierung, d.h. von uns, halten …

Illuminaten-Mitteilung;
Gemäß Informationsstufe II.

(Feminismus)
(Gender Mainstreaming)
In den vergangenen Jahren ist es uns gelungen eine Revolution von „oben" durchzuführen. Dies bedeutet, dass nicht mehr der unzufriedene Mann von der Straße, der frühere Proletarier, durch eine ins Leben gerufene Massenbewegung versucht, die Gesellschaft von „unten", von der Basis her, umzugestalten, sondern die Gesellschaft wird heute von oben, von uns, mit Hilfe unzähliger internationaler Organisationen – auch die Nichtregierungsorganisationen stehen weitgehend unter unserer Kontrolle – transformiert.
Eine der durchschlagensten Methoden, die wir dabei angewandt haben, dies vorweg, war die systematische Zerstörung und Zersetzung der Familien, die Keimzellen jeder Gesellschaft. Was auf den ersten Blick als eine nicht gerade umwerfende Einsicht gedeutet werden kann, stellt in Wirklichkeit eine der revolutionärsten Erkenntnisse dar.
Wie gelang uns die Zerstörung der Familien?
Der Ansatz, der uns sehr viel versprechend erschien, zielte auf die Deregulierung der Sexualität ab, da diese die Voraussetzung für die Gründung jeder Familie bildet. Zeigt doch die Erfahrung, dass, wird die Sexualität von allen ihren Schranken befreit, auch grundlegende Wertvorstellungen, Verhaltensmuster und jegliche sittliche Orientierung verschwinden. Ein Versuchsballon wurde von uns bereits mit der Studentenrebellion 1968 gestartet. Nachdem diese eher unkoordinierte Bewegung, natürlich waren auch hier die Richtlinien weitgehend vorgegeben, zu unserer vollen Zufriedenheit abgewickelt wurde, haben wir diese Zielgruppe, heute meist im gesetzten Alter, dazu angestachelt, die letzten noch zu beseitigenden Schranken aus dem Weg zu räumen und bereits ihre Kinder zu sexualisieren. Was zur Folge hat, dass ein von Kindheit auf sexualisierter Mensch all seine Triebe unreflektiert auslebt und somit den eigenen Körper und den Körper von anderen Menschen zur Befriedigung eines ungezügelten Sexualtriebs benützt.
Um unsere Absichten deutlicher herauszuarbeiten und die dahinter stehende Ideologie, des „Gender-Mainstreaming", welche das erste Mal in der Geschichte nicht von Männern, wenn auch aufbauend auf ihren Gedankengut, sondern von radikalfeministischen Frauen entwickelt und durchgesetzt wurde, näher zu erläutern, kurz ein Blick auf die mehr oder weniger gelungenen Versuche einzelner Personen oder gesellschaftlicher Schichten, die dabei eine führende Rolle spielten.
Einen der interessantesten Ansätze, der uns dazu bewog, die Sexualität als Waffe einzusetzen, um damit einen weichen Totalitarismus zu etablieren, fanden

wir in dem Forschungsansatz des Anthropologen J.D. Unwin (Sex and Culture; 1934). Unwin, der anfangs Sigmund Freuds These auf den Grund gehen wollte, dass Kultur sich nur durch eine Sublimierung des Sexualtriebs entwickelt, kam bei seinen weiteren Forschungen zu erstaunlichen Ergebnissen. Auf Gesellschaften übertragen bedeutete dies, (er zog dabei die Hochkulturen der Sumerer, Babylonier, Römer, Athener und Angelsachsen sowie achtzig „unzivilisierte" Völker heran), dass Kulturen nur dann ein hohes kulturelles Niveau erreichen, wenn sie die Möglichkeit zur sexuellen Triebbefriedigung stark einschränken, und sie verschwinden, wenn sie die Sexualität auf ein ungezügeltes, fast tierisches Niveau absinken lassen. So fand er keine Gesellschaft, die über ein hohes Maß an sozialer Energie verfügte, außer sie war strikt monogam.

Der Begriff „soziale Energie", den Unwin verwendet, bedarf einer kurzen Erklärung. So schreibt er, dass jede Gesellschaft potenzielle soziale Energie besitzt, die jedoch nur in dem Maß verwirklicht werden kann, in dem auf eine Befriedigung der Triebe verzichtet wird. Wie entsteht nun die soziale Energie? Sie entsteht aus dem emotionalen Konflikt, der bei einem Verzicht auf Befriedigung der Triebe unausweichlich ist. Dieser Konflikt erzeugt neue Ideen und Gedanken, die wiederum zu neuen Handlungsweisen führen. So hängt auch die Menge der sozialen Energie und der Gedankenreichtum vom Maß der Einschränkung ab. Kurz: Wenn die Enthaltsamkeit groß ist, dann verfügt die Gesellschaft über große Energie, wenn sie klein ist, hat sie wenig Energie. Gibt es nun keine Einschränkung mehr, verfügt sie über keine Energie, sie bleibt Potential.

Soweit die Erkenntnisse Unwins, die uns die weitere Vorgehensweise klar vor Augen führte.

Diese Illuminatenmitteilung wäre jedoch unvollständig, wenn wir, neben dem Hinweis auf Unwin, nicht noch einige Wegbereiter, die mit kulturverändernden Werken in die Öffentlichkeit traten, heranziehen würden. Wir haben uns daraus mit der uns eigenen Skrupellosigkeit bedient.

Allen voran steht natürlich die Französische Revolution, die, wie unter Eingeweihten allgemein bekannt, von den Illuminaten unter Federführung von Adam Weishaupt, und nicht, wie oft kolportiert, von britischen Regierungskreisen und ihren Agenten, ins Leben gerufen wurde.

Warum Frankreich?

Nur Frankreich war aufgrund seiner total verkrusteten sozialen Strukturen reif für eine Revolution. So war es kein Zufall, dass wir uns das Land für dieses Experiment ausgesucht hatten.

Zur Umsetzung!

So wurde das Volk mit einigen wenigen hohlen Begriffen wie: Freiheit, Gleichheit, Brüderlichkeit eingelullt, und dadurch ein Köder ausgelegt, der zu unserer Verblüffung auch ohne Zögern geschluckt wurde. Das Volk, mit wenigen Ausnahmen, bemerkte jedoch nicht, dass Freiheit nur auf Kosten der Gleichheit und

Gleichheit nur auf Kosten von Freiheit zu erlangen ist, wobei die Brüderlichkeit, da nur ergänzendes Beiwerk, naturgemäß dabei auf der Strecke bleiben muss. Was nun die Freiheit auf sexuellem Gebiet betraf, unserem Haupt-augenmerk, welche im Dunstkreis der Französischen Revolution aufblühte, so ist vor allem Marquis de Sade zu nennen, der in seiner komfortablen Zelle der Bastille zehn Jahre lang unglaubliche Perversitäten zu Papier gebracht hatte. Besonders sein Roman "Justine", erschienen 1791, hat wie kein anderer zur Sexualisierung der Politik beigetragen. Damit hatte de Sade den Weg, von ihm sicher unbeabsichtigt, vorbereitet. Was er nicht wusste war: Sexuelle Befreiung, die zum sexuellen Sadismus führt, endet letztlich in Mord. Was bei der Französischen Revolution auch exakt eintraf. Verblüffend war für uns nur die Geschwindigkeit, mit der die geistigen Auswürfe de Sades, geboren in einer dunklen Kammer seines Gehirns, von den Revolutionären aufgegriffen und umgesetzt wurden. So dauerte es nur wenige Jahre, bis im Minutentakt unter der Guillotine die Köpfe rollten. Selbst als die Revolution eine Weile unter der wieder einsetzenden politischen Restauration begraben wurde, war doch diese Idee in die Welt gesetzt und sollte im Laufe von zwei Jahrhunderten zu einem Flächenbrand werden, der durch verschiedene Denker immer wieder neu angefacht wurde. Herausragende Köpfe dabei: Jean Jacques Rousseau, August Comte, Saint Simon, Charles Fourier, Friedrich Nietzsche, Sigmund Freud, C.G. Jung, Wilhelm Reich, Alfred Kinsey und andere. Zu erwähnen ist auch der anglikanische Pastor Thomas Robert Malthus, der bereits 1798 das „Bevölkerungsgesetz" formulierte (An Essay of the Principle of Population). Allerdings waren dessen Vorschläge so radikal, dass sie selbst uns nicht umsetzbar erschienen. Kurz betrachtet beinhaltet der Malthusianismus nicht mehr und nicht weniger als die Reduzierung der Weltbevölkerung, da diese schneller wächst als die Nahrungsmittelproduktion. Malthus schreckte auch vor menschenverachtenden Formulierungen nicht zurück. So stellte er fest, dass ein Mensch, dessen Familie nicht die Mittel besitzt, ihn zu ernähren, oder wenn die Gesellschaft seine Arbeit nicht benötigt, dass dieser Mensch nicht das mindeste Recht habe, irgend einen Teil der erwirtschafteten Nahrung zu verlangen! Deshalb sei er wirklich einer zu viel auf der Erde. Die Natur habe kein Gedeck für ihn bereit gelegt und gebiete ihm daher abzutreten.
Natürlich waren diese Ideen Wasser auf den Mühlen der Reichen, da sie ihren Herrschaftsinteressen genau ins Kalkül passten. Sahen sie doch mit wachsender Sorge die Gefahr der unterschiedlichen Fertilität zwischen Arm und Reich, die auf lange Sicht einen Verlust ihrer ökonomischen und politischen Macht bedeutet hätte.
Da jedoch die Vorschläge Malthus`, die besonders in den Vereinigten Staaten auf ein günstiges Klima stießen, der politischer Umsetzbarkeit wegen aber, die in juristischen und organisatorischen Defiziten gipfelten, nicht zum Ziel gelangen konnten, traten andere Methoden ins Blickfeld, die umgehend von Präsident

Theodore Roosevelt, einem strikten Verfechter der Bevölkerungskontrolle, aufgegriffen wurden. Es handelte sich dabei um die Eugenik-Bewegung, bei der Margret Sanger eine entscheidende Rolle spielte. Sie sah ihre Mission in der Legalisierung von Verhütung, Sterilisation und Abtreibung, um so unerwünschte Teile der (Welt -) Bevölkerung zu eliminieren. Rassenhygiene war also keine genuin deutsche Erfindung, sondern wurde bereits lange vor dem Machtantritt der Nationalsozialisten in den USA propagiert, wo besagte Margret Sanger ungestraft zu deutlichen Formulierungen greifen konnte. So verkündete sie in umständlicher Sprache, dass es die Pflicht guter Bürger sein sollte, ihr eigenes Blut zu hinterlassen und nicht das Blut von „Bürgern des falschen Typs". Sie sah das große Problem der Zivilisation darin, dass der wertvolle Teil der Bevölkerung durch die weniger wertvollen oder gar „schädlichen" Elemente der Bevölkerung ins Hintertreffen gerate. Dieses Problem sei nur dann zu bewältigen, wenn dem immensen Einfluss der Erbanlagen Rechnung getragen werde. Dies bedeute dass die „ungeeigneten" Menschen davon abgehalten werden müssten sich fortzupflanzen. Ist der böse Charakter der Menschen allzu eklatant, spitzt sie zu, wobei sie auf Kriminelle abzielt, sollten diese unbedingt sterilisiert werden. Aber auch Minderbegabte würden unter dieses Verdikt fallen.

Margret Sanger wurde selbstverständlich auch von uns instrumentalisiert und so öffneten wir ihr alle Türen für ihr zukünftiges Vorgehen, obwohl sie das, infolge einer ausgeprägten Starrköpfigkeit, die vielen missionarisch veranlagten Menschen zu eigen ist, nicht wahrnehmen wollte und alle ihre weiteren Schritte als ihren eigenen Erfolg verbuchte. So gründete sie 1921 die American Birth Control League, die offen eugenische Ziele vertrat und umgehend in anderen Ländern Nachahmer fand, wie Marie Stopes, die fast zeitgleich in London eine Klinik für Geburtenkontrolle eröffnete. Heute eine der größten Abtreibungsorganisationen der Welt.

In den 30er Jahren wurden auch die Rockefellers auf Margret Sangers Projekte aufmerksam und förderten sie mit kräftigen Finanzspritzen, sahen doch auch sie Geburtenkontrolle als Lösung für die Massen-armut. Wie nicht anders zu erwarten gab es auch Widerstand gegen Margret Sangers Vorgehen, der besonders von der katholischen Kirche getragen wurde, worauf 1942 die Birth Control League ihren Namen kurzerhand in International Planned Parenthood änderte. Einen Teil zu dieser Änderung mag auch die offen praktizierte Eugenik der Nationalsozialisten dazu beigetragen haben. Trotz dieses belastenden Erbes dauerte es nur knapp zehn Jahre, bis auch der deutsche Ableger „Pro Familia" gegründet wurde, der die Vortäuschung von Familien- freundlichkeit der Organisation noch weiter treibt. Anders ausgedrückt: 77% aller Abtreibungen der Organisation werden in Deutschland durchgeführt.

Festzuhalten bleibt, dass Margret Sanger, trotz ihrer bereits erwähnten Starrköpfigkeit, auch viel erreichte. So initiierte sie den ersten Weltkongress für Bevölkerungskontrolle, trieb mit unserer versteckten Hilfe auch die Entwicklung der Anti-Baby-Pille voran und erreichte sogar vor dem Obersten Gerichtshof der Vereinigten Staaten, dass dieser das Verbot von Mitteln zur Schwangerschaftsverhütung als verfassungswidrig erklärte. Wiederum ein entscheidender Schritt für die geplante Dezimierung der Bevölkerung.

Die Zerstörung der Familie, einhergehend mit einem großen Maß an sexueller Freiheit, blieb natürlich nicht nur auf den Westen beschränkt. Den durchschlagensten Erfolg erzielten wir in den östlichen Ländern: Ein Erfolg, der bis heute anhält, kam er zeitweise auch nur verdeckt zum Tragen. Die Vordenker, die daran beteiligt waren, Karl Marx und Friedrich Engels, bildeten den Fokus dafür und ihre krausen Ideen wurden ohne großen Widerstand adaptiert. Obwohl diese „Denker", wie bereits an anderer Stelle gezeigt, auch nur leicht formbares und beliebig knetbares Wachs in unseren Händen bildeten, wurden sie durchaus ernsthaft diskutiert, ungeachtet dessen, dass sich ihre Vorschläge nicht wesentlich von denen der übrigen Vordenker abhoben. Dass diese Versatzstücke einer Ideologie sogar für einen gewissen Zeitraum Menschheitsgeschichte schreiben sollten, war von ihnen sicher nicht vorauszusehen.

Das wiederum macht deutlich, dass der „gewöhnliche" Mensch immer schon einen Spielball der unterschiedlichsten Mächte und Interessen bildete und noch bildet.

Zieht man nun ein Jugendgedicht von Karl Marx heran, so zeigen sich bereits frühzeitig seine düsteren Absichten:

Des Verzweifelten Gebet (in Marx-Engels Gesamtausgabe Bd. 3, S.6)

Einen Thron will ich mir aufbauen,
Kalt und riesig soll sein Gipfel sein.
Bollwerk sei ihm übermenschlich` Grauen,
Und sein Marschall sei die düstere Pein!

Aus diesen wenigen Zeilen, eine gewisse Reimnot ist unverkennbar, wird deutlich, dass der „Meisterdenker" bereits in frühen Jahren über eine beträchtliche Gefühlsarmut und distanziertes und unterkühltes Denken verfügte, welches in eine abstrakte und wirre Ideologie einmündete, die ihre Legitimation später in blutigem Terror und Vernichtung suchte und auch fand.

Realistisch betrachtet folgt dies nur den Gesetzen jeder gesellschaftlichen Umwälzung und macht sie erst möglich.

Doch was waren nun die entscheidenden Punkte, auf die sich die beiden Denker stützten?

Wie bereits erwähnt: vorrangig die Auflösung der Familie! Die Frau sollte umgehend in den Produktionsprozess eingegliedert werden, was in ihren Augen bedeutete, dass die Familie zum Verschwinden gebracht werden musste, wobei die Frauenfrage flugs zu einer Klassenfrage umgedeutet wurde. So legte Engels in seinem Werk „Der Ursprung der Familie, des Privateigentums und des Staates dar", dass der erste Klassengegensatz, der in der Geschichte auftritt, mit der Entwicklung des Antagonismus von Mann und Weib in der Einzelehe zusammenfällt und damit die erste Klassenunterdrückung des weiblichen Geschlechts durch das männliche. Um dem entgegenzuwirken und die Befreiung der Frau voranzutreiben, empfahl Engels die besagte Eingliederung in den Produktionsprozess. Auffallend ist, dass alle Sexualrevolutionäre des 20. Jahrhunderts ihren Ursprung im Marxismus haben. Für uns jedoch nicht weiter erstaunlich, da ja bekanntlich auch der Marxismus eine Erfindung von uns darstellt.

Die von uns gelenkte russische Revolution bildete ein ungeheuer großes und fruchtbares Experimentierfeld, wobei darauf geachtet wurde, dass es auch Frauen schafften, in den Vordergrund zu treten und an entscheidender Stelle mitzuwirken.

Besonders hervorzuheben ist dabei Alexandra Kollontai, die unter Lenin Kommissarin für Volkswohlfahrt wurde. Sie war es, die Scheidungen und Abtreibungen legalisierte, Kommune-Häuser einrichtete und auch die freie Liebe proklamierte. Alles dies nur um die Frau endlich aus den bestehenden Verhältnissen von Ehe und Prostitution zu befreien. Was in die Realität umgesetzt bedeutete: Weg vom Herd! Das Erlöschen des Herdfeuers sollte in allen Schichten der Bevölkerung stattfinden. Aber auch die Erziehung der Kinder musste strikt kontrolliert gehandhabt werden, um diese der „wahren" Lehre, dem reinen Kommunismus zuführen zu können.

Leider wurde das Experiment viel zu früh abgebrochen. Das rasch ausbrechende Chaos durch die gewaltsame Umschichtung der Wirtschaftsordnung, aufgrund der Revolution, und den damit einhergehenden moralischen Neuerungen, die nur zu oft in Exzessen endeten, machten es unmöglich, die von Alexandra Kollontai eingeführten Ideen aufrecht zu halten, worauf Lenin rasch einen Schlussstrich zog und das Experiment beendete.

Der Zeitpunkt war, ähnlich wie bei der Französischen Revolution, noch nicht gekommen. Dennoch wirkte auch dieser Impuls nach und wurde umgehend aufgegriffen, übte doch der Sozialismus mit seinem Gerechtigkeitsgedanken, dem eine Gleichheitsidee vorauseilte, auf viele Intellektuelle einen ungeheuren Reiz aus. Einer dieser Pioniere, den diese Ideen infiziert hatten, war Wilhelm Reich, der als ordentliches Mitglied der Kommunistischen Partei Deutschlands angehörte, die in Berlin in der Wilhelmsdorfer Straße, bekannt als der Rote Block, eine Zelle betrieb. Sie verfügte über etwa zwanzig Mitglieder, vorwiegend Künstler und Schriftsteller. Die Funktion eines „Agitpropleiters" übte Arthur Koestler aus. Organisationsleiter war Max Schröder, während als politischer Leiter Alfred Kantorowicz fungierte.

Natürlich war uns immer und überall daran gelegen, zwischen den einzelnen Gesellschaftsschichten Unruhe zu stiften. So auch hier.

So schildert Reich in seinen späteren Schriften beredt, wie sich seine „rote" Zelle rüstete, einen Angriff, der aus einer „Klassenkampf-situation" hervorging, abzuwehren. Rot gegen Braun, genauer: Nationalsozialisten, die sich für eine Übernahme der Macht bereit machten und dabei Sozialisten als ihren Erzfeind ausgemacht hatten. Eine Metzelei beider Gruppen wäre unausweichlich gewesen, schreibt er, und fügt in einem Anflug von Erkenntnis hinzu, dass diese zwischen Menschen desselben Berufs, derselben wirtschaftlichen Lage, desselben Motivs, nämlich des suggerierten Auftrags, den verfahrenen Karren aus dem Dreck zu ziehen, stattgefunden hätte.

Durch unvorhergesehene Umstände kam es jedoch nicht dazu und Reich konnte weiter an seiner Entwicklung zum Sexualrevolutionär arbeiten, wobei er sich anfangs auf Sigmund Freuds Begriffskanon stützte. So wurde aus Freuds Libidotheorie Reichs Orgasmustheorie, die nicht mehr oder weniger besagt, als dass die Häufigkeit der Orgasmen für die Gesundheit des Menschen unentbehrlich sei, da nur aus diesen sexuellen Abläufen unmittelbar ein revolutionäres Subjekt hervorgehen könne. Die Quintessenz davon: Nur mit einem sexuell „befreiten" Subjekt kann später eine klassenlose Gesellschaft aufgebaut werden. Selbstverständlich standen auch die „Zwangsehe" und die „Zwangsfamilie", die als Erziehungsapparate fungierten, diesen Absichten im Weg und mussten deshalb ebenfalls zerstört werden. Das probate Mittel dazu war, folgt man Reich, die Sexualisierung der Massen, allen voran der Kinder. Die weiteren Schritte definierte Reich so: „Die patriarchalische Familie ist die strukturelle und ideologische Reproduktionsstätte aller gesellschaftlichen Ordnungen, die auf dem Autoritätsprinzip beruhen." Woraus Reich den Schluss zieht, die sexuelle Repression zu eliminieren, indem die infantilen Bindungen an die Eltern aufzulösen seien. Worauf sich der Rest der gesteckten Ziele durch die in Gang gesetzte Dynamik wie von selbst erledigen würde. Leider uferte Reichs Gedankenwelt, einmal in Fahrt gebracht, nach kurzer Zeit aus. So führte er Kriege, die Ausbeutung des Proletariats, den „religiösen Mystizismus" sowie den Faschismus auf eine einzige Ursache zurück: Die jahrtausendelange Unterjochung des Sexualtriebs, welche die Menschheit weltweit krank gemacht habe. Alle diese Geißeln der Menschheit würden für immer verschwinden, wenn der Mensch seine sexuellen Bedürfnisse – wobei Reich diese Bedürfnisse sehr ungenau definierte – ohne jede Einschränkung befriedigen könne. So würde, folgt man Reich, in kurzer Zeit das Paradies auf Erden unausweichlich sein.

Wir ließen Reich, den wir immer im Blickfeld hatten, noch eine Weile gewähren, mussten jedoch feststellen, dass seine Absichten immer verworrener wurden. Schließlich ging er dazu über, diese streng „wissenschaftlich" umzusetzen. So entwickelte er neben einen Cloudbuster (Wolkenbrecher) auch einen „Orgon-

Akkumulator", eine Maschine zur Produktion von „Lebensenergie." Spätestens zu diesem Zeitpunkt war er für uns nicht mehr tragbar, da er von dem Glauben beseelt war, der Menschheit wirklich helfen zu können, was natürlich nicht unserer Intention entsprach. Wir konstruierten daher eine Anklage wegen Betrugs gegen ihn, worauf er in dem in Amerika gelegenen Zuchthaus Lewisburg landete (Reich war in der Zwischenzeit nach Amerika übergesiedelt). Dort verstarb nach kurzer Zeit. Seinem schnellen Ableben lag, wie unschwer zu erraten ist, kein natürlicher Sterbeprozess zugrunde.

An Helfershelfer herrschte trotz gelegentlicher Ausfälle kein Mangel. Einen interessanten Ansatz brachte ein weiterer Protagonist, Magnus Hirschfeld, der Einstein des Sex, ins Spiel. Er setzte sich als einer der ersten Aktivisten für die Legitimierung der Homosexualität ein. Als „Pionier der Sexualwissenschaft", wobei fast jeder dieser Exzentriker sich als Pionier verstanden haben wollte, entwarf er die Theorie, dass die binäre Geschlechterordnung einer radikalen Individualisierung zu weichen habe. Schließlich sei jeder Mann und jede Frau eine Mischung männlicher und weiblicher Anteile. Hirschfeld besaß auch die Stirn, diese simple Werteänderung als Wissenschaft zu verkaufen. So achtete er streng darauf, dass sein Grabstein in Nizza, wo er 1935 starb, mit der Inschrift versehen wurde: „Per scientiam ad justitiam" (durch Wissenschaft zur Gerechtigkeit). Bereits dieses Vorgehen zeigt, um welch eine schillernde Figur es sich bei ihm handelte. Auch er war zutiefst zerrissen, wie fast alle Personen, deren wir uns bedienten. Kämpfte er auf der einen Seite für die Anerkennung der Homosexualität, so beschrieb er auf der anderen Seite Homosexualität als eine angeborene „Missbildung", die unter die Geschlechts-anomalien und Perversionen einzureihen sei. So nennt er, obwohl sexuell selbst auf Männer fixiert, homosexuelle Männer und lesbische Frauen: „Unglückliche und Entrechtete, die den Fluch eines geheimnisvollen Rätsels der Natur durch ihr einsames Leben schleppen." Was wohl wiederum nicht gerade strengen wissenschaftlichen Aussagen, für die er zeitlebens eingetreten war, entspricht.

Für uns jedoch, es kann nicht oft genug wiederholt werden, war jeder dieser Wirrköpfe ein wahrer Glücksfall.

Hirschfeld, der neben dem Institut für Freikörperkultur auch die Weltliga für Sexualreform gründete, war in der Weimarer Republik die Verkörperung des jüdisch wahrgenommenen „Kultur-bolschewismus" und wurde deshalb von den Nationalsozialisten bekämpft.

Trotz allem ist er bis heute unvergessen und gilt als Vorläufer der Gender-Ideologie. Politiker, die für gewöhnlich über einen eklatanten Mangel an eigenen Ideen verfügen, haben ihm sogar ein Magnus-Hirschfeld-Ufer, direkt dem Kanzleramt in Berlin gegenüber, gewidmet. Und eine gleichnamige Stiftung wurde mit zehn Millionen Euro ausgestattet.

Psychologie, besonders Tiefenpsychologie, stellt zwar ein wirksames Werkzeug zur Manipulation der Menschen dar, doch erwies sich das sogenannte „social engineering" als noch geeigneter. Hier tat sich in besonderer Weise John Watson hervor. Watson, der den Behaviorismus kreierte, setzte, entgegen dem verwaschenen Vorgehen der Psychologen, auf strenge Wissenschaft. Natürlich bewegte sich Watson mit seinen Methoden nicht im luftleeren Raum, sondern hatte verschiedene Vorgänger. So vertrat bereits Gustav Theodor Fechner (1801-1887), ein Philosoph und Naturwissenschaftler, der den Begriff Psychophysik prägte, eine streng experimentelle Psychologie. Und auch der Leipziger Philosoph Wilhelm Wundt (1832-1920) forderte eine naturwissenschaftliche Methode für die Erforschung des seelischen Lebens, wie er den gesamten Bereich der Psyche um-schrieb.

Doch bildeten die Ansätze der frühen Psychologen und Philosophen leider nur Versuche von zumeist isolierten Personen und waren deshalb zur Umformung der Gesellschaft noch nicht brauchbar. Erst mit Watsons Behaviorismus konnten wir uns unseren Zielsetzungen besser annähern. Sah doch Watson im Menschen ein beliebig formbares Objekt, welches durch positive und negative Stimuli konditioniert werden konnte. Auch hatte Darwin mit seiner Botschaft, dass der Mensch nur ein höher entwickelter Affe sei, den Weg ein Stück weit vorbereitet. Hinzu kam, dass der Mensch sich mehr und mehr von der Religion und den althergebrachten Traditionen entfernt hatte, was mit ursächlich dafür war, dass auch die moralischen Vorstellungen stark ins Wanken geraten waren. Das Auftreten des Konstruktivismus, der dem Behaviorismus Watsons eine philosophische Komponente hinzufügt, geschah deshalb fast unbemerkt, bildete aber das noch fehlende Mosaiksteinchen für unsere Zwecke. Bedeutet er doch nicht mehr und nicht weniger, als dass wir uns und unsere Umwelt konstruieren, und die Realität nur noch als unsere, als eine individuelle Realität zu begreifen ist. So lebt unser Nächster bereits in einer anderen Realität. Diese konstruierende Projektion macht auch vor dem Körperlichen nicht Halt, denn äußerer Habitus und Seelenleben sind ebenfalls „sozial" konstruiert. So sind wir alle, denkt man die Vorstellung konsequent zu Ende, lediglich ein Produkt der Erziehung und der gesellschaftlichen Zwänge.

Mit diesen Vorgaben nähern wir uns bereits dem Radikalfeminismus in Reinkultur an. Die auf die Spitze getriebene Ausformung ist dabei: Ohne Frauen keine Männerherrschaft! Denn wenn die Unterscheidung in Männer und Frauen wegfällt, dann gibt es auch kein geschlechts-spezifisches „Oben" und „Unten" mehr. Die Abschaffung vorgeblicher Hierarchien vollzieht sich somit in der Abschaffung aller am Hierarchiesystem Beteiligten. Die verquere Idee dahinter: Allein durch den Umstand, dass die Welt von zwei Geschlechtern ausgeht, werden Frauen unterdrückt, was zur Folge hat, dass die Geschlechtergrenzen verschwinden müssen.

Diese Betrachtung führt uns direkt zu Eddie Bernays, einem Neffen Sigmund

Freunds, der bereits an anderer Stelle erwähnt wurde. Bernays war einer der effektivsten Sozialingenieure, der noch weit über Watson hinausging. Er war es, der die Kunst der Massen-manipulation, die bereits der Arzt und Sozialpsychologe Gustave Le Bon (Psychologie der Massen) in groben Zügen ausgearbeitet hatte, ausbaute und stark verfeinerte. Hatte er doch erkannt, dass, sobald die Mechanismen und die Motive des Gruppendenkens verstanden werden, es möglich sein wird, die Bevölkerung ohne deren Wissen zu kontrollieren und zu steuern. Was natürlich genau in unserem Interesse ist!

Bernays zeigte mit brutaler Offenheit auf, dass wenn in einer „demo-kratischen" Gesellschaft die ungesehenen Gesellschaftsmechanismen manipuliert werden, sich fast unmittelbar eine unsichtbare Regierung herausbildet, welche die wahre Herrschermacht des betreffenden Landes ist. So werden die Menschen regiert, wird ihr Verstand geformt, werden ihre Geschmacksrichtungen gebildet und die gewünschten Gedanken von einigen wenigen Menschen einsuggeriert, von denen die breite Masse noch nie gehört hat. Und dass dies, so brachte er es auf den Punkt, genau die Art und Weise ist, wie eine demokratische Gesellschaft organisiert wird.

Bernays, ein überzeugter Atheist, hatte aber auch erkannt, dass eine Welt ohne Gott schnell in ein soziales Chaos abgleiten würde, und somit eine soziale Manipulation als Mittel zum Zweck gerechtfertigt sei. So müssen, um eine Kontrolle aufrechtzuerhalten, menschen-gerechte Götter geschaffen werden, die im Hintergrund an unsichtbaren Fäden ziehen. Dieses Vorgehen würde der unsichtbaren Regierung nicht nur persönliche Vorteile bringen, sondern auch noch dem sozialen Wohl dienen.

Gesteigert wurde die soziale Massenmanipulation natürlich noch durch den Einsatz der neuen technischen Möglichkeiten von Radio und Fernsehen und der sozialwissenschaftlichen Perfektionierung von Meinungsumfragen. Sinn und Zweck der immer mehr in das Bewusstsein der Bevölkerung einsickernden Säkularisierung war die Reduktion aller Imperative des Lebens auf „Meinungen", und damit das Verschwinden einer absoluten Moral und jeden göttlichen Gesetzes. Konnte doch religiöser Glaube von den Massenmedien nicht kontrolliert werden, was es nötig machte, weite Teile des religiösen Denkens herauszubrechen und in den Bereich der öffentlichen Meinung überzuführen.

(Da es sich bei dieser Betrachtung um einen geschichtlichen Abriss handelt, werden die rasant gestiegenen Möglichkeiten der „neuen" Massenmedien und die Methoden der Überwachung hier außer Acht gelassen).

Wie in fast allen Bereichen der menschlichen Existenz fand sich für Bernays in Bernhard Berelson unverzüglich ein würdiger Nachfolger, der auch direkt vom Establishment wahrgenommen und in seinem Dienst genommen wurde. So stand Berelson lange dem „Population Council" vor, der von Rockefeller III. gegründet worden war und eng mit der Ford-Foundation verknüpft war.

Um den wesentlichen Durchbruch der Sexualisierung in der westlichen Welt nicht aus dem Auge zu verlieren, die Massenmedien spielten auch hier eine entscheidende Rolle, erscheint uns der Hinweis auf Alfred Kinsey unumgänglich. Kinsey, dessen wissenschaftliche Qualifikation auf dem Gebiet der Insektenkunde lag, gilt als der „Vater der Sexualwissenschaft" und wurde mit dem „Kinsey-Report" in Windeseile weltbekannt.

Kinsey, bei dem es sich um einen Sadomasochisten handelte, der auch Kinder und Gefängnisinsassen missbrauchte, nur um die von ihm gewünschten Ergebnisse zu erzielen, trug mit seinen Arbeiten wesentlich zur Demontage des westlichen Wertefundamentes bei. Er ging dabei so weit, dass er die „antiquierten" Gesetze, wie er es formulierte, welche Frauen und Kinder bisher geschützt hatten, als Relikte einer heuchlerischen Moral darstellte, die in Zukunft von niemandem mehr eingehalten werden sollten, da sie den Segnungen eines „sexuell" befreiten und „ehrlichen" Zeitalter im Wege stünden. Vorehelichen Geschlechtsverkehr zu praktizieren, Ehebruch zu begehen, homosexuellen Neigungen nachzugehen und Pornographie zu konsumieren war für Kinsey das Natürlichste auf der Welt. Auch sollten Kinder, und zwar vom Baby-Alter an, sexuell aktiv und orgasmusfähig sein. Die Erwachsenen hatten dafür zu sorgen, dass den kindlichen Belangen Rechnung getragen werden würde.

Es erscheint fast müßig auf die Förderer einzugehen, da es sich, wie bei nahezu allen unseren Belangen, um denselben Personenkreis handelt. So auch hier: Der Hauptförderer war die Rockefeller Foundation mit der Finanzierung, die mediale Unterstützung erfolgte durch den Herausgeber des Playboy, Hugh Hefner, sowie den Sex Information und Education Council of the United States und andere.

Bei dem bereits Berichteten sollte es verwundern, dass es immer noch Steigerungen gibt, was die Beeinflussbarkeit und Manipulation der Bevölkerung hinsichtlich sogenannter wissenschaftlicher Beweise betrifft.

Doch weit gefehlt!

Nun trat John Money, ein Psychiater, der eine Schlüsselrolle bei der Gender-Theorie spielen sollte, mit „stringenten" Beweisen auf den Plan. Seinen Erfolg begründete er auf ein Experiment mit eineiigen Zwillingen. So unterzog er (1967) einen knapp zwei Jahre alten Jungen, der bei einer missglückten Beschneidung verstümmelt worden war, einer operativen und hormonellen Geschlechtsumwandlung. Fortan wurde dieser unter therapeutischer Begleitung Moneys mit einem Mädchennamen beglückt und als Mädchen aufgezogen. Das Experiment lief jedoch bald aus dem Ruder. Der Junge, der nach den Vorstellungen Moneys nun ein Mädchen sein sollte, war mit seiner Rolle nicht einverstanden. So riss er sich bereits als kleines Kind die Kleider vom Leib und machte um Mädchenspielzeug einen weiten Bogen. Später im Alter von vierzehn Jahren ließ „sie" die Geschlechtsumwandlung rückgängig machen und setzte dem fremdbestimmten

Leben schließlich ein Ende. Auch „ihr" Zwillingsbruder war bereits zwei Jahre vor „ihrem" Tod aus dem Leben geschieden.

Festzuhalten ist, dass dieses vollkommen missglückte Experiment noch heute von vielen „Forschern" und natürlich den Feministinnen als Beweis für die Gendertheorie herangezogen wird.

John Money, der als gefeierte Kapazität auftrat, kreierte auch noch viele andere für uns „nützliche" Ideen. So sprach er sich für Bisexualität und Gruppensex aus, warb für sogenannte „fucking games" von Kindern und ordnete extreme sexuelle Perversionen bis hin zum Lustmord als bloße „Paraphilien" ein, als abweichende Vorlieben.

Sein reiches Forscherleben wurde mit der „Magnus-Hirschfeld-Medaille für besondere Verdienste um Sexualwissenschaft und Sexualreformen belohnt. (Diese Medaille, dem uns bereits bekannten „Einstein des Sex" gewidmet, wurde auch Personen wie Ernest Bornemann, Oswald Kolle, Hermann Musaph und Helmut Kentler verliehen. Allen diesen Genannten ist die Vorstellung nicht fremd, ihre Sexualität auch mit Kindern auszuleben. Merkwürdigerweise gehörte auch Rita Süßmuth zu den Preisträgern. Hier zeigt sich wieder einmal deutlich, dass Opportunismus, Eitelkeit, Dummheit und Unverfrorenheit oft eng miteinander verwandt sind. In diesem Sinne ist auch die radikale Frauenrechtlerin Alice Schwarzer zu erwähnen, die sich in der Erstauflage ihres Buches „Der kleine Unterschied" ebenfalls auf John Money berief, wobei sie keinen Widerspruch gegen dessen Experimente duldete.)

Nachdem meist Männer den Weg aufgezeigt hatten, sprangen auch Frauen, wie bereits anfangs angedeutet, auf den Zug, der zur sexuellen Freiheit führen sollte. So hatte der Feminismus in den siebziger und achtziger Jahren Hochkonjunktur. Eine Vorreiterin war dabei die Französin Simone de Beauvoir, die lebenslange Gefährtin des Philosophen Jean Paul Sartre, mit dem sie einen „Pakt" geschlossen hatte, der sie beide endgültig von den Schranken kleinbürgerlicher Moralvorstellungen befreien sollte und zum Rollenmodell für freie Liebe werden sollte. Auch Simone de Beauvoirs Denken wurde von einer merkwürdigen Logik geleitet. So berichtet sie in ihrem Buch: „Das andere Geschlecht", dass Frauen ihre weibliche Identität verleugnen müssen, um so in den Genuss der gleichen Privilegien wie die Männer zu gelangen. Und um die Fesseln der patriarchalischen Unterdrückung zu zerreißen, der Sklaverei der Mutterschaft zu entfliehen und sich befreiter Sexualität hinzugeben, seien Verhütung und Abtreibung unabdingbar. Schwangerschaft stellte für Beauvoir eine „Verstümmelung" dar, der Fötus einen „Parasit" und nicht mehr als ein Stück Fleisch.

Mit Beauvoir, obwohl sie aus irrationalen, aber freien Stücken heraus handelte, brachen endgültig alle Dämme. Unser eifriges, verstecktes Wühlen hatte bei ihr reife Früchte getragen. Ja, sie rühmte sich sogar in aller Öffentlichkeit zweier Abtreibungen und richtete in ihrem Pariser Salon eine Abtreibungsstation ein, als die Tötung ungeborener Kinder noch verboten war. Ihr Handeln zog zahlreiche Nachfolgerinnen in den Bann, und sie erreichte mit ihrem ungestümem Vorpreschen, dass auch die Abtreibung in Deutschland straffrei wurde.

Nun stellt sich die Frage, wie ihr Lebensgefährte, der weltberühmte Philosoph Jean Paul Sartre, einer der Hauptvertreter des Existenzialismus, auf diese Vorgänge, die in seiner unmittelbaren Nähe Gestalt annahmen, reagierte. Bediente er sich seiner Vernunft, die ja einem Philosophen zu eigen sein sollte?

Die Frage ist mit einem klaren Nein zu beantworten! Sartre, dem unzählige Frauengeschichten nachgesagt wurden, die wohl nur aufgrund seines hohen Bekanntheitsgrades zustande kamen, da er über keinerlei attraktive äußerliche Merkmale verfügte (er war klein und hässlich, schielte und pflegte, bedingt durch eine gravierende Blasenschwäche auf viele Sitzgelegenheiten zu urinieren, wobei er besonders Sofas bevorzugte), schwieg beredt zu der irrlichternden Gedankenwelt seiner Lebensgefährtin, obwohl er sonst keine Gelegenheit ausließ, für jede wirkliche und scheinbare Ungerechtigkeit und Ungereimtheit auf die Barrikaden zu steigen. Was wiederum ein bezeichnendes Licht auf die Denkfähigkeit vieler Philosophen wirft.

Bevor wir unsere kurze Betrachtung über den maßgeblichen Personenkreis, der bei der „sexuellen" Befreiung eine entscheidende Rolle spielte, abschließen, ist ein Blick auf die amerikanische Philosophin und Chefideologin der Gender-Theorie, Judith Butler, unabdingbar.

Butler, die, so schreibt sie überspitzt, ein großes Unbehagen für die „Geschlechterordnung" empfindet, will aus diesem Grund ernsthafte „trouble" machen. Bei ihrem Versuch einer „Subversion" hat die post- strukturalistische Philosophin eine verwirrende Theorie entwickelt, die sie in eine philosophische Kunstsprache verpackte, um die Grundfesten der menschlichen Ordnung so ins Wanken zu bringen. Das Hauptziel besteht darin, Geschlechteridentitäten zu verwirren und zu vervielfältigen. Ihre große Einflussnahme auf die Gesellschaft ist darauf zurückzuführen, dass sie sich einer schwer verständlichen Terminologie bedient, die ihr abstraktes Gedankengebäude nur wenigen Spezialisten zugänglich macht. Sicher ist, dass etliche „dunkle" Philosophen wie Hegel oder Hamann, der Magus im Norden, und andere ihre helle Freude an der späteren Kollegin gehabt hätten, denn auch sie arbeiteten, ob bewusst oder mangels geeigneten Ausdrucksvermögens, nach der Regel, um so unverständlicher, um so tiefgründiger die darzustellenden Gedanken.

Nachstehend einige Beispiele von Butlers eleganter Begriffsmanipulation:

So schreibt sie: „Das biologische Geschlecht ist ein ideales Konstrukt, das mit der Zeit zwangsweise materialisiert wird. Es ist nicht eine schlichte Tatsache oder ein statischer Zustand eines Körpers, sondern ein Prozess, bei dem regulierende Normen das ´biologische Geschlecht` materialisieren und diese Materialisierung durch eine erzwungene Wiederholung jener Normen erzielen."

Bereits an diesen wenigen Zeilen ist zu erkennen, um welch eine begabte „Verwirrphilosophin" es sich bei Butler handelt. Was sie mit diesen abstrakten Formulierungen ausdrücken will, ist, dass es Männer und Frauen gar nicht gibt, das Geschlecht der Phantasie entspringt, und nur deshalb geglaubt wird, weil es oft genug gesagt und wiederholt wird. Denn „Gender" ist nicht an das biologische Geschlecht gebunden, im Gegenteil, das Geschlecht ist völlig unwichtig, es entsteht nur, weil es durch Sprache erzeugt wird. So ist auch Identität bei ihr flexibel und nicht fassbar, es existiert nur eine bestimmte „performance", ein Verhalten, das beliebig verändert werden kann.

Butler hatte allerdings nicht berücksichtigt, oder sie führte sich durch ihre ausufernde Sprachverliebtheit selbst in eine geistige Sackgasse, dass die Abschaffung des Geschlechts für die Feministinnen ein Problem aufwirft. Denn entweder die Frauen weiten ihre Macht auf Kosten des Mannes aus, oder die Geschlechtspolarität wird abgeschafft und das Individuum genießt die freie Wahl. Was geschieht aber, wenn die feministische Politik nicht mehr von der Identität als gemeinsamer Grundlage eingeschränkt wird? Ist es auch möglich ohne die Kategorie Frau auszukommen?

Butler ist sich in Ansätzen dieses Problems bewusst und rudert deshalb wieder zurück. Noch sei es aus strategischen Gründen sinnvoll, betont sie, sich auf das Geschlecht der Frau zu berufen. Trotzdem stellt die Auflösung der Geschlechteridentität das eigentliche Ziel dar. Denn erst durch diese Auflösung kann sich das Individuum von der „Diktatur der Natur" emanzipieren, die volle Wahlfreiheit verwirklichen und die jederzeit veränderbare Selbsterfindung praktizieren. Nur so lange es Frauen gibt, können Frauen unterdrückt werden, und nur so lange es „heterosexuelle Zwangsnormativität" gibt, können andere „Formen des Begehrens" ausgegrenzt werden.

Butler kritisiert auch die „fundamentalistische" Argumentation der Identitätspolitik. Für sie ist die Annahme einer Identität nicht die Voraussetzung für die Herausarbeitung der politischen Interessen. Auch gibt es keinen Täter hinter der Tat, sondern der Täter wird in veränderlicher Form erst durch die Tat hervorgebracht. Führt man diese Gedankengänge konsequent fort, ergibt sich, dass nicht zwei Geschlechter existieren, sondern viele Geschlechter, je nach der sexuellen Orientierung. Zwar gibt es Identität, aber diese ist nicht durch Mann- oder Frausein bestimmt, sondern durch die sexuelle Orientierung, ob einer schwul, lesbisch, bi-, trans-, inter- oder sonst wie sexuell ist. Butler reduziert somit die Identität des Menschen auf die frei zu wählende und veränderbare sexuelle Orientierung. Auch gründen sich Familien nicht mehr auf Ehe und Abstammung, sie basieren auf vorübergehender Zugehörigkeit. So werden Kinder nicht mehr natürlich geboren, sondern werden „designed" und mit Hilfe aller technischer Möglichkeiten wie Samenspende, Leihmutterschaft, künstlicher Gebärmutter und Genmanipulation gezüchtet.

Butler gilt auch als eine der wichtigsten Theoretikerinnen der „queer theory", bei der die Begriffsmanipulation noch auf die Spitze getrieben wird. Ebenso wie „gender" steht „queer" für neue Inhalte und soll darüber hinaus die Strenge von Begriffen aufbrechen, so auch den Begriff „Heterosexualität", der noch immer für alle verschiedenen Formen der Sexualität steht.

Betrachtet man den Begriff „queer" (seltsam, sonderbar, krank, unwohl; aber auch: schäbig, wertlos, geistesgestört, verrückt) etwas genauer, so springt als erstes ins Auge, dass dieser nicht leicht zu fassen ist. Verblüffend dabei ist, dass es den Schöpfern dieses merkwürdigen und schwammigen Begriffes gelungen ist, daraus einen Wissenschaftsanspruch abzuleiten. So haben sie es geschafft, mit unserer Hilfe natürlich, dass „queer" als Teil der „gender studies" an vielen Universitäten fest verankert sind und dort eine umfassende Wühlarbeit leisten.

Um nun tatsächlich die aufgezeigten Punkte, die zu einer sexuellen Revolution führen werden, global umsetzen zu können, haben wir bereits vor Jahrzehnten, verstärkt nach dem Zweiten Weltkrieg, internationale Institutionen geschaffen, um mit deren Unterstützung die gesamte Menschheit bis ins letzte Glied erfassen zu können. Die Vereinten Nationen, mit ihren unüberschaubaren Unterorganisationen, auch zahlreiche NGO wurden miteinbezogen, haben sich für unsere Zwecke als am nützlichsten erwiesen. Denn mit ihren Einrichtungen, deren Sinn von der Bevölkerung gewöhnlich nicht hinterfragt wird, führen wir verschiedene Paradigmenwechsel herbei, die es uns ermöglichen, und ohne den geringsten Widerstand befürchten zu müssen, eine postmoderne Ethik zu etablieren anstelle der bisher vorherrschenden christlich-jüdisch orientierten.

Noch ein Hinweis auf die Yogyakarta-Prinzipien, die auf einer Tagung in Indonesien 2007 beschlossen wurden und die ein Schlüsseldokument bilden. Natürlich gingen dieser Tagung mehrere Treffen voraus: Peking 1995, bei der eine Frauenkonferenz abgehalten wurde; Kairo 1994, bei der das Bevölkerungswachstum im Mittelpunkt stand und verschiedene andere Treffen überall auf der Welt.

Die in Yogyakarta beschlossenen Regeln stellen noch eine Präzisierung und Verdichtung der von uns bisher aufgezeigten Vorstellungen der sexuellen Orientierung dar. So wurden auf höchster politischer Ebene, jedoch ohne jede offizielle Legitimation, folgende Regeln formuliert:

- Die Akzeptanz nicht-heterosexuellen Sexualverhaltens
- Die Auflösung bipolarer Geschlechtsidentität
- Die Homo-Ehe mit Adoptionsrecht
- Privilegien für LGBTI Personen (lesbisch, gay, bi-sexuell, trans-sexuell, intersexuell)

Aber auch die Methoden der Verschleierung und der Durchsetzung haben wir verfeinert und dem Zeitgeist („Verwirrsprache") angepasst: so mit Begriffsmanipulation; mit der Anmaßung falscher Legitimität; mit der Vortäuschung der Übereinstimmung mit internationalem Recht.

Und zur Durchsetzung bedienen wir uns: der gezielten Aushöhlung der nationalen Souveränität durch NGO`s und andere Organisationen, der Finanzierung durch UN und EU, der Führung exemplarischer Prozesse im Namen der Menschenrechte und der Umwandlung der Grundeinstellung der Bevölkerung, die mit der medialen Beeinflussung und der Implementierung im Erziehungssystem einhergeht. Hinzu kommt die Schulung des Beamtenapparats und die soziale und juristische Sanktionierung von Widerstand.

Mit diesem kurzen Abriss dürfte deutlich geworden sein, dass die eingangs angesprochene Revolution von „oben", gemäß Informationsstufe II., bereits in ein entscheidendes Stadium eingetreten ist.

Generalplan XXXIV

Für eine Regierung, die sich nur auf die Polizei verlässt, sondern die Wurzeln ihrer Kraft im Volk selbst verankert hat, sind Unruhen und Aufstände nichts anderes als das Bellen des Mopses vor dem Elefanten. Der Mops bellt den Elefanten an, weil er seine Größe und Kraft verkennt. Es genügt, die verschiedenartige Bedeutung beider an einem lehrreichen Beispiel zu erweisen, und die Möpse werden das Bellen lassen und mit dem Schweife wedeln, sobald sie den Elefanten erblicken.

London

Tavistock-Institut of Human Relations

(Einweisung für die in den Sicherheitsausschuss neu gewählten parlamentarischen Vertreter)

Vortragender: Mr. Buddenthal, Abteilungsleiter
(Schwerpunkt: Dekonstruktion von Adolf Hitler zum britischen Agenten)

Was ich Ihnen heute vortrage, unterliegt, ich werde durch Vorschriften dazu genötigt Sie darauf hinzuweisen, strenger Geheimhaltung. So viel zur Einleitung!
Wie lautet nun der Auftrag unseres Instituts?
Er lautet, auf einen kurzen Nenner gebracht: Manipulation! Manipulation in jeder nur erdenklichen Art und Weise. Ein Hinweis vorweg, nur um Ihre Neugierde für unsere Arbeit zu steigern, unser erfolgreichster Agent war: Adolf Hitler!
An Ihren erstaunten Gesichtern kann ich ablesen, dass mir mit diesem Hinweis ein Überraschungscoup gelungen ist, wobei ich Ihnen versichern kann, dass diese Ankündigung keinen billigen Trick eines drittklassigen Marktschreiers darstellt, sondern der reinen, der ungeschönten Wahrheit entspricht.
Doch dazu später mehr.
Zuerst möchte ich Sie über die Gründung und den Aufbau unseres Instituts in Kenntnis setzen. Noch vor dem Ersten Weltkrieg als Propaganda-Zentrum gegründet, im Jahre 1913 in London in Wellington House umbenannt, erhielt es 1921 den noch heute gebräuchlichen Namen: Tavistock-Institut.
Die Initiatoren waren, wie so oft, wenn es um schiere Machterhaltung ging, das Britische Königshaus zusammen mit den Familienstiftungen der Rothschild, Rockefeller und der Milner Group. Alle diese Genannten versprachen sich ebenfalls beträchtliche Vorteile von der Gründung.
Das Wellington House, noch als Propaganda-Zentrum konzipiert, war ursprünglich dazu gedacht, den Widerstand in der Bevölkerung gegen einen sich bedrohlich abzeichnenden Krieg, in den Deutschland verwickelt werden sollte, abzubauen. In die Hände gelegt wurde das Projekt zuerst den Harmsworth-Brüdern, Lord Rothmere und Lord Northcliffe. Hier wird bereits ein erster Bezug zu dem eben erwähnten A. Hitler deutlich, da Lord Northcliffe wenige Jahre später zu einem seiner glühendsten Verehrer mutierte.
Nach welchen Richtlinien gingen die Mitarbeiter des Instituts vor?
Als erste feste Richtlinie, nachdem sie mit verschiedenen Methoden experimentiert hatten, diente den Mitarbeitern das monumentale Werk des Deutschen Oswald Spengler `Der Untergang des Abendlandes´. Zuvor hatten sie gründlich die

Arbeiten von Correa Moylan Walsh studiert, insbesondere das 1917 erschienene Buch `The Climax of Civilisation`. Spenglers Werk erwies sich jedoch als wesentlich ergiebiger für ihr Vorhaben, obwohl dazu eine massive Uminterpretation in ihrem Sinne nötig war. Denn war Spenglers umfangreiche Analyse vom Autor noch als eine tiefgreifende Kritik an dem niederschmetternden Zustand des Abendlandes ausgelegt, so sahen die Tavistock-Wissenschaftler in eben dieser Kritik eine geeignete Vorlage für einen von ihnen gezielt initiierten Niedergang und Fall der westlichen Zivilisation, um, genau auf diesen Ideen aufbauend, eine Neue Weltordnung unter der Führung einer Eine-Welt-Regierung zu schaffen.
Um die Brisanz von Spenglers Werk deutlicher aufzuzeigen, möchte ich kurz darauf eingehen.
Oswald Spengler war davon überzeugt, dass Ausländer (im Original: alien elements) in großer Zahl in die westliche Zivilisation einwandern würden, und dass der Westen dabei versagen würde, diese Ausländer rechtzeitig auszuweisen. Dies würde, bemüht man die umständlichen Formulierungen Spenglers, das Schicksal des Westens besiegeln, da dadurch eine Gesellschaft entstehen würde, deren innerer Glaube und deren Überzeugungen mit den nach außen gezeigten nicht mehr deckungsgleich sein würden. Die westliche Zivilisation würde, gleich dem alten Griechenland und Rom, zugrunde gehen. Deutliches Anzeichen war für Spengler der sich bereits vor dem Ersten Weltkrieg in Europa abzeichnende genetische Verlust, besonders in den skandinavischen Ländern sowie in England, Deutschland und Frankreich. Wobei er nicht müde wurde hervorzuheben, dass diese Länder als Hauptträger der westlichen Kultur anzusehen waren und sie nur so lange blühen und gedeihen konnten, als die Kontrolle der germanischen, angelsächsischen bzw. nordisch geprägten Menschen gewährleistet war.
Nach dieser kleinen Abweichung zurück zum Tavistock-Institut!
Einige Zeit nach der Gründung des Instituts wurde der Stab erweitert und bestand nun aus Arnold Joseph Toynbee, einem britischen Historiker, der eine spekulativ-geschichtsphilosophische Lehre von einundzwanzig einander sich ablösenden Einzelkulturen entwickelt hatte, den bereits erwähnten Harmsworth-Brüdern sowie den Amerikanern Walter Lippmann und Edward Bernays.
Letzterer soll gesondert herausgestellt werden. Bernays wurde 1891 in Wien geboren, war der Neffe Sigmund Freuds, dem Vater der Psychoanalyse, und wird auch oft als „Begründer der Public Relations" betrachtet. In Wirklichkeit gebührt der Titel jedoch Willi Münzenberg. Sieht man von dieser zu vernachlässigenden Richtigstellung einmal ab, so schmälert dies den Verdienst Bernays nicht, leistete er doch Pionierarbeit bei der gezielten Anwendung der Psychologie und den Sozialwissenschaften, mit der erklärten Absicht die öffentliche Meinung radikal umzuformen. Seine Technik nannte er „engineering consent", die technische Herbeiführung von Zustimmung. Sehr bekannt wurde seine Methode der direkten

Verwendung der Autorität einer dritten Partei, um die gewünschte Meinung zu erzeugen. Zitat: „Wenn Du die Führer beeinflussen kannst, entweder mit oder ohne ihre bewusste Kooperation, beeinflusst Du automatisch die Gruppe, die sie führen."
Dieser Vorgang wurde von Bernays „Erzeugung von Meinungen" (opinion making) genannt. Dieses Beispiel zeigt überdeutlich, wie es gelingen konnte, dass einige Staatsfürsten es schafften, ihre Völker in katastrophale Kriege zu verwickeln.
Das Institut schreckte auch davor nicht zurück, nachdem die ersten Gehversuche in Europa erfolgversprechend durchgeführt wurden, diese Technik über den Atlantik zu tragen, um damit die amerikanische Bevölkerung zu ihrer Unterstützung zu mobilisieren. So kreierte es den Begriff „Isolationist" als abfällige Umschreibung für diejenigen Amerikaner, die gegen eine Beteiligung an Kriegen waren. Auch Begriffe wie „Regimewechsel" und „Kollateralschaden" wurden einem allgemeinen Sprachgebrauch zugeführt, auch als Tavistock-Englisch bekannt.
Die Einflussnahme auf ihren zukünftigen und wichtigsten Partner wurde mit großer Vehemenz vorangetrieben. So glückte es dem Institut, den amerikanischen Präsidenten Wilson zu veranlassen, dass er Kriege durch ein ziviles Komitee „verwalten" ließ, welches von Bernays und Lippmann geleitet wurde. Einen weiteren durchschlagenden Erfolg konnte das Institut darin verbuchen, dass es mit Hilfe des Präsidenten durchsetzen konnte, die Handelszölle abzubauen, die den noch relativ labilen amerikanischen Markt davor geschützt hatten, vom Freihandel überrannt zu werden, was in diesem konkreten Fall bedeutete, dass billige britische Güter, die zu einem Hungerlohn in Indien hergestellt wurden, das Land überfluteten. Der Gesetzesentwurf, den Wilson trotz heftiger Widerstände unter- zeichnete, sollte das Ende der Mittelklasse bedeuten und wurde unter dem Deckmantel „Zölle anpassen" verkauft. Angemessener wäre es gewesen, diesen Entwurf als Zerstörung der amerikanischen Zollpolitik zu bezeichnen. Die Unterwanderung Amerikas wurde jedoch von Bernays und Lippmann so geschickt im Verborgenen eingefädelt, dass der Handel fast gänzlich abgewürgt wurde. Wobei die später noch hinzugekommenen Organisationen wie NAFTA, GATT und WTO die ohnehin prekäre Situation noch verschärften. Ein zusätzlicher Coup gelang mit der Einführung der Federal Income Tax (Einkommenssteuer), die ebenfalls zeitgleich durchgepeitscht wurde, um die nun fehlenden Handelszölle als Einnahmequelle für die Bundesregierung zu ersetzen. Das Prinzip einer Einkommensteuer ist ebenso wie die Federal Reserve Bank nicht in der amerikanischen Verfassung verankert. Aber gerade damit, dem Federal-Reserve-Gesetz, von Wilson als „Rekonstruktion des Banken- und Währungssystem der Nation" umschrieben, gelang es die Kontrolle über das Geld und über die Währung des Volkes zu erlangen und sich ein zeitlich unbegrenztes Monopol zu sichern.
Ein interessantes Detail dieser Abläufe am Rande ist, dass, bevor das Gesetz von

Wilson unterzeichnet wurde, Kopien an den undurchsichtigen „Colonel" Eduard Mandel House als einem Vertreter des Instituts sowie an den britischen Bankier J. P. Morgan gesandt wurden. Das Bankhaus Morgan, dies soll noch aufgezeigt werden, verfügte über mächtige finanzielle Verbindungen zu der „City of London", von der über Jahrhunderte, seit Gründung der Bank of England, starke Impulse zur Unterdrückung und Versklavung der Menschheit ausgingen.

Wie genau die Pläne der sogenannten „Olympier" mit der späteren Realität übereinstimmen sollten, zeigt eine Aussage des bekannten und in bestimmten Kreisen hochgeschätzten Geostrategen Sir Harold Mackinder, der auch einen beeindruckenden Lebenslauf vorweisen konnte. Geographieprofessor, Direktor an der Londoner School of Economics, Mitglied des Parlaments und enger Kollege Arnold Toynbees. Sir Mackinder hatte bereits frühzeitig eine große Anzahl geopolitischer Ereignisse vorausgesagt. Unter anderem (bereits Anfang des 20. Jahrhunderts) die Gründung von zwei deutschen Staaten, der Bundesrepublik Deutschland sowie der Deutschen Demokratischen Republik.

Was exakt eintreffen sollte!

Bestimmt keine Prophezeiung eines weltfremden Wissenschaftlers, sondern eher eine genaue Voraussage von nach strengen Regeln minutiös durchgeführten Plänen. Anders ausgedrückt: Hier äußerte sich ein absoluter Insider.

Um die gesamte Reichweite des Einflusses, den das Tavistock-Institut ausübte, ermessen zu können, ist es unumgänglich, noch weitere Persönlichkeiten, die bei den Forschungen des Instituts mitwirkten, näher zu betrachten.

Als Cheftheoretiker des Instituts tat sich besonders Dr. Kurt Lewin hervor. Lewin wurde 1890 in dem Dorf Mogilno, in der damaligen Provinz Posen, geboren und gelangte über verschiedene Umwege, nachdem er in Deutschland studiert hatte, zum Tavistock-Institut, das ihm erst ermöglichte seine Fähigkeiten voll zu entfalten. Assistiert wurde er dabei von Generalmajor John Rawlings Reese, Eric Trist, W.R. Bon und anderen Größen der „Gehirnwäsche" wie Margaret Meade und Gregory Bateson, ihrem Ehemann. Lewin war sogar noch daran beteiligt, als Georg W. Bush vom Obersten Gerichtshof in das Weiße Haus gehievt wurde. Wie weit die Einflussnahme von ihm und seinem Team reichte, wird durchsichtiger, wenn wir die Gründung verschiedener Einrichtungen betrachten, die von den meisten als uramerikanisch angesehen werden, in Wahrheit aber alle auf ihr Konto gehen. So unter anderem: das Stanford Research Center, die Wharton School of Economics am MIT, das National Institut of Mental Health und darüber hinaus eine Vielzahl anderer Institutionen.

Nun ein Blick auf einige Schwerpunkte von Lewins Forschungen!

Herausragend dabei ist seine Doktrin der „Identitätsänderung", die er in verschiedene mathematische Modelle verpackte, und die für Laien nur schwer zu verstehen ist. So stellt er fest, dass alle psychologischen Phänomene in einem Bereich ablaufen, den er als „psychologischen Phasenraum" bezeichnet, der sich aus zwei unabhängigen „Feldern" zusammensetzt, der „Umwelt" und dem „Selbst". Daraus entstand das Konzept der „kontrollierten Umwelt", aus der, falls eine feste Persönlichkeitsstruktur vorhanden ist (eine die empfänglich und voraussagbar berechnet werden kann), ein bestimmtes Verhalten abgeleitet werden kann – hier kommen die mathematischen Modelle zum Tragen-, und somit nur die dritte Variable der Gleichung kontrolliert werden muss, um das gewünschte Verhalten zu erreichen. So lautete die Grundlegung der psychologischen Norm, die jedoch später abgeändert wurde, indem in der Gleichung die Umwelt eine größere Bedeutung erlangte, jedoch nicht in Bezug auf das Verhalten, sondern auf die erwünschte neue Persönlichkeitsstruktur.

Hinter den Forschungen stand die erklärte Absicht, die tieferen Strukturen der menschlichen Persönlichkeit so zu verändern, dass mit einer bloßen Verhaltensänderung auch eine Identitätsänderung erreicht werden konnte.

Diese Formel wurde zur Norm fast aller sozialpsychologischer Formeln. Erstaunlich ist, dass sie bis in die achtziger Jahre für nahezu alle Situationen, bei denen eine Beratung nötig war, verwendet wurde. Ob bei Konflikten innerhalb der Armee, bei Verhandlungen mit der Arbeiterschaft, ja sogar bei diplomatischen Verwicklungen wurde diese Formel herangezogen.

Eine weitere wichtige Aufgabe des Instituts, bei der auch der berüchtigte Milliardär Maurice Strong, der tief in den hochlukrativen Opium-Heroin-Kokain-Handel verwickelt war, ein bedeutende Rolle spielte, war es, einen Paradigmenwechsel in fast allen Bereichen des menschlichen Zusammenlebens herbeizuführen. Ich zähle programmatisch einige Punkte davon auf:
- anti-technologische Ausrichtung der Jugend;
- die Herabwürdigung der westlichen Zivilisation; Demontierung der Vorbildfunktion des Abendlandes;
- die Ingangsetzung eines permanenten Generationenkonflikts;
- eine Jugendrebellion ins Leben rufen;
- Experimente bei zwischenmenschlichen Beziehungen; Homosexualität und Lesbentum sollen auf allen Ebenen der Gesellschaft akzeptabel werden;
- bewusst finanzierte Umweltbewegungen, z.B. „Greenpeace";
- das Stärken von Interessen für östliche Religionen mit allen damit verbundenen philosophischen Perspektiven;
- Interessen auf Meditation und andere spirituelle Bereiche wie z.B. die „Kabbala" lenken, um die christliche Tradition zu verdrängen; ausgesuchte Personen heranziehen, um die Popularität für diese Bereiche zu steigern: Shirley Mc Lean, Roeann Barr, Madonna und Demi Moore;
- Interesse am „fundamentalistischen" Christentum steigern;
- dem Prozess der „Selbstverwirklichung" große Bedeutung bei-messen;
- Gewerkschaften sollen den Schwerpunkt ihrer Arbeit auf die Arbeitsumgebung legen und nicht mehr als Kontrahenten der Unternehmer auftreten;

- Emanzipationsbewegung der Frauen;
- rassische Vermischung; Brechen aller Tabus, insbesondere von Margaret Meade und Gregory Bateson vorgeschlagen;
- „Neuerfindung" verschiedener Musikrichtungen (Hip Hop und Rap);
- systematische Zerstörung der Sprache; Reduzierung auf verstümmelte Primitiv-Sprache;
- Zerstörung der Familie;
- der Wirtschaft ein stärkeres Gewicht innerhalb der Gesellschaft zuweisen

Die Absicht hinter diesen künstlich herbeigeführten Trends war es, in kleinen, fast unmerklichen Schritten ein gereiztes Gesellschaftsklima zu erzeugen, mit darauf aufbauenden sozialen Unruhen, um dadurch eine Transformation des alten Menschenbildes zu erreichen.

Um Sie nun nicht noch länger auf die Folter zu spannen, bevor ich zu dem bereits angekündigten Schwerpunkt, unserem erfolgreichsten Agenten komme, möchte ich noch rasch einige Personen erwähnen, die Ihnen sicher alle bekannt sind, um zu demonstrieren wie weit die Einflussnahme unseres Instituts wirklich reicht. Ein Paradebeispiel ist William „Bill" Clinton. Clinton, der aus einem zerrütteten Haus stammte, (sein Vater war ein gewalttätiger Alkoholiker, was immer eine gute Voraussetzung für unsere Vorhaben darstellt), wurde schon in jungen Jahren in Arkansas einer „Profilierung" unterzogen. Seine Fortschritte wurden genau analysiert, besonders während des Vietnam-Krieges, worauf er in kurzer Zeit zum Gouverneur aufstieg. Schon als Gouverneur bewies er eine erstaunliche Skrupellosigkeit, indem er südamerikanischen Drogendealern sichere Zwischenlandung in Arkansas ermöglichte, was sich fraglos auch finanziell für ihn auswirkte. Später war es eine Mrs. Harriman, die „Bill" für das „Oval Office" vorbereitete. Er, der blässliche Typ, wurde einem intensiven Training unterworfen, inklusive Gardarobe, Schminke, Rhetorikkursen. Hinzu kamen noch Logenverbindungen, die ihm zusätzlich den Weg nach oben ebneten.
Ein weiteres Beispiel ist Jimmy Carter, der von Dr. Peter Bourne vorbereitet wurde. Carter war besonders leicht beeinflussbar, da er dem Okkultismus gegenüber sehr aufgeschlossen war. Eine seiner Schwestern war eine führende Hexe (Witch) der okkulten Szene Amerikas. Er selbst glaubte ein wiedergeborener Christ zu sein, obwohl sein ganzes Denken und Handeln mit sozialistischen und kommunistischen Vorstellungen durchsetzt war. Carter war ein echtes schizophrenes Tavistock-Erzeugnis, was sogar von diversen Journalisten bemerkt wurde, die einmütig feststellten, dass der Jimmy Carter, der nun im Weißen Haus hinter geschlossenen Türen am Werk ist, nicht mehr derselbe Carter ist, als der er der Öffentlichkeit als Kandidat präsentiert wurde.
Aber nicht nur amerikanische Präsidenten werden gemacht, nein, auch andere

Personen, die für ein öffentliches Amt vorgesehen sind, werden einer Profilierung unterzogen, damit sie immer im richtigen Moment das Gewünschte tun. Der Kongress war und ist voll von ihnen: Newt Gingrich, Dick Cheney, Charles Schumer, Tom De Lay, Barney Frank und viele andere mehr zählen dazu.

Wir, die Mitarbeiter vom Tavistock-Institut, sind immer wieder erstaunt über die Leichtgläubigkeit und Verführbarkeit der Menschen, die, einer Schafherde gleich, friedlich vor sich hin grasen, ohne sich darum zu kümmern, wer die Hirten sind, die sie in den Abgrund treiben. Ja, sie blicken sogar noch mit Ehrfurcht zu ihnen auf. Nehmen wir einen davon heraus: Lord Bertrand Russell. Er wird als Pazifist hoch geehrt und geachtet. Nichts könnte falscher sein. Russell, er war einer der wichtigsten Denker und Gestalter des Instituts, der „Elder Statesman", wie er auch oft bezeichnet wurde, wurde nicht müde zu verkünden, dass die Welt mit viel zu vielen unnützen Essern bevölkert sei. Einer seiner Vorschläge: Gezielt Epidemien erzeugen, um die Menschheit zu reduzieren. Aber auch den Einsatz von Atombomben zog er in Betracht, wären doch die bisherigen Kriege sehr enttäuschend ausgefallen, da sie nicht genügend Menschen getötet hätten. Ihm schwebte das Ziel der Globalisten vor Augen: Reduzierung der Weltbevölkerung auf nur 500 Millionen Menschen.

Der im Bundesstaat Georgia von unbekannter Hand aufgestellte Guidestone, der genau darauf hinweist, zeigt, dass diese Vorstellungen nicht aus der Luft gegriffen sind.

Jetzt, nachdem ich Ihre Aufmerksamkeit lange genug in Anspruch genommen habe, komme ich zu unserem bereits angekündigten, unserem erfolgreichsten Agenten: Adolf Hitler. Und dass er erfolgreich war, erfolgreich natürlich nur in unserem Sinne, kann wohl kaum jemand abstreiten.

Einige Überlegungen vorweg!

Viele werden sich schon gefragt haben, ich beziehe auch die Historiker mit ein, warum Hitler eine ausgesprochen anglophile Ader besaß. Die Erklärungen dafür sind mehr als dürftig. Bewunderung für den Commonwealth steht dabei für gewöhnlich im Vordergrund. Doch können alle diese Erklärungen, die nicht mehr als vage Deutungen darstellen, nicht befriedigen.

Sie ahnen sicher bereits, auf was ich hinaus will. Die einzige wirkliche Erklärung für seine Zuneigung zu den Briten war seine von uns durchgeführte Dekonstruktion.

Doch der Reihe nach!

Am Anfang steht dabei die merkwürdige Tatsache, über die selbst die fundiertesten Historiker leicht hinwegsehen, dass in der Biographie Hitlers 2 Jahre und 4 Monate, nämlich vom Januar 1911 bis zum 24. Mai 1913 einfach fehlen. Selbst einer seiner besten Kenner, Joachim C. Fest, dessen Standardwerk für die Hitlerforschung neue Maßstäbe setzte, erwähnt diesen Zeitraum mit keiner Silbe.

Die offizielle Geschichtsschreibung bedient sich hier, um diese Lücke zu füllen, einfach eines häufig angewandten Kunstgriffes: sie behauptet, ohne jeden stringenten Beweis, dass Hitler sich die Jahre 1910- 1913 in Wien aufgehalten und dort berühmte Gebäude gemalt habe. Obwohl diese Zeichnungen, die später von Hitlers Freund Hanisch verkauft wurden, der als „Fritz Walter" im Wiener Obdachlosenasyl für Männer registriert war, sich allesamt als Fälschungen herausstellten, wird weiter an dem Bild, dass Hitler sich in Wien als Künstler betätigt habe, festgehalten.
Nein, wir wissen es besser!
Neben dem fehlenden Zeitraum verblüfft es, dass das Augenmerk der Historiker nur in seltenen Fällen auf Hitlers Geschwister fiel. Während die direkte Linie, Eltern, Großeltern, in die Untersuchungen miteinfloss und lang und breit ausgewälzt wurde, schenkte man seinen Geschwistern kaum Beachtung. Dabei führt die Spur direkt zu Hitlers Halbbruder Alois Hitler, einem Sohn aus einer der früheren Ehen von Hitlers Vater, der seit 1909 im Shelbourne Hotel in Dublin lebte und dort als Kellner arbeitete, wo er die damals 17- jährige Brigid Elisabeth Dowling kennen lernte und mit ihr nach Liverpool durchbrannte, um Brigids Vater zu entfliehen. Brigid Hitler schildert in ihrem Buch „My Brother in Law Hitler" eine durchwegs glaubhafte Geschichte, die die fehlende Zeitspanne in Hitlers Biographie mit Leben füllt, ohne dass sie jedoch über die ganze Wahrheit verfügt, da sie nur den begrenzten Zeitraum, den Hitler bei ihr und seinem Bruder in Liverpool verbrachte, überblickt (Brigid Dowling benützte Bridget Hitler als Autorennamen, so in ihrem Buch: „The Memoires of
Bridget Hitler"). Sie schildert beredt, dass sie im November 1912 Adolf Hitler am Lime-Street-Bahnhof in Liverpool getroffen habe, und er bei ihr einen zutiefst schäbigen Eindruck hinterließ. Auch stellte er, während seines Aufenthaltes in Liverpool, für sie und ihren Mann eine große „Belästigung" dar. Hitler, so berichtet sie weiter, verbrachte die ganze Zeit schlafend auf dem Sofa. Auffallend war auch seine matte und kränkliche Gesichtsfarbe. Sehr verwunderten sie auch Hitlers unstete und starre Augen, die immer wieder in blicklose Fernen abzuschweifen schienen. Seine kurzen Wachphasen, in denen er sich nur sehr einsilbig äußerte, benützte er, um irgendwelche auf Deutsch geschriebene Pamphlete zu studieren.
Kurze Anmerkung:
Hitler war von Januar 1911 bis November 1912 in der Tavistock Psych-Ops-War-School (Kriegsschule für Psychologische Operationen) in England und in Irland, wo er von uns dekonstruiert wurde. Die Beschreibungen der Autorin weisen alle Symptome unserer vorausgegangenen Dekonstruktion auf und bei den erwähnten Pamphleten handelte es sich um nichts anderes als um sogenannte „briefing documents" (Instruktionsdokumente). Alles deutet darauf hin, dass Hitler während seines Aufenthaltes bei seinem Bruder versuchte, die Dekonstruktion in sein „neues" Leben zu integrieren, um seinen zerrütteten Geist wieder zu

beruhigen, um nicht, wie viele andere Testpersonen vor ihm, auf lange Zeit in der Klapsmühle zu landen.
Natürlich taucht unverzüglich die Frage auf: Wie kam Hitler nach Liverpool zu seinem Halbbruder?
Hier muss einschränkend gesagt werden, wir wissen es nicht genau. Denn irgendwelche Nachweise über seine Einreise nach England existieren nicht. Diesem Umstand kann jedoch keine große Bedeutung beigemessen werden, da es vor 1914 praktisch keine Einreise-bestimmungen für Fremde gab. Auch das 1905 erlassene Fremdengesetz (Alien Act) war äußerst lückenhaft und wurde darüber hinaus auch nur sehr selten angewandt.
Für die damaligen Geheimdienste, die noch nicht über ein ausgefeiltes Nachweissystem verfügten, gestaltete sich daher die Rekrutierungs- arbeit völlig anders als heute. Sie suchten, der vorherrschenden Situation gemäß, überwiegend in Absteigen nach dahinvegetierenden ausländischen Personen, da diese für sie ein perfektes Reservoir bildeten. In vielen Fällen handelte es sich dabei um deklassierte Staatsbürger, die auch jederzeit bereit waren, ihre eigene Gesellschaft zu missachten und gegebenenfalls auch zu zerstören, um so eine gesellschaftliche Veränderung herbeizuführen.
Sicher ist, dass diese Anwerbungsmethoden noch heute angewandt werden. Bilden doch diese Unterkünfte eine gute Tarnung für die Dienste. Da diese Personen oft nur über ein lückenhaftes, durch Alkohol und andere Rauschmittel geschädigtes Gedächtnis verfügen, wird ihnen im Zweifelsfall entweder nicht geglaubt, oder sie werden falsch interpretiert, oder aber es wird ihnen, falls sie sich störrisch und uneinsichtig zeigen, ein überdosierter, oft tödlicher Medikamenten- cocktail verabreicht.
Was nun Hitler betrifft, so erscheint es sicher, dass er, der diese Art von Einrichtungen von seinem Aufenthalt in Wien her kannte, auch in England eine davon aufsuchte, dort von unseren Anwerbern aufgegriffen und der bereits beschriebenen Behandlung unterzogen wurde.
Der Agent, ich komme um eine kurze Schilderung, um Ihnen die späteren Reaktionen Hitlers durchsichtiger zu machen, nicht herum, durchläuft in seiner Ausbildung verschiedene Phasen, die meist parallel gestaltet werden. Auf der physischen Ebene, die bis an die äußerste Grenze der Belastbarkeit geht, wird mit Alkohol und Drogen sowie mit abartigem Sex gearbeitet. Auch werden die Agenten hypnotisiert und erhalten Zugang zu anderen Agenten, während die Ausbilder distanziert abwarten, was sich entwickelt. Hitler zeigte dabei Anzeichen von Bisexualität und entwickelte später, nachdem die Ausbilder diesen Schwachpunkt erkannt und gezielt gefördert hatten, noch andere sexuelle Abnormitäten, insbesondere eine ausgeprägte Koprophilie, die viele andere Agenten anekelten.
Für seine Ausbilder bedeutete diese Feststellung jedoch einen Grund zum Jubeln, da sie von der Grundregel ausgingen, je extremer eine sexuelle Abnormität

ausfällt, umso einfacher ist es, den Agenten in Abhängigkeit zu halten und zu manipulieren.

Daneben wurde Hitler rhetorisch geschult. So lernte er, mit den Händen zu gestikulieren, um bestimmte Punkte einer Rede hervorzuheben. Hier erwies er sich als gelehriger Schüler, der seinen eigenen Stil entwickelte, der zwar auf seltsame Weise „undeutsch", jedoch unglaublich wirksam war, wie sich später erweisen sollte.

Noch leichter, als eine Rede theatralisch zu unterstreichen, gelang es Hitler, sich die Prinzipien der Massenüberzeugung anzueignen, bei denen auf alte und bewährte Regeln zurückgegriffen wird. So lernte er, dass nichts so absurd sein kann, als dass es nicht geglaubt wird, wenn es nur überzeugend präsentiert wird. Die von ihm später in „Mein Kampf" zitierten Abschnitte weisen noch exakt die von uns bei der Dekonstrution gelegten Merkmale auf. Dort berichtet er: „Eine große Lüge sei immer glaubhafter als eine kleine Lüge. In der primitiven Einfachheit der Seelen, fielen die Menschen einer großen Lüge einfacher zum Opfer, da sie selbst in kleinen Dingen manchmal lügen, sich aber schämen würden, zu groß zu lügen. Sie könnten es sich nicht vorstellen, dass es jemand wagen würde, wahrhaft monströs zu lügen, und sie wären dementsprechend geneigt, zu glauben, dass etwas Wahres in dem Gesagten liegen müsse. Dadurch würden sogar einige der schamlosesten Ausflüchte Glauben finden und kleben bleiben."

Einen vollständigen Ablauf einer Dekonstruktion zu schildern, ist mir leider im Rahmen dieser kurzen Einweisung nicht möglich. Nur auf einen Punkt soll noch eingegangen werden, Hitlers Liebe zu Wagner. Viele werden sich schon gefragt haben, was hatte er mit Wagner zu tun? Wie kam er dazu, Wagner zu seinem Lieblingskomponisten zu machen? Ausgerechnet Wagner, der in einem Kosmos von merkwürdigen und seltsamen mythologischen Verknüpfungen einer selbst generierten Märchenwelt zuhause war und auch vieles adaptierte (z.B. Platon: Der Ring des Gyges). Wie schaffte es Hitler, der über keine besonders intellektuelle oder andere Fähigkeiten verfügte, und dem auch Musik weitgehend fremd war, sich einen Zugang zu Wagner zu verschaffen? Die Antwort, da sie ja im Zusammenhang mit unserer Aufzählung steht, ist einfach. Selbst- verständlich wurde Hitler von uns auch in diesem Bereich gelenkt. Geheimdienstler würden es als Hinführung zum „Anker" bezeichnen. Dem Probanden wird dabei eine Stimmenaufnahme oder ein Stimmen-Puls an den Schläfen befestigt, während im Hintergrund Musik abgespielt wird. In diesem Fall handelte es sich, nicht schwer zu erraten, natürlich um Wagner (Hinzu kam: Hitler lernte als Kind auch leidlich Klavierspielen).

Zum Ablauf: Die abgespielte Musik lenkt die bewussten und unbewussten Gedankenströme ab und lässt die eigentliche Botschaft so direkter ins Unterbewusste absinken, und zwar mit derselben Empathie, welche die Musik erzeugen kann. Wird die Musik wieder und wieder abgespielt, bringt sie die implantierte

Botschaft durch Assoziationen wieder ins Bewusstsein. Daher der erwähnte „Anker."

Wagners Musik stellte bei der Dekonstruktion Hitlers einen seltenen Glücksgriff für uns dar. Führt sie doch in Bereiche, die der modernen Welt diametral entgegen zu stehen scheinen. Und genau dies entsprach auch unseren Absichten. So sollte Hitler mit Hilfe dieses völlig aus der Luft gegriffenen Mythologiegemenges, das auf tief im Gehirn verborgene Emotionen abzielt, Deutschlands hohen technologischen Standard zurückfahren, und die Bevölkerung an eine an die „Scholle" gebundene Blut- und Bodenideologie gewöhnen.

Soweit Wagner und Hitler!

Nun noch einige interessante Aspekte, die zum Verständnis beitragen, um Hitlers deutlich erkennbaren Größenwahn, der bei verschiedenen Gelegenheiten auftrat, durchsichtiger zu machen. So werden bei der Dekonstruktion verschiedene Codes verwendet, die bewirken, dass sich die dekodierte Person allen anderen haushoch überlegen fühlt. Eine wichtige, ja sogar notwendige Voraussetzung für einen späteren Einsatz als Diktator. Auf folgende Formulierungen wird dabei oft zurückgegriffen:

Du bist besonders!
Du wirst die Welt verändern!
Es ist dein Schicksal, dies zu tun!
Unterdrücke jene, die gegen Dich sprechen!
Unterdrücke jene, die gegen Dich handeln!
Umgebe Dich mit Personen, die Deiner Vision angepasst werden können!

Auf noch etwas muss hingewiesen werden, um Hitlers späteres Verhalten, Handeln und seinen Charakter besser verstehen zu können, nämlich die Fixierung des Dekonstruierten auf bestimmte Nationen, Gruppen und Personen. Besonders dafür geeignet erweisen sich Paranoiker, die mit einer individuellen Leidensgeschichte belastet sind, was bestimmt auf Hitler zutraf. Ihnen werden Hassgefühle bis hin zum absoluten Tötungswillen implantiert. So wurde Hitler während unserer Dekonstruktion darauf trainiert, Spanier, Juden, Tschechen, Polen, Russen, US-Amerikaner, Franzosen, Belgier und Holländer zu hassen und nicht als vollwertige Menschen zu betrachten. Ebenso sollte er die Deutschen als Nation sehen, die von der Geschichte dazu auserwählt wurde, sich für ihn aufzuopfern. Einer seiner von ihm häufig gebrauchten Sätze weist darauf hin und zeigt, dass es sich bei ihm um einen perfekt agierenden Borderliner-Psychopathen handelte: „Ich bin nicht in die Welt gekommen, um die Menschen besser zu machen, sondern ihre Schwächen zu gebrauchen."

Auch andere Merkmale weisen genau in diese Richtung. Unter anderem:

- Empfindungen, von denen geglaubt wird, sie kämen von außen. So dachte Hitler stets, dass er ein Mann des Schicksals sei, der Auserwählte. „Ich bin die Stimme, die aus der Wüste ruft..." „Ich bringe die Vollmachten der Vorsehung."

- Gedanken, von denen angenommen wird, sie kämen von außen. „Steh auf und befolge meine Befehle!"
- Gehörhalluzinationen und Handlungen, bei denen die betreffende Person annimmt, sie geschähen unter äußerer Kontrolle: „Verlasse jetzt den Bunker!"

(Siehe weiter unten!)
Unser Bericht über das von aller Welt bestaunte Phänomen Hitler wäre unvollständig, wenn wir nicht auch seinen Freundeskreis, der einen sicheren Garanten für seinen politischen Aufstieg bildete, und der überwiegend aus Homosexuellen bestand, miteinbezogen hätten.
So war es in Deutschland seit langem ein offenes Geheimnis, dass viele hochrangige NS-Führer, einschließlich Röhm, Förster, von Schirach, Heß und andere homosexuell waren. Bekanntlich teilte Heß mit Hitler nach dem Münchner Putsch im Landsberger Gefängnis eine Zelle. Heß wurde nicht nur von den Feinden der Nazi-Partei als Bi- und Homosexueller angesehen, sondern auch von absoluten Insidern, die ihm den Spitznamen „Fräulein Anna" verpassten. Ernst Hanfstaengl, ein Teilnehmer am Hitlerputsch, ging sogar so weit, zu bezeugen, dass Hitler und Heß im Gefängnis ein Liebespaar gewesen seien. Selbst Goebbels vermerkte über Hanfstaengl 1937 in seinem Tagebuch: „Wenn der auspackt, das wird alle anderen Emigranten weit in den Schatten stellen."
Hanfstaengl war natürlich klar, dass er sich mit seinen Aussagen auf dünnem Eis bewegte, und dies wusste er auch. So floh er mit unserer Hilfe 1937 ins sichere England.
Fest steht, dass Hitlers sexuelles Verhalten bereits in den frühen zwanziger Jahren von seinen Gegnern aufmerksam beobachtet wurde. Berichtete doch General Otto von Lossow, seit 1921 Landes- kommandant der Reichswehr, der über Zugang zu allen Akten verfügte, aus abgefangenen Briefen der Münchner Schwulenszene über die Suche Hitlers nach jungen Männern. Ich zitiere einen Münchner Lehrling: „Ich, Franz, ein Lehrling, machte die Bekanntschaft eines Herrn, der mich aufforderte, die Nacht mit ihm zu verbringen, und ich akzeptierte. Der Name des Herrn war Adolf Hitler."
Die Originale sind selbstverständlich nie mehr aufgefunden worden, da Hitler nach der Machtergreifung alle verfügbaren Dokumente und Unterlagen, die auf seine Homosexualität bzw. auf seine sexuellen Abartigkeiten (Koprophilie) hinweisen hätten können, umgehend vernichten ließ. Auch führte er, um jeden Verdacht der Homosexualität von sich abzulenken, eine umfassende Anti-Homosexuellen-Säuberungsaktion durch. Zirka 100000 Untersuchungen und etwa 50000 Gerichtsprozesse fanden statt, und zwischen 10000 bis 15000 Personen verschwanden in den Konzentrationslagern, aus denen nur wenige zurückkehrten.
Hitler ging sogar so weit, mit dem untrüglichen Instinkt des Psychopathen, in den Wiener und Münchner Obdachlosenunterkünften Razzien durchführen zu

lassen, um damit letzte Zeugen aus seiner Vergangenheit zu beseitigen. Auch einer der alten `Gefährten´ Hitlers im Kampf um die Macht, Ernst Röhm, erlitt das gleiche Schicksal. Röhm, ein bekennender Homosexueller, drohte Hitler offen: „Du weißt über unsere gemeinsame Vergangenheit Bescheid, mache also keine Fehler!" Röhm wurde unter dem Vorwand angeblicher Putschpläne am 30.6.1934 im Hotel Hanslbauer in Bad Wiessee / Tegernsee verhaftet und kurz darauf in der Strafanstalt Stadelheim erschossen. General Lossow hingegen, der ein untrügliches Gespür für unheilvolle Entwicklungen besaß, setzte sich schon frühzeitig in die Türkei ab.

Nach meinen Ausführungen über Hitlers Sexualität werden Sie sich sicher Gedanken machen, welche Rolle die Frauen, von denen er bekanntlich umgeben und auch umschwärmt war, spielten? Stellten sie nur schmückendes Beiwerk für die Bevölkerung dar, um seine vorgetäuschte Normalität glaubwürdiger zu gestalten? Oder waren sie vielmehr nur Statistinnen, die ein inszeniertes Spiel aufführten? Die wahren Gründe sind wohl nur sehr schwer zu lüften und spielen für unsere Betrachtung auch keine große Rolle. Sicher ist nur, dass es eine stattliche Liste von Frauen gab, die um seine Aufmerksamkeit buhlten und dies auf sehr drastische Art und Weise. Als bevorzugtes Mittel wurde dabei von ihnen der vorgetäuschte Selbstmord bemüht. So versuchte, als eine der Ersten, Mimi Reiter, eine 16-Jährige aus dem Leben zu scheiden. Einen besonderen Aufmerksamkeit heischenden Fall stellte die 20-Jährige Unity Walkyrie Mitford, eine Engländerin, dar. Nach der Kriegserklärung Englands an Deutschland schoss sie sich eine Kugel in den Kopf, starb jedoch erst acht Jahre später an den Spätfolgen dieser Kopfverletzung. Auch die Schauspielerin Rene Müller flüchtete sich in einen vorgetäuschten Selbstmord. Ihr folgte Eva Braun, seine spätere Gattin für ein paar Stunden, mit zwei Selbstmordversuchen. Hitlers Aufmerksamkeit suchten auch: Cardo Hoffmann, Gertrud von Seidlitz, Helene Bechstein, Stefanie von Hohenlohe, Viktoria van Dirksen sowie Leni Riefenstahl, die bekannte Filmemacherin, die jede sexuelle Verwicklung vehement abstritt, jedoch von starker sexueller Erregung erfasst wurde, als sie Hitler bei den Nürnberger Parteitagen sprechen hörte.

Hitler entzog sich allen Gerüchten über seine sexuelle Orientierung mit der demonstrativ gezeigten Hinwendung zur Bevölkerung, wobei er besonders auf deren weiblichen Teil abzielte. Diese Hinwendung gipfelte in den oft kolportierten Phrasen: „Der Führer muss für sein geliebtes Volk frei sein."

Nun, wir vom Tavistock-Institut wissen es besser. Für uns stellte Hitler nur ein williges Bündel Mensch dar, vollgepackt mit genau den psychischen und charakterlichen Schwächen und Mängeln, die ihn für unsere Zwecke und Ziele brauchbar machten. Und um ihn keinen Tag von unseren vorgezeichneten Bahnen abweichen zu lassen, hatten wir Hitler noch einen unserer perfekten Helfershelfer zur Seite gestellt: Dr. Theodor Gilbert Morell, der ihn unter ständiger Kontrolle hielt.

Morell, der eine Praxis für Urologie und Elektrotherapie am Berliner Kurfürstendamm besaß, trat schon 1933 in die NSDAP ein und wurde darauf über Heinrich Hoffmann, den ´Reichsbilderstatter`, in Hitlers Nähe gebracht. Die beiden, Hitler und Morell, bildeten ein ideales Gespann. Auf der einen Seite Hitler, ein ausgeprägter Neurotiker, der nahezu bedingungslos auf Dr. Morells ärztliche Künste vertraute und auf der anderen Seite Morell, ein übergewichtiger Quacksalber, der vom Volksmund mit dem treffenden Spitznamen ´Reichsspritzen- meister` bedacht wurde. Obwohl Hitler weitaus qualifiziertere Ärzte zur Verfügung standen, vertraute er ausschließlich Morell, der ihn mit einem täglichen Cocktail von Medikamenten und Aufputschmitteln in die von uns gewünschte Richtung lenkte. So fuhren wir, um unseren Agenten Hitler auf gar keinen Fall eigene Wege gehen zu lassen, immer und überall doppelgleisig und transformierten Deutschland dadurch nach Plan.

Die von uns in Gang gesetzte Kriegmaschinerie, die Europa und die Welt veränderte, muss hier nicht gesondert dargestellt werden, da ja unser Bericht ausschließlich auf die Person Hitler abzielt. Nur für Liebhaber unwichtiger Details möchte ich den Dunstkreis um Hitler noch kurz weiter ausleuchten und einflechten, dass fast alle Nazi-Führer Doppelgänger besaßen. Hitler besaß deren sogar fünf, wie Pauline Köhler in ihrem Buch „I was Hitlers Maid" berichtet. Sie schreibt, „dass es sich bei den Männern um ganz gewöhnliche Menschen handelte, die einfach für diesen Dienst abkommandiert wurden, die sich auch immer ihrer riskanten Stellung bewusst waren und denen deshalb die Angst deutlich erkennbar im Nacken saß." Unter ihnen befanden sich Gustav Weber, der Schauspieler Andreas Kronstädt, der Hitler beim Einmarsch in Prag ersetzte und der nahezu regungslos im dritten Stock des Hradschin verharrte, vor Furcht fast gelähmt, um seine ihm zugedachte Rolle nicht durch einen unglücklichen Zufall preiszugeben. Auch Julius Schreck, Hitlers Fahrer, und Heinrich Berger, der bei dem durch Oberst Claus Schenk von Stauffenberg verübten Attentat getötet wurde, während sich Hitler in einem Nebenraum befand und unverletzt blieb, gehörten mit zu seinen Doppelgängern.

Natürlich gab es Doppelgänger auch für Göring, Bormann, Heß und andere. Nur Goebbels, der einen Klumpfuß besaß und deshalb schwer zu ersetzen war, hatte keinen. Dr. Goebbels und seine Familie waren 1945 auch die einzigen authentischen Personen im Führerbunker und verliehen dadurch dem Geschehen wenigstens einen Schein von historischer Wahrheit. Alle anderen, ich komme noch darauf zurück, wurden mit unserer Hilfe aus dem Bunker geschleust.

Soweit diese kurze Betrachtung über die vorgetäuschte Welt hinter der richtigen Welt.

Ein wichtiger Punkt, der aufzeigt, dass Hitler von uns gesteuert wurde, war die Operation „Dynamo" (Dünkirchen), bei der auch Dönitz, Raeder, Milch, Canaris und Oster eine entscheidende Rolle spielten. Viele von ihnen waren nach dem

Ersten Weltkrieg britische Kriegsgefangene gewesen, was uns die Gelegenheit bot, auf sie später zurückzugreifen. Canaris führte viele vertrauliche Gespräche mit Verhöroffizieren, und Dönitz war in Manchester in psychiatrischer Behandlung (Okt. 1918 – Juli 1919).
Festzuhalten ist auch, dass die deutschen Soldaten, trotz unserer Unterwanderung, eine harte Nuss waren, die zu knacken nicht immer leicht war, da wir den ausgesprochenen Kampfgeist und den Heldenmut oft falsch einschätzten. So auch in Dünkirchen! Als die Deutschen ihren berühmten Sichelschnitt durchführten (15.- 22. Mai 1940), sie drangen südwärts nach Frankreich ein und darauf nordwärts Richtung Dünkirchen und Calais, wurden die sich in Belgien befindlichen Franzosen durch den deutschen Panzerkorridor abgeschnitten. Am 24. Mai durchbrachen die Deutschen die letzte Verteidigungslinie, und 300000 Briten und Alliierte steckten in der Falle. Dazu gehörten die erfahrensten Truppenteile der britischen Armee. Hinzu kam, dass auch noch 220000 Soldaten der alliierten Truppen in Cherbourg, Saint-Malo, Brest und Saint-Naziere eingeschlossen waren. Wäre diese Situation nicht von uns sofort entzerrt worden, der Krieg hätte definitiv einen andern Verlauf genommen. Was jedoch nicht unseren Absichten entsprach. Wir wollten den Krieg so lange weiterführen, bis Deutschland am Boden zerstört war und als unser politischer und wirtschaftlicher Konkurrent für alle Zeiten ausgeschaltet war.
Und unser Agent Hitler funktionierte. Er befahl seinen Truppen, den Vormarsch und einen weiteren Angriff zu beenden. Und so konnten sich die englischen und alliierten Soldaten, abgesehen von einigen Verlusten, in Sicherheit bringen. In den Geschichtsbüchern ist oft nachzulesen, dass Hitlers Gründe für den Verlauf dieser Kämpfe in Dünkirchen unklar gewesen seien.
Nun, wir wissen es besser!
Im März 1941 begann Hitler langsam, eher noch zögerlich, zu realisieren, dass er von uns ausgetrickst worden war. Ob es Einflüsterungen aus seiner Umgebung waren oder sein umnebeltes Gehirn gelegentlich noch einige lichte Momente aufwies, sei dahingestellt. Jedenfalls versuchte er umgehend Kontakt mit uns aufzunehmen und startete eine Aktion, bei der er seinen Stellvertreter Rudolf Heß in einem Flugzeug nach Schottland schickte. So die offizielle Schreibweise, die jedoch nur zum Teil stimmt. In Wirklichkeit wurden am 10 und 11. Mai 1941 zwei Flugzeuge losgeschickt. Rudolf Heß mit seinem Doppelgänger Alfred Horn und daneben Hauptmann Karl Horn mit einer anderen Maschine. Die beiden Maschinen flogen untereinander, um nur als eine Maschine erkannt zu werden, falls sie in den Fokus des feindlichen Radars gelangen sollten. Mit den beiden Horns, deren Namensgleichheit rein zufällig war, hatte es folgende Bewandtnis: Alfred Horn, der Doppelgänger, ein Ritterkreuzträger, wurde bei den Nürnberger Prozessen verurteilt und später, kurz vor seiner geplanten Entlassung am 17.August 1987, von zwei unserer Leute ermordet, wobei ein ziemlich plump

geratener Selbstmord vorgetäuscht wurde, um ihn so an einem möglichen „Auspacken" zu hindern, während der „echte" Rudolf Heß sofort nach seiner Landung in Schottland getötet wurde. Dies erklärt auch das Verstummen von Heß´ Doppelgänger bei den Nürnberger Prozessen, wo er von Göring und den anderen Nazigrößen links liegen gelassen wurde, da sie ja um seine wahre Identität wussten. So wies der vorgeschobene Heß bei den Verhandlungen immer wieder erstaunliche Erinnerungslücken auf, die so weit reichten, dass er noch später, nach der Verurteilung, im Spandauer Gefängnis, bei gelegentlichen Besuchen seiner vorgeblichen Familienangehörigen, sich nicht in der Lage sah, eine auch nur rudimentäre Unterhaltung zu bestreiten, wie einer seiner Söhne später ausplauderte (Heß war bi-sexuell und verheiratet).
Um jede Spur zu verwischen, wurde nach seinem Tod, auch das Gefängnis in Spandau abgerissen. Die Abbruchmasse wurde zerkleinert und sechs Kilometer südöstlich von Gatow vergraben. Da es sich bei dem Gelände um ein britisches militärisches Sperrgebiet handelte, wurde ein Einkaufszentrum für britische Militärangehörige darauf errichtet, das Britannia Centre Spandau. Es trug auch den Spitznamen Heßco in Anlehnung an die britische Supermarktkette Tesco.
Und um jedes Aufflackern einer kollektiven Erinnerung im Keim zu ersticken, wurden auf unser Drängen hin, in Absprache mit seiner Familie, die sterblichen Überreste des Doppelgängers, die in dem kleinen Ort Wunsiedel (Bayern) bestattet worden waren, exhumiert und eingeäschert, nicht etwa aus dem Ansinnen heraus, Neonazis einen symbolischen Ort zu verweigern, wie die gesteuerte Mainstream-Presse großmundig verkündigte, nein, sondern um jegliche mögliche Identifizierung durch eine DNS-Probe unmöglich zu machen und dadurch die von uns so sorgfältige inszenierte Aktion letztlich doch noch platzen zu lassen, was definitiv zu einem öffentlichen Aufschrei geführt hätte.
Was geschah nun mit Hauptmann Karl Horn, der das andere Flugzeug flog, und was war seine Mission?
Sie lautete: In die USA zu gelangen und die dortige Regierungsspitze zu bewegen, einen Friedensschluss zwischen Deutschland und Großbritannien auszuhandeln (Die USA waren im Mai 1941 noch nicht in den Krieg eingetreten.)
Um es vorwegzunehmen, Hauptmann Karl Horn, obwohl er nur einen niederen Offiziersgrad innehatte, war kein Unbekannter und für seine Mission durchaus geeignet. Besaß er doch Verbindungen zu den höchsten Kreisen Deutschlands und war, neben dem bereits erwähnten Offiziersgrad Ritterkreuzträger und (1936) olympischer Langstreckenläufer. Sein Onkel war Generaloberst Karlheinz von Horn, der später die Ardennenoffensive leiten sollte. Außerdem war er ein erfahrener Pilot und würde, so die allgemeine Einschätzung, vom amerikanischen Militär respektiert werden. Noch erwähnt werden sollte, dass es zwischen den Weltkriegen nicht unüblich war, dass Sportler auch Agenten waren und daher ihre Namen in der Öffentlichkeit nicht bekannt gemacht wurden. So auch im Fall Karl Horn. Ob er

wirklich Langstreckenläufer bei der Olympiade gewesen war, ist daher nicht offiziell vermerkt, da es sich bei vielen Wett- kämpfern um Militärs handelte, deren Anonymität bewahrt werden musste. Sicher ist jedoch, dass es Hauptmann Karl Horn schaffte, mit einem amerikanischen General, der nach England geschickt worden war, zusammenzutreffen und mit ihm an Bord eines Liberator-Bombers in die USA zu fliegen. Dort gelang es ihm jedoch nicht mit den Regierungsspitzen in Kontakt zu treten, da eine Gruppe von britischen MI-6 und amerikanischen FBI-Agenten, die ihm stets auf den Fersen waren, dies zu verhindern wusste. Horn sah als einzigen Ausweg, um nicht in die Hände seiner Verfolger zu gelangen, den Selbstmord, indem er vor der Küste Neu-Englands ins Meer schwamm und dabei ertrank.

Was stellten nun die Optionen dar, die Rudolf Heß und Karl Horn, abklären sollten? Sie bestanden aus drei Plänen:

Plan A: Verhandlungen zu führen, um den Zweiten Weltkrieg zu beenden;

Plan B: Hitlers anonyme Flucht zu Francisco Franco nach Spanien;

Plan C: Frieden mit England und Amerika zu erreichen.

Wie wir bereits wissen, gingen die Pläne nicht auf. Die Geschichte ließ sich nicht mehr umschreiben, sondern folgte unseren „Plänen", so wie sie immer den von bestimmten Personen vorgezeichneten Plänen folgt.

Doch, dies muss von mir gesondert hervorgehoben werden, waren wir immer fair gegenüber unseren Agenten. Was bedeutete, dass wir Hitler und den meisten mit uns verbundenen Nazi-Führern den Weg in die, wenn auch nur eingeschränkte, Freiheit, ermöglichten. Warum sollte es deshalb bei unserem erfolgreichsten Agenten anders sein?

Kurz noch die Begleitumstände seiner Flucht!

Wir nannten sie „Operation Winnie the Pooh", während die Deutschen sie das „Testament" nannten.

Die Situation:

Hitler und seine nähere Umgebung befanden sich bereits seit dem 16. Januar 1945 im sogenannten `Führerbunker´, worüber wir genau Bescheid wussten. Wir wussten auch, dass viele dieser Leute sich ab dem 20. April aus dem Bunker absetzten, unternahmen jedoch nur in Ausnahmefällen etwas dagegen, und immer in Absprache mit den Deutschen. Hitler selbst, der okkulten Dingen schon immer aufgeschlossen gegenüber stand, obwohl er über keine tieferen Kenntnisse darüber verfügte, plante seine Flucht am 30.April, da der 1.Mai ein okkultes Datum darstellt. Eingeweihte wissen darüber Bescheid.

Wie gestaltete sich nun der genaue Ablauf der Flucht?

Am 26. und 27.April, als die Einschläge der sowjetischen Artillerie immer näher rückten, wurde eine Flucht dringlicher und dringlicher.

Doch selbst als die ersten schweren Treffer im Führerbunker einschlugen, zögerte Hitler immer noch.

Erst am 30.April, dem exakten okkulten Datum, war es soweit.

So wurden zur Vertuschung der Flucht mehrere Leichen von Hitlers Doppelgängern um den Bunker herum platziert, die später von den Soldaten der roten Armee gefunden wurden. In Geheimdienstkreisen ist eine solche Maßnahme als Aktion „Dosenfleisch" bekannt. Stalin, der eingeweiht war, zog sofort die richtigen Schlüsse daraus und setzte deshalb seine Suche nach Hitler noch weit über das Kriegsende hinaus fort, trotz des angeblichen Fundes.

Tatsächlich wurde die eher plumpe Zurschaustellung der Leichen bereits frühzeitig auch von den Historikern angezweifelt, da die vorgeblichen Indizien selbst für Laien nicht stichhaltig genug erschienen. So hatte die als Hitler identifizierte Leiche keine Schusswunde am Schädel, obwohl dieser sich, den offiziell verbreiteten Berichten zufolge, selbst eine Pistole in den Mund gesteckt und darauf abgedrückt hätte. Aber auch der Körper von Eva Braun, mit der er zuvor noch eine der kürzest möglichen Ehen eingegangen war, deutete auf ein Ablenkungsmanöver hin. So war ihr Körper mit Wunden übersät, die von Granatsplittern herrührten, und darüber hinaus steckte sie in einem blauen Kleid, welches sie bei verschiedenen Anlässen getragen hatte, was natürlich sofort den Verdacht keimen ließ, dass damit der Öffentlichkeit Sand in die Augen gestreut werden sollte. Mit großer Wahrscheinlichkeit handelte es sich bei Eva Brauns Leiche um eine weibliche Person, die durch verschiedene Kriegseinwirkungen auf den Straßen von Berlin ums Leben gekommen war und erst später vor den Bunker verbracht worden war. Es waren auch keine Anzeichen eines Selbstmordes durch die Einnahme von Gift, so die übliche Lesart, zu erkennen.

Von den Nazi-Größen, Hitlers Sekretärinnen waren ebenfalls bereits entlassen worden, verblieb somit nur Goebbels mit seiner Familie im Führerbunker. Joseph Goebbels, der, wie bereits erwähnt, aufgrund seines Klumpfußes, der ihm die Bezeichnung „Schrumpfgermane" eintrug, über keine Doppelgänger verfügte, war von Hitler angehalten worden, zusammen mit seiner Frau und den Kindern Selbstmord zu begehen. Was er, da ihm jeder Widerspruch gegenüber Hitler völlig fremd war, auch billigte. Und um jeder möglichen Zuwiderhandlung seitens Goebbels oder seiner Frau entgegenzuwirken, war von Hitler angeordnet worden, alle in einem Zimmer einzuschließen. So sollten die sowjetischen Soldaten, die als Erste den Führerbunker durch- suchten, in die Irre geführt werden, da sie aus der Identität der vorgefundenen Leichen auch auf die Identität der übrigen Leichen schließen würden. So die Absicht dahinter.

Nun zu Hitlers Flucht!

Die Flucht, die unter geradezu menschenvernichtenden Umständen durchgeführt werden musste, gelang, soviel im Voraus, programm- gemäß. Sie forderte allerdings, wie bereits angedeutet, das Leben von vielen Menschen, die sich zum Zeitpunkt der Flucht gerade am falschen Ort befanden. Doch wie immer in solchen außer- gewöhnlichen Situationen, ganz besonders im Krieg, ist es unumgänglich Prioritäten zu setzen. Dazu ein kurzer Blick auf die damalige Lage.

Berlin, Ende April 1945.
In den letzten Kriegstagen waren Hunderttausende von Berlinern sowie Tausende von deutschen Soldaten, die verwundet, verzweifelt und mit ihren Kräften am Ende waren, in der Stadt eingeschlossen worden. Der Ring, den die sowjetischen Truppen um Berlin gezogen hatten, wurde enger und enger, und nur noch Wenigen gelang es die Belagerung zu durchbrechen und sich in Sicherheit zu bringen. Ein Großteil der Verwundeten, Soldaten und Zivilisten, war daher, auch um dem andauernden Artilleriebeschuss der Sowjets zu entgehen, zusammen mit den Lazarettschwestern, dem Sanitätspersonal und den Ärzten in die Tunnel der Untergrundbahn verlegt worden. Diese nur mit den nötigsten medizinischen Utensilien ausgestatteten Behelfskrankenhäuser waren jedoch gemäß der Genfer Konvention als Lazarett kenntlich gemacht worden und gewährten dadurch eine vermeintliche Sicherheit.
Als aber die sowjetischen Soldaten, entgegen der Genfer Konvention des Roten Kreuzes, am 28.April in die Tunnel eindrangen, ordnete Hitler an, die Schleusen der Spree zu öffnen und die Tunnel zu fluten. Dadurch ertranken Tausende von Verwundeten zusammen mit ihrem Pflegepersonal, den Soldaten und Zivilisten. So verwandelte sich die geplante Route bereits vor der Flucht Hitlers in eine von ver- zweifelten Todesschreien erfüllte Leichenhalle. Einen Tag später, am 29.April, wurden die Schleusen in die Ausgangsposition zurück-gebracht und die Spree floss wieder in ihr Flussbett zurück. Die letzten Fluchtvorbereitungen konnten beginnen. Und um jedes Risiko auszuschließen, sollte erst ein Probelauf durchgeführt werden. Bei den Männern, die sich dazu bereiterklärten und die über ein gerütteltes Maß an Kaltblütigkeit verfügen mussten, handelte es sich um Mayor Bernd Freytag von Loringhoven, Rittmeister Gerhard Boldt und Oberstleutnant Weiss. Nachdem nun diese Offiziere eine Anzahl Kajaks aus einem dafür bereitgestellten Magazin entnommen hatten, um diese für die Flüchtenden zu platzieren, ruderten sie erst selbst durch die Tunnel, die noch voller übereinander getürmter Leichen lagen und töteten dabei die letzten der noch Überlebenden, um so etwaige Zeugen zu beseitigen.
Der genaue Ablauf, wie Hitler und sein auf vier Personen reduziertes Gefolge sich heimlich aus dem Bunker stahl, vom Personal schon totgesagt, und in die bereitgestellten Kajaks stieg, ist für unsere Schilderung nebensächlich. Tatsache ist jedoch, dass es ihnen gelang, die Spree hinabzugleiten und ein kleines U-Boot, das an der Schwanenwerder Halbinsel bereitlag, zu besteigen, um die Flüchtenden von dort zur Pfaueninsel zu bringen.
(Um dem Bericht nicht seine Glaubwürdigkeit zu nehmen, sei darauf hingewiesen, dass die Deutschen bereits 1891 damit begonnen hatten, U-Boote zu bauen. Sie waren daher auch ohne weiteres in der Lage, kleine U-Boote, sogenannte Mini-Untersee-Boote (WK 202), herzustellen. Nur war diese Tatsache dem überwiegenden Teil der damaligen Bevölkerung und auch größtenteils dem Militär

nicht geläufig, und Berichte darüber gelangten erst viele Jahre nach Kriegsende an die Öffentlichkeit.)
Zurück zum Fluchtort Pfaueninsel!
Die Pfaueninsel war der ideale Treff- und Evakuierungspunkt. Sie war von allen Seiten von Wasser umgeben, was hervorragende Lande-möglichkeiten für Wasserflugzeuge bot. Bekannt ist auch, dass viele hochrangige Nazis dorthin flüchteten, um als „alliierte Kriegs-gefangene und Internierte" gerettet zu werden. Sicher ist, dass Hitler zusammen mit Eva Braun, einen Tag nach seiner Ankunft auf der Pfaueninsel nach Spanien ausgeflogen wurde, wo er von Franco aufgenommen wurde, mit dem er seit langem Kontakte pflegte. In Spanien lebte Hitler bis Februar 1950 im Kloster Montserrat außerhalb Barcelonas und arbeitete im Parque de la Cuitadella gegenüber dem Naturkundemuseum als der „Deutsche Gärtner". Sein früher Tod ist darauf zurückzuführen, dass er anfing uns langsam lästig zu werden, da er mit zunehmendem Alter immer geschwätziger wurde. So plauderte er wiederholt, vielleicht um seine vor langen Jahren in England erworbenen Sprachkenntnisse wieder aufzufrischen, mit englischsprechenden Touristen, womit das Risiko einer Aufdeckung von Tag zu Tag stieg. Deshalb wurde er von uns mit einer noch relativ unbekannten Methode (einige Jahre nach Kriegsende) vom Leben zum Tode gebracht. Er starb an radioaktiven Platten, die in seiner Schlafmatratze versteckt wurden und die Magenkrebs bei ihm auslösten. Diese beliebte britische Methode dauert cirka sechs Wochen und ist dazu gedacht, „sensible" Agenten und andere nicht mehr benötigte Verbündete loszuwerden.
Natürlich war Hitler nicht so einfach „totzukriegen". Die Legenden-bildung, die unmittelbar nach Kriegsende einsetzte, trieb oft seltsame Blüten. Sie reichte von seiner Flucht mit einem U-Boot nach Argentinien, wo sein Tod auf das Jahr 1972 datiert wurde, bis nach Neuseeland, wo er in Wellington lange Jahre als Verkäufer in einem Herrenbekleidungsgeschäft gearbeitet haben sollte. Nicht zu vergessen die Tibetische Linie! Diesen Berichten zufolge gehörte Hitler einer tibetischen Geheimloge an und praktizierte in einem verborgenen tibetischen Kloster Okkultismus, um mit diesen Praktiken die Zeit und den Ort seiner Wiedergeburt voraussagen zu können. Dass diese Verbindung nicht von der Hand zu weisen ist, zeigt das Auffinden von mehreren tausend toten Tibetern in Berlin kurz nach Kriegsende. Sie alle hatten sich offenbar vergiftet, da sie keine Verletzungen aufwiesen. Merkwürdigerweise hatten sie alle grüne Handschuhe an und trugen SS-Uniformen. Es handelte sich bei ihnen mit hoher Wahrscheinlichkeit um tibetische Mönche. Ihr Führer wurde als der „Mann mit dem grünen Handschuh" bekannt.
Zum Schluss möchte ich noch auf einige Grundsätze hinweisen, die für das Tavistock-Institut von großer Bedeutung sind:
Menschen suchen immer, bedingt durch den Bau ihrer Gehirne, nach einer Iden-

tität, die für gewöhnlich in verschiedene Kategorien zerfällt. Welche politische Überzeugung sie besitzen, welche Fußballmannschaft sie unterstützen, welcher Religion sie sich zugehörig fühlen, immer folgen sie diesen Regeln. Sie sind deshalb nie in der Lage zu erkennen, dass Bolschewismus, Kommunismus, Faschismus, Internationalismus, Cyberismus, Demokratie, Zionismus usw. ein und dasselbe ist, nur unter verschiedenen Namen. Alle diese Staatsformen, seien sie politisch stärker oder schwächer ausgeprägt, dienen nur einem Zweck: Der Unterdrückung oder Verzerrung der individuellen Freiheit durch die Verteufelung jeder Art von Stolz auf die eigene Nation, Tradition oder Rasse.

Und: Als Instrument zur Durchsetzung von gewünschten Staatsformen hat sich zu allen Zeiten der Krieg erwiesen, was sich auf den ersten Blick einsichtig erweist, denn:

Alle Kriege dienen dem sozialen Wandel.

Alle Kriege sind vorgetäuscht und folgen Profitinteressen.

Alle Kriege werden künstlich erzeugt.

Jeder Krieg ist ein soziales Experiment mit der Absicht, neue Bevölkerungskontrollen zu finden.

Und schließlich: Jeder Krieg dient dazu, die Ergebnisse, die der vorherige Krieg gezeitigt hat, zu verbessern.

Damit schließe ich.

Vielen Dank für Ihre Aufmerksamkeit.

Generalplan XXXV

Um die uns nicht wohlgesinnten Staaten zu schädigen, haben wir umfangreiche Krisen im Wirtschaftsleben hervorgerufen. Wir be-dienten uns dabei des einfachen Mittels, alles erreichbare Geld aus dem Verkehr zu ziehen. Riesige Summen wurden in unseren Händen aufgespeichert, während die uns nicht wohlgesinnten Staaten mittellos dasaßen und schließlich gezwungen wurden, uns um Gewährung von Anleihen zu bitten. Mit diesen Anleihen übernahmen diese Staaten bedeutende Zinsverpflichtungen, die ihren Staatshaushalt wesentlich belasteten und sie schließlich in völlige Abhängigkeit von den großen Geldgebern brachten.

Musik!
Die Änderung der Tonhöhe. (Von 432 Hertz auf 440Hertz)

„Wollt ihr wissen, ob ein Land wohl regiert wird und gut gesittet sei, so hört seine Musik."

Konfuzius

Mag dieser Eingriff, die Änderung der Tonhöhe, auf den ersten Blick nicht gerade revolutionär erscheinen, vergleicht man es mit direkter Indoktrination etwa durch Religion oder rigorose Maßnahmen durch die Staatsgewalt, so ist seine Wirkung dennoch nicht zu unterschätzen, da Musik den Menschen schon seit seinen frühen Anfängen begleitet (Erdtrommel, Knochenflöten etc.) und daher unverzichtbarer Bestandteil seines Lebens ist.

So ist es wohl kaum zu leugnen, dass es kein Volk gibt, auf welcher Zivilisationsstufe auch immer, das sich nicht einer bestimmten Form von Musik bedient hätte. Sei es als Teil spiritueller Praktiken bei schamanischen Ritualen oder sei es bei Stammesinitiationen, um veränderte Bewusstseinszustände herbeizuführen.

Die Suche nach einer passenden Methode zur Beeinflussung der mentalen und emotionalen Zustände der Menschen ist deshalb von uns schon seit langem forciert worden. Jedoch erwies sich dies als äußerst schwierig, da uns der entscheidende Ansatz fehlte, bis sich endlich die Tonhöhe als der Knackpunkt herauskristallisierte.

Natürlich griffen wir zuerst auf die historischen Beispiele, die in Hülle und Fülle vorhanden waren, zurück. So stellten wir fest, dass die alten Instrumente auf die Frequenz 432 Hertz gestimmt waren, die, es existierten noch keine geeigneten Messinstrumente, wohl intuitiv gefunden worden war, da diese Tonhöhe für das Ohr richtig oder angenehm klang.

Sogar die ältesten Flöten, bereits von den Neandertalern vor 45000 Jahren benützt, sollen auf 432 Hertz gestimmt gewesen sein, ebenso wie die Lyren im alten Griechenland oder die Windinstrumente, die in ägyptischen Gräbern gefunden wurden.

Die von uns beauftragten Musikwissenschaftler haben in diesem Zusammenhang eine interessante Feststellung gemacht, die uns schon früh bewog, die Tonhöhe zu ändern. So entdeckten sie, dass die Lyren, die in den alten griechischen Tempeln Verwendung fanden und die für die Zeremonien zur Verehrung der Göttin Isis unverzichtbar waren, genau auf 432 Hertz gestimmt waren, und die Angehörigen dieser Kulte dadurch in Ekstase versetzt wurden, was als „gewünschten" Nebeneffekt Zustände von Mitgefühl und Altruismus erzeugte.

Dem kriegerischen Stadtstaat Sparta, ewiger Konkurrent Athens, der immer darauf bedacht war, seine Kampfkraft zu erhalten, war dies ein Dorn im Auge, und so veranlasste er, dass seine Lyren auf eine höhere Frequenz gestimmt

werden sollten, um jede pazifistische Einstellung und jedes Mitgefühl bei seinen Bürgern auszuschalten.
Erst später, als man begann, Musik in großen Konzertsälen vor einem ausgewählten Publikum aufzuführen (mit großem Orchester), ergab sich die Notwendigkeit, die Instrumente aufeinander abzustimmen, was einen „runderen" Klang ergab und die Bühnenakustik verbesserte. Manchmal wurde dabei die Tonhöhe sogar bis auf 460 Hertz hochgestimmt, was jedoch rasch auf den Widerstand der Opernsänger stieß, da diese hohen Tonlagen ihre Stimmbänder zu sehr strapazierten.
Der italienische Komponist Giuseppe Verdi, in der Epoche der Romantik neben Wagner einer der großen Opernkomponisten, der sich Sorge um die Stimmen seiner Opernsänger machte, schlug deshalb der französischen Regierung vor, eine Norm zu verabschieden, den Ton bei 432 Hertz, also der historischen Tonhöhe, festzulegen. Obwohl seine Bemühungen scheiterten, wird noch heute der Begriff „Verdi-Stimmung" für den 432 Hertz-Standard verwendet.
Der entscheidende Umbruch, den man auch als Musikverschwörung bezeichnen könnte, begann im Jahre 1910, als John Calhoun, ein Mitglied des US-amerikanischen Marine-Nachrichtendienstes, von der Rockefeller-Familie gegründet, die Mitglieder der amerikanischen Musikervereinigung überzeugte – die Überzeugungsarbeit war mit massiven Schmiergeldzahlungen verbunden -, als Standard für alle Orchester und Konzertmusiker 440 Hertz festzulegen.
Das folgende Jahrzehnt schuf darüber hinaus einige interessante und markante Fixpunkte. So fiel die Gründung der Federal Reserve Bank (FED) 1913 durch J. D. Rockefeller und J.P. Morgan in diese Zeit. Ebenso nahmen die Pläne für eine „Neue Weltordnung" langsam Gestalt an. Die Idee der Eugenik, die bei vielen Mitgliedern der Elite äußerst populär war, wurde zwar verworfen, jedoch nicht wirklich aufgegeben (So sollten die geistig Schwachen, die Alkoholiker, die Kriminellen und Menschen mit einem Gendefekt durch Zwangssterilisation und Euthanasie eliminiert werden). Wie weit diese Gedanken bereits gediehen waren, zeigt das Beispiel der Cornflakes von Kelloggs – das Unternehmen ist dafür berühmt-, die ursprünglich als billiges „Futter" für „minderwertige" Menschen entwickelt wurden, die in Konzentrationslagern und Arbeitslagern eingesperrt werden sollten, um sie später zwangsweise zu sterilisieren.
Diese Pläne wurden jedoch durch die Erfindung des Grammophons durch Thomas Edison verworfen, da wir schnell das Potenzial, das darin lag, erkannten. Ton, als Propagandamittel einzusetzen, gab unseren Absichten einen neuen Schub, und General Electric (Edisons Unternehmen) wurde mit hohen Fördergeldern unterstützt. Gleichzeitig boten uns Grammophonaufnahmen und Tonfilme die Möglichkeit, massiv unsere Vorstellungen von einer Stimmungsnorm von 440 Hertz durchzusetzen, da sich dann zwangsweise alle neuen Technologien daran orientieren müssten. Hinzu stieß die aus Europa stammende Psychoanalyse und

gab uns zusätzlichen Aufschwung. Freuds Neffe Bernays, einer unserer aktivsten Mitarbeiter, machte dessen Theorien und Gedankenkontrolltechniken für Politik und Werbung nutzbar. Er war es, der als Erster erkannte, dass man nur acht bis zehn Prozent der Bevölkerung von einer neuen Idee zu überzeugen brauchte, damit diese allgemein angenommen wurde. Dieser Erfahrungswert wurde später als „10 Prozent-Lösung" bekannt.

Natürlich streckten wir unsere Fühler auch nach Deutschland zu den Nationalsozialisten aus. So wandten sich die Rothschilds und die Bankiers der Weltbanken auch an Joseph Goebbels, der bereits viele Ideen Bernays benutzte, um damit auf Stimmenfang für seine Partei zu gehen. Sie konnten ihn davon überzeugen, indem sie ihn massiv finanziell unterstützten, sich bei dem Britischen Institut für Normung stark zu machen, damit 440 Hertz für alle in Europa auftretenden Musiker zur Norm erklärt würde. Was auch geschah! 1939, kurz nach den Einmarsch in Polen wurde diese Maßnahme verabschiedet.

Ein großer Schritt nach vorne zur Manipulation der Bevölkerung!

Was ist nun so bedeutsam an der 440-Hertz Frequenz?

Und warum war die bereits angesprochene intuitive Stimmungsfrequenz von 432 Hertz (bei Zeremonien verwendet; Isis-Kult etc.) für uns so wenig wünschenswert?

Die moderne Gehirnforschung liefert dazu einige aufschlussreiche Details: Sie stellte fest, dass sich im an 432 Hertz orientierten Stimmungssystem alle Noten in ganzen Zahlen ausdrücken lassen, wogegen bei dem auf 440 Hertz basierten System komplizierte Brüche entstehen. Auch bei Kymatik-Experimenten zeigte sich, dass bei 432 Hertz klare ausgewogene Formen entstehen, die auf eine Resonanz mit der Natur hinweisen, während sich bei 440 Hertz keine eindeutigen Formen bilden, was auf einen Mangel an Kohärenz hindeutet. Auch bei Versuchen mit Wasser (wurde nach kurzer Zeit brackig) und Sand wurden ähnlich negative, von jeder harmonischen Schwingung, also natürlichen Schwingung, sich entfernende Ergebnisse erzielt. Kurz, die von uns geförderte Tonhöhe erzeugte immer eine Disharmonie.

In die Realität umgesetzt bedeutet dies, dass die auf 440 Hertz abgestimmte Musik dazu geeignet ist, die Menschen zu härterer Arbeit anzuspornen, da sie kreatives Denken erstickt und Emotionen auslöscht. So basieren die Funktionen der linken Gehirnhälfte überwiegend auf Faktenwissen, Verständnis, Logik, Detailwissen, Gegenwart und Vergangenheit, Anerkennung, Ordnung und Wahrnehmung von Mustern, auf Mathematik und Wissenschaft, und erschaffen Strategien, sind praxisorientiert, und Sicherheit steht im Vordergrund.

Wogegen die rechte Gehirnhälfte, die von uns zum unerwünschten Gegner erklärt wurde, mit Gefühlen, Vorstellungskraft, Symbolen und Bildern, Erfassung von Bedeutung, Glauben, Philosophie, Phantasie und Wertschätzung, um nur einige gravierende Unterschiede aufzuzählen, arbeitet.

Wie man sieht, sind die Gegensätzlichkeiten, wird ein längerer Zeitraum miteinbezogen, sehr bedeutsam.
Einschränkend ist hinzuzufügen, dass ausgerechnet das Gehirn des Musikers, der ja all diese Klangbilder erst kreiert, nicht in diese Kategorien einzuordnen ist, was damit zusammenhängt, dass dieser die Tonlagen anders aufnimmt und deshalb auch anders verarbeitet. Ein geschulter Musiker verarbeitet die Tonlage fast ausschließlich mit dem linken Ohr (der rechten Gehirnhälfte), während Nichtmusiker mit beiden Ohren die Klänge und Rhythmen mit dem rechten Ohr (der linken Gehirnhälfte) verarbeiten. So kommt es aufgrund der verschiedenen Verarbeitung oft zu einer gegensätzlichen Auffassung über die Musik. Während für den Musiker, und vielleicht auch noch für den Produzenten, ein Musikstück großartig klingen mag, weicht die Meinung der ungeschulten Musiker oft stark davon ab.
Natürlich verfügt der Musiker, da bei ihm im Gehirn andere Neuronen stimuliert werden, auch über eine andere „Kortex-Kartographie" als der Nichtmusiker. Forscher erkannten, dass bestimmte Hirnareale deutliche Veränderungen aufwiesen, die sich aus den spezifischen Anforderungen ergeben (Bei Gitarristen war die für die Greifhand zuständige Region vergrößert, nicht jedoch diejenige für die Schlaghand. Bei Pianisten hingegen zeigte die Kortex-Kartographie eine Vergrößerung der Areale für beide Hände und ebenso eine Vergrößerung bestimmter Bereiche des vorderen Corpus callosum, das die beiden Gehirnhälften verbindet und die Handbewegungen koordiniert).
Gelegentlich fordert jedoch die Entwicklung hin zum überragenden Talent auch ihren Preis, da der Anzahl der Neuronen durch die physische Größe des Kopfes Grenzen gesetzt sind. Entwickelt sich eine Region zu stark, so sind anderen Hirnrealen dadurch Beschränkungen auferlegt. Eine „wildgewordene" Plastizität des Gehirns ist oft mit einer „Inselbegabung" verbunden (Autisten sind dafür das klassische Beispiel).
Zieht man nun wieder erneut den Durchschnittsmenschen heran, so zeigt sich, dass die Tonhöhe von 440 Hertz in vielen Fällen auch zu psychischen Erkrankungen führt. Ein von uns gewünschter Effekt, der uns in zweierlei Hinsicht nützt:
Zum ersten: Es wird Ängstlichkeit, Paranoia, Dissoziation und Depression erzeugt, was einen lenk- und steuerbaren, also labilen und leicht verführbaren Menschentypus hervorbringt.
Zum zweiten: Zur Behandlung dieses Menschentypus wird für gewöhnlich Pharmazeutik eingesetzt, was uns wiederum nützt, da sich der größte Teil der Pharmaunternehmen in unserem Besitz befindet.
Daraus folgt, dass wir in jedem Fall verhindern müssen, dass die Tonhöhe von 432 Hertz wieder zum Standard wird. Eine Änderung würde uns großer Macht berauben.
Deshalb ist es unser Ziel: die zugrundeliegende Ursache für alle diese Faktoren,

die kaum jemand mit dem allgegenwärtigen Faktor Musik in Verbindung bringt, für alle Zeit im Dunklen zu halten.

Illuminaten-Dosier 24a
(interner Gebrauch)

Zwischenbericht über einige Strategien zur Erlangung der Weltherrschaft

Ein Querschnitt
Schwerpunkt: Goldreserven
Aktuell: Unser Vorgehen gegen das „moderne" China

Oft werden wir gefragt, warum wir mit unseren „derart lächerlich wirkenden" Plänen, geht man vom gesunden Menschenverstand aus, einen so großen Erfolg zu verzeichnen haben?
Die Antwort fällt nicht schwer: Wir bedienen uns der in jeder Nation (Gesellschaft) vorhandenen Psychopathen, die etwa ein Prozent der Gesamtbevölkerung ausmachen. Natürlich ist damit nicht die gewaltige Untergruppe der kriminellen Psychopathen gemeint, die wir aus den Medien kennen. Nein, unsere Betrachtung zielt auf die Gruppe, die krampfhaft versucht, ihre Andersartigkeit in der Öffentlichkeit zu verbergen, und die sich wie Fische im Wasser zwischen den normalen Bürgern tummelt. Genauer: die im Management tätige Gruppe. Einschränkend ist zu sagen, dass der oben angedeutete Prozentsatz in den Führungsebenen moderner Unternehmen wesentlich höher ausfällt, was jedoch keineswegs überraschend ist, da es zu den begehrtesten Managereigenschaften gehört, rücksichtslos und machtfixiert zu sein.
Natürlich hat dieser von uns gezielt geförderte Aspekt auch seine deutlich sichtbaren Schattenseiten. Sind doch Psychopathen in erster Linie begnadete Selbstdarsteller und keine guten Manager, die durch ihre erwähnten Wesenszüge oft Chaos erzeugen, um so das eigene Unvermögen zu verschleiern. Was uns oft zwingt, sie nach kurzer Zeit wieder auszutauschen. Für die breite Öffentlichkeit unerklärlich verschwinden diese Leute jedoch nicht in der Versenkung, sondern tauchen an anderer Stelle, meist in noch exponierterer Position wieder auf. Das Erzeugen von Chaos hat ihnen also nicht im mindesten geschadet.
Wie kommt es dazu?
Dazu einige okkulte Geheimnisse, deren wir uns schon seit Jahrtausenden bedienen und die nun auch von ernsthaften Wissenschaftlern experimentell bestätigt wurden. Zu nennen sind dabei an vorderster Stelle die Forscher Peter Garjajew sowie Fritz-Albert Popp. Besonders Popp ist es zu verdanken, obwohl lange von materialistisch ausgerichteten Wissenschaftlern versucht wurde, ihm ein esoterisches Mäntelchen umzuhängen, dass nunmehr konkrete Ergebnisse vorliegen. So fand er in langwierigen Versuchen heraus, dass Photonen für die Grundfunktion der DNS unerlässlich sind, da sie die Informationsvermittlung innerhalb des

Körpers übernehmen. Jedes DNS-Molekül, ergaben seine Forschungen, enthält bis zu 100000 Photonen, ähnlich einem Lichtwellenleiter. Innerhalb des Moleküls wandern die Photonen mit Lichtgeschwindigkeit hin und her oder werden zwischengelagert, bis sie wieder benötigt werden. Die Photonen scheinen dabei von einer Intelligenz gesteuert zu werden und verhalten sich so als würden sie ihr Ziel kennen und von einem Organismus zum nächsten gelenkt werden.
Albert Popp zeigte nun an einem Experiment auf, bei dem er die Chemikalie Ethidiumbromid verwendete, dass bei einer Auflösung der DNS bis zu tausend Photonen herausströmen. Auch stellte er fest, dass die Photonen eng mit unserem Gesundheitszustand verbunden sind. In kranken oder angegriffenen Körperteilen war die in der DNS gespeicherte Menge Licht bedeutend geringer. Hinzu kommt, dass in Stresssituationen mehr Licht abgegeben und so die DNS verdunkelt wird. Weiter stellten andere Wissenschaftler fest, dass wir bewusst steuern können, wie viel Licht in der DNS eines anderen Menschen gespeichert wird.
Um sich nun nicht in ausschweifenden Erklärungen zu wissenschaftlichen Untersuchungen zu verlieren, soviel nur noch: Es ist möglich jemand anderem Energie abzuziehen, insbesondere wenn die betreffende Person irgendeine Art von Schwäche zeigt.
Womit wir beim Kern unserer Überlegungen angelangt sind, die selbstverständlich nicht bei der oben erwähnten Schicht der Psychopathen, die sich im modernen Industriezeitalter herauskristallisiert, Halt machen. So sind auch alle „gekrönten Häupter" sowie „Kirchenfürsten" und andere „Führungspersönlichkeiten", die meist intuitiv die gegebene Situation zu ihren Gunsten benützten, zu dieser Gruppe zu rechnen. Aus Erfahrungswerten heraus, die in unzähligen Abläufen gewonnen wurden, sicherten sie sich so ihre Macht, da dieses System seit Anbeginn der menschlichen Evolution dem Menschen inhärent ist. So stellt es keinen Zufall dar, dass politische und religiöse Führer sich Denkmäler und Abbilder errichten ließen, um sich auf diese Art Energie zuführen zu lassen. Aber auch Münzen und Banknoten mit dem Konterfei der betreffenden Person erfüllen diesen Zweck.
Natürlich wurde dieser Effekt durch Gutenbergs Erfindung der Druckerpresse noch erheblich gesteigert. Denn nun konnten Staatslenker ihr Abbild in Form gedruckter Illustrationen verbreiten und erhielten so wertvolle Energie zurück. Die Fotografie stellte den nächsten großen Schritt dar. Eine Revolution bewirkte jedoch die Übertragung und Absorbierung der Energie durch Radio und Fernsehen. Besonders durch das Fernsehen konnten sich Millionen und Milliarden gleichzeitig und in Echtzeit auf bestimmte ausgewählte Personen konzentrieren, was am deutlichsten bei Schauspielern zu Tage tritt, denen, obwohl sie nur eine Rolle spielen, ungeheure Mengen an Energie zugeführt werden, welche nicht selten von politischen Interessenträgern in die für sie förderlichen Kanäle umgelenkt wird.

Nachdem wir so langsam, aber beharrlich, die technischen Vorbereitungen getroffen hatten, um der Weltherrschaft immer näher zu kommen, stand der Idee zur Herstellung und Benützung einer „magischen" Druckerpresse nichts mehr im Wege. So stellte der Erste und der Zweite Weltkrieg nur einen globalen Zaubertrick dar, da ja beide Seiten von denselben Bankiers, die sämtlich unter unserer Kontrolle standen, über die erwähnte Druckerpresse finanziert wurden.
Eine Bemerkung vorweg!
Der Schlüssel zur Weltherrschaft ist die Kontrolle über das Finanzwesen. Denn durch die Schaffung einer globalen Leitwährung, die wie der US-Dollar nur durch Papiergeld, also heiße Luft, gedeckt ist, lässt sich die Kaufkraft einer Währung beliebig steigern und reduzieren.
Ein kleines Problem zur Einführung einer „Papierwährung", die sich nur auf Treu und Glauben stützt, war vorab für uns noch zu lösen. Es handelte sich um das Vorhandensein von bedeutenden Goldvorräten, über die die meisten Nationen verfügten, seien sie nun in privater Hand oder aber in den Zentralbanken eingelagert. Besitzt eine Nation bedeutende Goldvorräte, so kann sie die Pläne zur Einführung einer Weltwährung, also die Kontrolle des Finanzwesens, mühelos durchkreuzen, indem sie eine auf dem Goldstandard beruhende Währung herausgibt.
Soll also die Einführung eines globalen Finanzwesens gelingen, muss man jedem Land oder jeder Nation, jeder Gruppe oder jeder Privatperson systematisch das Gold wegnehmen, im Klartext: stehlen. Dann erst ist der Zaubertrick möglich – Geld aus dem Nichts zu schaffen. Ein Geldschein, oder profaner, ein Stück Papier, genügt dann, um sich im Austausch dafür reale Werte unter den Nagel zu reißen.
Deshalb gingen wir folgendermaßen vor: Überall in den Ländern, wo in den beiden Weltkriegen der von uns instruierte Feind einmarschierte, brachen die Besatzer in die Zentralbanken ein und plünderten sämtliche Goldreserven. Die allerwenigsten Bewohner der betroffenen Länder wussten oder ahnten, dass die sich bekämpfenden Hauptfeinde in diesen Kriegen in Wirklichkeit auf der höchsten Ebene von denselben Leuten, nämlich von uns, finanziert wurden.
Andere Länder wiederum, die den Einmarsch eines Gegners fürchteten, brachten ihr Gold in „Sicherheit", indem sie es in den USA bei der Federal Reserve zur Verwahrung hinterlegten. So lagern bei der Federal Reserve Bank of New York schwindelerregende 6700 Tonnen Gold, wovon 98 % der in den Tresoren liegenden Goldbarren Zentralbanken aus dem Ausland gehören.
Korrekterweise muss hinzugefügt werden, dass dieser weltweite Goldraub bereits 1895 begann, als die Japaner in Korea einmarschierten und dort die Zentralbank plünderten.
(Was die wenigsten wissen, ist, dass Japan seit dem Beginn der Meiji-Restauration im Jahre 1868 ein britischer Stellvreterstaat war und daher auch von England bewaffnet und finanziert wurde. Die Japaner erwiesen sich später ih-

ren Geldgebern als dankbar und schufen ihnen einen eigenen Staat, der noch heute, als Bestandteil der Russischen Föderation, existiert „Autonomer Oblast der Juden", mit der Hauptstadt Birobidzan).

So kassierten auch die Japaner in den 1920er und 30er Jahren im Rahmen der Operation „Goldene Lilie" sämtliche chinesischen und asiatischen Goldvorräte (Thailand, Burma, heute Myanmar etc.) und lieferten sie getreulich bei der Federal Reserve ab. Ebenso konfiszierten die von der Wall Street mit beträchtlichen Geldmitteln ausgestatteten Bolschewiken während des Aufbaus der Sowjetunion zwischen 1917-1922 sämtliche russischen Goldvorräte und übergaben sie ebenfalls der Federal Reserve. In den USA selbst verabschiedete Franklin D. Roosevelt 1933 den Executiv-Order 6102, der den privaten Besitz von Gold für ungesetzlich erklärte. Hitler und Stalin zogen nach und erließen ebenfalls ein Gesetz, das die strikte Abgabe von Gold zum Inhalt hatte.

Zum besseren Verständnis noch ein Blick auf die Organisationsstruktur, die nötig war, um derlei riesige Finanz-Transaktionen abwickeln zu können. So gründeten wir 1930 auf der Haager Konferenz, die zur Regelung der Reparationsschulden des Deutschen Reiches in Basel stattfand, die erste internationale Finanzinstitution, die Bank für Internationalen Finanzausgleich (BIZ).

Was sich als wirklich geschickter Schachzug erwies. Diese Bank, eine für Außenseiter vollkommen undurchsichtige Einrichtung, ging bei den allermeisten Politikern als durchaus seriös durch, da wir ihnen mit nachdrücklicher Überzeugungskraft weismachten, dass die hinterlegten und ebenso die geraubten „Einlagen", kurzum das gesamte nationale Gold, in ihrem Besitz verbleiben und nur als Garantie für die Stabilität ihrer Währung dienen würden. Um mögliche unliebsamen Fragen vorzubeugen, übergaben wir den betreffenden Staaten Federal-Reserve-Obligationen (oft mit astronomisch hohen Nominalwerten), die als Sicherheit für ihre „Einlagen" dienten. In Wirklichkeit handelte es sich dabei um irgendwelche bedruckten Zettel, um Papierfetzen, die 100 Millionen oder gar eine Milliarde Dollar wert sein sollten – und angeblich jederzeit bei der Federal-Reserve eingelöst werden konnten.

Um den maßgeblichen Politikern gestern und heute dies auch alles überzeugend verkaufen zu können, ließen wir bereits 1776 von Adam Smith, auf den wir wieder und wieder zurückgreifen, und dessen Werk „Der Wohlstand der Nationen" noch heute von vielen Wirtschaftswissenschaftlern eifrig studiert wird, den theoretischen Überbau für unsere Absichten liefern. Wissen wir doch aus langer Erfahrung, dass eine Theorie, mag sie noch so unvollkommen und abwegig sein, in den allermeisten Fällen jedes rationale Denken außer Kraft setzt.

So stellte Adam Smith, der von uns sehr gut für seine Dienste bezahlt wurde, dann auch in einer langen Abhandlung die These auf, dass die Welt nie Frieden und Wohlstand erreichen würde, solange einzelne Länder noch ihre Goldvorräte horteten. Dafür führte er einige Begründungen an.

Hier nur die zwei für uns Wichtigsten:
Die erste lautet sinngemäß, dass jeder Staat mit größeren Goldvorräten bei anderen Staaten Begehrlichkeiten wecken müsse. Nimmt man nun einem Staat, der seine Währung auf der in seinem Besitz befindlichen Goldmenge aufbaut, dieses weg, so folgert Smith, dass dieser Staat zusammenbrechen müsse. Daraus zieht er den Schluss, dass die aggressivsten und mächtigsten Staaten sehr bald auch die wohlhabendsten sein würden – und ihnen dann noch mehr Macht zuwüchse.
Die zweite Begründung Smiths, bei der er etwas gewunden formuliert, wie man es von einem echten Wissenschaftler erwartet, zielt auf die Bevölkerung des jeweiligen Landes ab. Steigt diese durch Geburten und Einwanderung an, dann schaffen die Neubürger, vorausgesetzt sie finden Arbeit, zusätzlichen Wohlstand. Die Regierung muss demnach mehr Geld drucken, um einer Inflation entgegenzuwirken. Stützt sich nun der Wert der jeweiligen Währung auf Goldvorräte, dann ist die Wirtschaft des Landes durch die Zunahme der verfügbaren Arbeitskräfte vom Zusammenbruch bedroht, falls die Regierung es nicht schafft, seine Goldvorräte so schnell aufzustocken, wie die Wirtschaft wächst. Es wird also immer mehr Geld benötigt, um die betreffende Goldmenge, die zur Deckung dient, erwerben zu können. Gelingt dies nicht, so wird nach kurzer Zeit eine katastrophale Abwertung der Landeswährung unausweichlich sein, was gewöhnlich in einer Hyperinflation, die bereits des Öfteren von uns bewusst herbeigeführt wurde, um reinen Tisch zu schaffen, endet.
Soweit der Überblick über einige Mechanismen, deren wir uns bedienten, und die aufzeigen, wie langfristig unsere Pläne und Absichten angelegt sind.

Nun zu unserem aktuellen Beispiel: Schwerpunkt China!
Unser Vorgehen gegen die eurasische Großmacht

Bei der Umsetzung unserer Pläne stoßen wir naturgemäß immer wieder auf gravierende Widerstände seitens der verschiedenen Nationen. Besonders der wachsende Einfluss Chinas, der anfangs von uns kräftig forciert wurde, läuft nicht in gewünschtem Sinne und droht mehr und mehr aus dem Ruder zu laufen. Deshalb sind wir dazu übergegangen, Chinas aufstrebende Macht mit verschiedenen Methoden zu schwächen und einzudämmen, bevor wir zum endgültigen Schlag ausholen.
Eines vorweg: die von uns durchgeführte Währungsmanipulation!
Bis die Chinesen sich in der Lage sahen, unsere gezielte Währungsmanipulation zu durchschauen, ist es uns gelungen, mit den chinesischen Dollar-Reserven aus Exporterlösen, die bereits im Jahre 2005 die hübsche Summe von einer Billion Dollar betrug, die Kosten der Kriege im Irak und in Afghanistan zu bestreiten, die

als eine Art Prüfstein für unsere weiteren Pläne galten. Die Situation gestaltete sich derart, dass den Chinesen keine andere Wahl blieb, als die wachsenden Dollar-Handelsüberschüsse in amerikanische Staatspapiere zu investieren. Dieser Ankauf von amerikanischen Staatspapieren wird auch oft von Wirtschaftswissenschaftlern als eine Art chinesischer „Tribut" an das amerikanische Weltreich bezeichnet.

In erster Linie, um den Schein zu wahren, wurde von uns immer wieder ein verbaler Feldzug gegen einen (angeblich) gegenüber dem Dollar bewusst unterbewerteten Renminbi geführt. So startete der amerikanische Präsident den Versuch China unter Druck zu setzen, um den Renminbi aufzuwerten. Festzuhalten ist, dass die chinesische Währung gegenüber dem Dollar, dem Euro und anderen Währungen noch nicht voll konvertibel war. Doch für die Abwicklung des Handels sah sich die chinesische Nationalbank gezwungen, den Wert des Renminbi zum Dollar zu fixieren, war doch die USA damals Chinas wichtigster Exportmarkt. Eine deutliche Aufwertung der chinesischen Währung um 20 bis 30 Prozent, wie sie der amerikanische Präsident, der unser Sprachrohr ist, forderte, hätte einerseits den chinesischen Export empfindlich getroffen, andererseits hätte ein drastischer Rückgang der Dollar-Exporterlöse für China bedeutet, dass Amerikas größter Gläubiger weniger Dollar zur Verfügung gehabt hätte, mit denen er amerikanische Staatanleihen und US-Hypothekenschulden hätte aufkaufen können. Natürlich wollten wir nie, dass China seine Währung so massiv aufwertete. Das Ganze stellte nur einen Versuch dar, einen Bluff, um herauszubekommen, wie weit China unserem Druck nachgeben würde. Tatsächlich begann China, sehr langsam und sehr zögerlich, mit der allmählichen Aufwertung des Renminbi gegenüber dem Dollar, setzte den fixen Renminbi-Dollar-Kurs außer Kraft und führte einen Währungskorb ein, der hauptsächlich aus Dollar, dem Euro, dem japanischen Yen und dem koreanischen Won bestand. Ein großes Zugeständnis an uns, das uns als Beweis diente, dass China auch in anderen Bereichen, besonders in wirtschaftlichen Belangen, einknicken würde.

Zu bemerken ist, dass unser großer Vorteil darin besteht, dass auch andere Länder große Dollar-Reserven halten müssen, da der Dollar noch immer als Schlüsselwährung dient. Deshalb, und um die eigene Währung gegen spekulative Angriffe schützen zu können, wie sie 1997 und 1998 Ostasien erschütterten, sind sie faktisch gezwungen, US-Staatspapiere zu kaufen.

Gezielte Währungsmanipulationen sind für uns nichts Neues. Einer unserer großen Coups gelang uns 1973, als sich gerade der Dollar gegenüber anderen führenden Währungen der Welt in freiem Fall befand. Die Nachwehen des exorbitant teuren vietnamesischen Abenteuers waren es, die unsere monetären Reserven extrem stark ausgedünnt hatten. So manipulierten wir zusammen mit der immer gierigen Wall Street den israelisch-arabischen Yom-Kippur-Krieg, in dessen Folge der Ölpreis um das Vierfache stieg und somit der Kurs des Dollars ebenfalls nach oben hin ausriss, und dadurch die übrige Welt in eine tiefe Rezession stürzte.

Doch sollte man die Chinesen, selbst auf dem monetären Sektor, der ja in gewisser Hinsicht Neuland für sie bedeutet, da Maos kommunistischer Versuch, der viele Millionen Tote forderte, und der das Riesenreich in eine langjährige Agonie gestürzt hatte, nicht unterschätzen. Denn die alten, sehr einflussreichen chinesischen Clans, die seit den Anfängen der chinesischen Geschichte mit Regierungsaufgaben und Finanzen zu tun hatten, waren trotz der jahrzehntelangen Unterdrückung durch Maos Schlächter noch immer sehr aktiv und drängten nun mit aller Macht in ihre angestammten Bereiche zurück.

Besonders der Li-Clan, dessen Wirken mehrere Jahrtausende zurückreicht und der verschiedene Kaiser stellte, unter anderen Kaiser Li Zhuanxu, der ab 2000 vor Chr. regierte. Ein Li gründete auch die T'ang-Dynastie (618-906 n. Chr.), die das erste Papiergeld in China einführte.

Der Li-Clan ist darüber hinaus eine der Hauptfamilien, die die berüchtigte chinesische Geheimgesellschaft, bekannt als die Triaden, beherrschen.

Was sind die Triaden?

Die Triaden sind eine hochkriminelle chinesische Geheimgesellschaft mit mehreren Millionen Mitgliedern, die tief in dem Opiumhandel und in nahezu alle illegalen Machenschaften verstrickt ist, einen spirituellen Überbau besitzt und okkulte religiöse Praktiken ausübt. Sie verfügen darüber hinaus über eine straff geführte Organisationsstruktur, die in fast allen chinesischen Provinzen sowie den meisten Ländern der Erde existiert.

In diesem Zusammenhang interessiert uns die Frage, wie die Chinesen es schafften, unbemerkt von den hochspezialisierten mathematischen Analytikern der Banken und der anderen monetären Institutionen, beinahe eine globale finanzielle Kernschmelze herbeizuführen.

Was war ihr Geheimnis?

Ihr Geheimnis lag in der sogenannten Li-Formel begründet, auch als Gauß-Copula-Funktion bekannt, die Dr. David Li, ein chinesischer Mathematiker, der ebenfalls dem Li-Clan angehört, entwickelte. Diese Formel, die den meisten Wirtschaftswissenschaftlern nur vage ein Begriff ist, erlangte in den vergangenen Jahren eine Bedeutung, die wegen ihrer enormen Auswirkung sicher in die Finanzgeschichte eingehen wird.

Zuerst: Wer ist Dr. Li?

Dr. Li, der an der Universität Nankai mit einem Magister abschloss, danach China verließ und in verschiedenen kanadischen Universitäten Zwischenstation machte, wo er zusätzlich einen Doktortitel erwarb, landete zuerst bei der Canadian Imperial Bank of Commerce und schließlich bei Barclay Capital. Wobei die Wahl der Banken keinen Zufall darstellte, sondern gezielt vorbereitet war, wie sich später herausstellte.

Was bedeutet Li's Formel?
Li nahm sich, der Li-Clan mag dabei Pate gestanden haben sowie eine große Portion wissenschaftlicher Unverfrorenheit, eine wirklich harte Nuss vor – nämlich die Korrelationsbestimmung oder anders ausgedrückt, wie scheinbar getrennte Ereignisse zusammenhängen – und knackte sie mitten entzwei.
Durch Li's Formel schienen Tausende von sich bewegenden Teilen des ineinander verwobenen Wirtschaftssystems plötzlich einen Sinn zu ergeben. Bringt man Tausend, oder gar Millionen von Personen und Tausende von miteinander verbundene Korrelationsbedingungen ins Spiel – Energiepreise, Bau- und Wohnkosten, Kreditangebote und so weiter – so zeigt sich einerseits die Komplexität des Korrelationssystems und andererseits die Einfachheit von Li's Formel, die hier nicht dargestellt werden soll, da die einzelnen Parameter für jeden Außenstehenden ein Brief mit sieben Siegeln darstellen würde und für unser Verständnis auch nicht notwendig ist.
Warum erwies sich die Li-Formel für die Anwendung an der Wall Street als genial?
Vorausgeschickt werden muss, dass es sich bei der Berechnung von Korrelationsbedingungen um keine exakte Wissenschaft handelt, da die Sammlung der dafür notwendigen ungeheuer großen Datenmenge nur eine ungenügende Analyse und Fehlersuche erlaubt. Es besteht daher ein hohes Fehlerrisiko, was jeden Versuch einer Bewertung der bedingten Wahrscheinlichkeiten sehr schwierig werden lässt. Darüber hinaus erweist sich auch der Mangel an historischen Daten, oder besser: des angenommenen Mangels an Daten, als wesentlich für die Berechnung von Ausfallkorrelationen.
Hier bot sich Li's Formel, die auf einer verhältnismäßig einfachen Mathematik beruht – für Wall – Street- Maßstäbe – als Lösung an. Li umging die Möglichkeit der Modellierung der Ausfalldaten, indem er die historischen Daten aus seinen Betrachtungen einfach ausschloss. Stattdessen stützte er sich auf Marktdaten über die Preise von Wertpapieren (Derivaten), sogenannte Credit Default Swaps. Kurz, Li's elegante Formel beruhte auf der methodischen Grundannahme, dass historische Daten über Credit Default Swaps bedenkenlos außer Acht gelassen werden können und es ausreicht sich auf die „aktuellen" Marktpreise der Credit Default Swaps zu stützen.
Hierzu eine kurze Erläuterung:
Credit Default Swaps, also Versicherungen gegen den Ausfall der Kreditnehmer, gewährleisten in jedem Fall einen regelmäßigen Zahlungsstrom, auch wenn der Kreditnehmer nicht mehr in der Lage ist zu zahlen. Der große Vorteil liegt darin, dass Credit Default Swaps in Bezug auf einen bestimmten Kreditnehmer unbegrenzt verkauft werden können, was bei den übrigen Anleihen nicht der Fall ist.
Li's Formel schlug deshalb auf den Finanzmärkten wie eine Bombe ein, weil sie auf Preisen anstatt auf realen Ausfalldaten beruhte (Ausgegangen wird dabei

von der Grundannahme, dass die Finanzmärkte im Allgemeinen und die CDS-Märkte im Besonderen in der Lage wären, Ausfallrisiken korrekt zu beziffern).
Wie leicht zu erkennen, brachte Li eine brillante Variante ins Spiel, die Vereinfachung eines verzwickten Problems, da er die schwierige Ausarbeitung von Korrelationen einfach außen vor ließ. Denn was geschieht, wenn die Anzahl der Beteiligungen an einem Pool vergrößert oder wenn sich negative Korrelationen mit positiven Korrelationen vermischen? Dies alles spiele keine Rolle, stellte Li mit erstaunlicher Unbekümmertheit fest, denn letztendlich käme es nur auf die endgültige Anzahl von Korrelationen an. Also auf eine einfache, alles umfassende Zahl, die die gewünschten Korrelationen widerspiegelt.
Li hatte das Problem auf eine dimensionslose Zahl, mathematisch, auf einen Skalar reduziert. Und diese Zahl war es, die durch ihre Einfachheit die gesamten Finanz- und Wertpapiermärkte elektrisierte.
Waren doch nun die entscheidenden Finanzleute, dank der Formel, in der Lage sich neue Möglichkeiten zu erschließen, und die alles bestimmenden Ratingagenturen, deren Aufgabe es ist, die Risiken von Wertpapieren zu analysieren, brauchten nicht mehr länger über zugrundeliegende Sicherheiten zu rätseln. Sie benötigten nur noch die Anzahl der Korrelationen und hatten so ein Rating, das ihnen zeigte, wie sicher oder riskant das gesamte Paket war: und daraus schufen sie daraus erstklassige AAA-Wertpapiere.
Der große Vorteil dabei: In diesen AAA-Wertpapieren konnte nahezu alles in Paketen zusammengefasst werden. Seien es Unternehmens- anleihen, Bankdarlehen, hypothekengesicherte Papiere und vieles mehr. Die daraus entstandenen Pools werden oft als CDOs (Collateralized Debt Obligations) bezeichnet. Man konnte aus so einem Pool ein AAA-Wertpapier machen, selbst wenn kein einzelner Bestandteil dem gewünschten AAA-Standard genügte. Ja, man konnte sogar niedrig eingestufte Pakete von anderen CDOs in den Pool einbringen (bündeln) und erhielt damit ein als CDO-quadriert bezeichnetes Wertpapier. Dieses Wertpapier war natürlich bereits so weit von den tatsächlichen Anleihen, Schuldverschreibungen und Hypotheken entfernt, dass niemand mehr wusste, was es eigentlich enthielt. Was jedoch niemand zu kümmern schien, da man sich ja auf Li's Formel stützen konnte.
Durch seine Formel wurden die relativen Stärken und Risiken der einzelnen Komponenten aufgegeben, da sie durch eben diese Formel miteinander verknüpft waren. Dies führte zu einer wahren Explosion von immer mehr Paketen von Wertpapieren und Credit Swaps und zu Paketen von Paketen.
Durch die zunehmende Verknüpfung und Bezugsetzung wuchsen die CDS- und CDO- Märkte ungeheuer an, weil sie sich gegenseitig hochschaukelten. Nur ein Beispiel: Ende 2007 schoss der Wert der CDS auf 62 Billionen Dollar hoch. Der CDO- Markt folgte proportional.
All dies wurde durch die Li-Formel bewirkt, die, wie bei einem alchemistischen

Vorgang, aus dem Nichts Werte schaffte. Noch ein weiteres Merkmal, das David Li vorausgesehen haben mochte, als er seine Formel entwarf, mag in seine Überlegungen miteingeflossen sein: Der Mangel an historischen Daten. Denn selbst die Finanz-institute, die gewillt waren, historische Daten in ihre Berechnungen mit einzubeziehen, waren dazu nicht in der Lage, da sie nicht über genügend Daten verfügten. Schließlich gab es Credit Default Swaps erst seit weniger als einem Jahrzehnt. Und da Li's Formel zu einer Bündelung von Bündeln mit Millionen von korrelierten Faktoren führte, stellte es sich als eine Unmöglichkeit heraus, Vergleichsdaten heranzuziehen. Hinzu kommt, dass Korrelationen Konstanten und keine Variablen sind. Dies bedeutet wiederum, dass die Korrelation der einzelnen Komponenten solcher Bündel konstant bleibt, obwohl die Komponenten selbst variabel sind.

Das bewirkte, dass die Einbeziehung der historischen Daten zugunsten der Korrelationskonstanten einfach aufgegeben wurde, und dass die Finanzmärkte daher nicht mehr auf die immer wieder eintretenden Zyklen von Wachstum und Schrumpfung eingehen konnten. Mit anderen Worten: Kein Aufschwung und kein Abschwung konnte mehr berücksichtigt werden.

Die Quintessenz: Li's Formel bildete die perfekte Anleitung für den Zusammenbruch des westlichen Finanzsystems und wurde von ihm im Auftrag des Li-Clans als mathematische Waffe entwickelt. Dieser anfängliche Verdacht verhärtete sich noch durch die Tatsache, dass Dr. Li kurz nach der Veröffentlichung seiner Formel nach China zurückkehrte und einige Jahre in der Versenkung verschwand, um so allen möglichen Fragen über die Ursachen und Auswirkungen seiner Formel aus dem Weg zu gehen.

Noch ein weiterer Punkt, Chinas Geldsystem betreffend, bereitet uns Kopfschmerzen. Es handelt sich um den Tatbestand, dass Chinas Geld von China selbst geschaffen wird, und nicht von Privatbanken geliehen wird, also von uns. Chinas Geld ist also schuldenfrei.

Obwohl nun die chinesische Währung, wie bereits aufgezeigt, aufgrund festgelegter Wechselkurse teilweise an den Dollar gebunden ist, erscheint es mehr als wahrscheinlich, dass die chinesischen Bankiers unser System verstanden haben, nämlich, dass eine Privatbank nur das Grundkapital bereitstellt und nicht die Zinsen. Sie scheinen auch verstanden zu haben, dass, wenn das Geld eines Landes nur das Grundkapital darstellt, auf das Zinsen zu entrichten sind, notwendigerweise immer irgendjemand verlieren muss, denn es wird nie genug Geld im Umlauf sein, um die Schuldzinsen bezahlen zu können. Die Staatsverschuldung, von uns wohlweislich beabsichtigt und herbeigeführt, kann und soll also niemals ausgeglichen werden, sie kann immer nur weiter wachsen.

Wenn andererseits das Geld eines Landes, so wie es China weitgehend praktiziert, eine Quittung für gelieferte Güter und erbrachte Dienstleistungen darstellt und zinsfrei vom Staat selbst ausgegeben wird, dann kann das betreffende Land der Vollbeschäftigung nahe kommen, weil es kein eingebautes Prinzip von Schuld und Mangel gibt.

Beim Vergleich beider Systeme bleibt festzustellen: Eine Nationalbank dient den Interessen des Landes und seiner Menschen. Eine Zentralbank dient den Interessen der privaten Weltfinanz, also uns. Unser hauptsächliches Bestreben ist es daher, China eine von uns gesteuerte Zentralbank zu verpassen, um dem nationalen Egoismus, wie wir es politisch korrekt formulieren würden, ein Ende zu bereiten.

Da sich die führende Kaste Chinas leider bisher als sehr störrisch erwies und unseren Vorschlägen, eine Zentralbank zu errichten ablehnend gegenüberstand, sind wir dazu übergegangen, unsere Methoden auszuweiten, um China mit geballter Macht in die Knie zu zwingen.

Dazu einige unserer geheimen Strategien, die wir anwenden:

Die Zerstörung der Gesundheit:
Schon wie 1816 unsere Ostindische Company durch den freien Handel mit Opium es schaffte (Opiumkrieg), die Gesundheit eines beträchtlichen Teils der chinesischen Bevölkerung stark zu schwächen, um so jeden aufkeimenden Widerstand gegen unsere Inbesitznahme ihres Landes mit seinen großen Rohstoffreserven und seinen ungeheuren Menschenmassen zu brechen, greifen wir auch heute wieder auf diese altbewährten Methoden, nur verwenden wir eine andere Version, zurück.

Unsere Handlanger an erster Stelle, neben verschiedenen anderen, die unter dem Deckmantel der nationalen Gesundheitsverbesserung agieren: Pharma- und Impfstoffindustrie.

Gerade in diesem Bereich können wir auf große Fortschritte zurückblicken, da es nur wenige Chinesen in verantwortlicher Position gibt, die diese Form von Kriegsführung bisher auch nur annähernd durchschaut haben und uns deshalb eine noch nie möglich gewesene Kontrolle über die Bevölkerung erlauben.

Um diese Aussagen zu unterstreichen, einige passende Zeilen unseres langjährigen und geschätzten Mitarbeiters Aldous Huxley aus einer Rede vor der Tavistock-Group im Jahre 1961. Huxley, der Autor des bekannten Buches „Schöne neue Welt", in dem es in Wirklichkeit weniger um ein Leben im Kommunismus geht, der ja auch von uns initiiert wurde, sondern eher eine Blaupause darstellt, wie wir die eigene Gesellschaft und die anderer Länder unter Kontrolle halten wollen, erkannte sehr früh die ungeahnten Möglichkeiten, die eine „Diktatur ohne Tränen", wie er die Gehirnwäsche durch pharmako-logische Methoden nannte, bietet. In dieser „Diktatur ohne Tränen" sah er eine Art schmerzfreier Konzentrationslager für ganze Gesell-schaften, denen dadurch zwar die Freiheit genommen wird, diese jedoch nicht wirklich vermissen, da ja jeglicher Wunsch nach Auflehnung verloren gegangen ist, und sie daher ihre eigene Knecht-schaft lieben werden.

Aldous Huxley, dessen Bruder Sir Julian Huxley ein fanatischer Verfechter der

Eugenik und der Reduzierung der Weltbevölkerung war, gehörte auch zu einer kleinen Gruppe, die mit CIA-Direktor Allen Dulles und Nelson Rockefeller, damals Sonderberater Präsident Eisenhowers, bei einem „Top secret – Projekt" zusammenarbeitete. So lief unter der Schirmherrschaft der Ford Foundation das berüchtigte MK-Ultra-Projekt zur „Denkkontrolle", das die LSD-Hippie-Revolution (an anderer Stelle ausführlich geschildert) in Amerika schuf und an der neben Aldous Huxley, Timothy Leary, Dr. Humphrey Osmond und dem Schriftsteller Ken Kesey auch führende Pharmakonzerne beteiligt waren.

Diese Techniken des CIA zum Einsatz verschiedener Drogen, um die Menschen zu beherrschen, wurden später stillschweigend auch auf die alltäglichen Medikamente, z.B. Antidepressiva, ausgeweitet und kommen heute bereits bei Kindern, bei denen Hyperaktivität diagnostiziert wurde, zur Anwendung. Mit furchterregenden und ehrfurchtgebietenden Bezeichnungen wie Aufmerksamkeits-Defizit-Hyperaktivitäts-Syndrom versehen, wird auch jeder Widerstand seitens wissenschaftskritischer Eltern schon im Ansatz erstickt. Dabei werden Amphetamin-Dextroamphetamin, Dexmethylphenidat, Lisdeseamphetamin, Methylphenidat und andere Medikamente verab-reicht.

Natürlich ereignen sich bei der Anwendung von Medikamenten und bei Impfungen immer unliebsame Zwischenfälle, die zum Gegenstand oft erhitzter Diskussionen werden.

So auch in China!

Dort stellten die Gesundheitsbehörden 2010 in Guangzhou nach ersten Untersuchungen fest, dass einige Kinder nach einer H1N1-Impfung schwer krank oder gelähmt waren, und verhafteten umgehend leitende Angestellte der Firma Jiangsu Yanshen Biological Stock Co. Ltd. Was die Behörden aber nicht ahnten, oder nicht wissen wollten war, dass die Chinesen den Impfstoff in Lizenz herstellten und dass sie damit in ein weltweites, von uns gesteuertes System der Pharmaindustrie eingebunden waren.

Die wirklich teuflische Natur der einzelnen Impfstoffe wurde von uns schon frühzeitig erkannt und bereits des Öfteren angewandt. Denn, die fest in den Köpfen verankerte Meinung, welcher vernünftige Mensch sollte etwas gegen seine Rettung einwenden, die ihm eine Impfung verspricht, und die ihn vor heimtückischen und oft todbringenden Krankheiten lebenslang schützen würde: diesen Grundsatz haben wir uns zu Herzen genommen und zum Ausgangspunkt unserer gezielten Impfkampagnen genommen. Dabei beruht die Impfung mit einem Toxin gegen dieses Toxin auf einer sehr fragwürdigen Basis. So wird in der Medizingeschichte gerne der Arzt Eduard Jenner herangezogen, der entdeckte, dass der Kuhpocken-Impfstoff Menschen gegen die Pocken, die Geisel des 18. Jahrhunderts, immun machte. In Wirklichkeit waren die Pocken zu diesem Zeitpunkt schon längst auf dem Rückzug und wären mit großer Wahrscheinlichkeit ohnehin verschwunden bzw. vernachlässigbar geworden.

Nicht so durch die von uns initiierten Impfkampagnen, die eine Pockenepidemie nach der anderen auslöste. Schließlich verbot England, als Vorreiter 1848, sogar den Impfstoff. Was uns jedoch nicht daran hinderte, in verschiedenen anderen Ländern weiter impfen zu lassen, in denen wir es sogar schafften eine Impfpflicht zu installieren, die oft so rigoros umgesetzt wurde, dass Impfgegner für mehrere Jahre im Gefängnis landeten.

Ein großer Coup gelang uns auch 1918 durch eine Auslösung einer weltweiten Grippe-Epidemie, die mindestens 20 Millionen Menschen das Leben kostete. Diese Epidemie, als „Spanische Grippe" in die Lehrbücher eingegangen, eine bewusst irreführende Bezeichnung, die den wahren Ursprung vertuschen sollte, wurde von uns durch den massiv verbreiteten Einsatz von Impfstoffen ausgelöst. Der Impfkrieg wurde natürlich im Laufe der letzten Jahrzehnte von uns gezielt verfeinert. Dazu wurden verschiedene Methoden herangezogen. Sehr beliebt: die Vorsorge gegen mögliche Krankheiten, also eine Krankheitserfindung, und die Auslösung von Krankheiten, die klinisch nicht von wirklichen Krankheiten unterschieden werden können.

Nur zwei Beispiele: Wir haben einen Impfstoff entwickeln lassen, für den weltweit geworben wird, und der junge Mädchen bereits vor der Pubertät vor Gebärmutterkrebs durch den HPV (humanes Papillornavirus) schützen soll. Dass junge Mädchen in den Fokus unserer Aufmerksamkeit gerückt sind, ist natürlich, wie man sich leicht denken kann, kein Zufall. Sind doch gerade sie die „Verantwortlichen" für den rapiden Bevölkerungszuwachs. Unsere verlässlichen Helfer, um dem entgegenzuwirken, sind dabei der britische Konzern Glaxo Smith Kline mit dem Impfstoff Cervarix und der amerikanische Hersteller Merck mit Gardasil. Für die obligatorische Impfung, und zwar ohne Wissen der Eltern, sind nur noch einige bürokratische Hürden zu überwinden, die jedoch durch gezielte Lobbyarbeit mühelos aus dem Weg geräumt werden können. Sicher ist, dass die massiven Nebenwirkungen der Impfstoffe, auch zahlreiche Todesfälle sind zu vermelden, mit dazu beitragen werden, die Fertilität stark herabzusetzen.

Ist das eben genannte Beispiel für einen Mediziner noch relativ durchschaubar, so ist die folgende Impfmethode nur dafür geschulten Spezialisten einsichtig. Es handelt sich dabei um Fälle von Nicht-Polio akuter schlaffer Lähmung (NPAFP; non polio acute flaccid paralysis) – eine weit gravierendere Form als die Polio, die jedoch klinisch nicht von einer Polio-Lähmung zu unterscheiden ist. Nur verläuft die NPAFP in doppelt so viel Fällen wie bei einer Polio-Lähmung tödlich. Auch sie wurde durch massive Impfkampagnen herbeigeführt.

Diesmal bildete Indien den Schauplatz, wo die meisten Menschen starben, obwohl das Land bereits 2011 als poliofrei erklärt wurde.

Soweit die zwei Beispiele!

Waren es vor einigen Jahrzehnten noch der erwähnte Aldous Huxley und seine Zeitgenossen, so treten heute als unsere „Handlanger" eine große Anzahl von

„Neureichen" auf den Plan, und dabei treffen wir auf alte Bekannte. Zu nennen sind: Bill Gates mit seiner Gates-Stiftung, Warren Buffet, George Soros, ein schon immer sehr rühriger Mitarbeiter, Ted Turner, der Gründer von CNN sowie der unvermeidliche Henry Kissinger.

Besonders Bill Gates, dem es mit massivem Medieneinsatz gelungen ist – Ted Turner spielte dabei eine entscheidende Rolle -, sich als wahrer Wohltäter der Armen und Unterdrückten zu etablieren, zeigt sich in Wirklichkeit als verbissener Vertreter einer Bevölkerungs- reduzierung, jedoch einhergehend im Gewand von medizinischer Hilfe. Gates, dem oft eine gewisse Weltfremdheit nachgesagt wird, verfügt aber, sobald die Öffentlichkeit ausgeschlossen ist, auch noch über eine andere Seite seines Charakters.

Dazu eine Kostprobe, obwohl seine rhetorischen Gaben sich auf einem eher bescheidenen Niveau bewegen: „Zunächst ist da die Bevölkerung. Heute leben auf der Welt 6,8 Milliarden Menschen. Bald werden es an die 9 Milliarden sein. Wenn wir wirklich gute Arbeit leisten bei neuen Impfstoffen, in der Gesundheitsversorgung und Fortpflanzungsmedizin, können wir die Zahl vielleicht um 10 bis 15 Prozent senken."

Dieser kurze Abschnitt zeigt, dass Bill Gates das „Problem" begriffen hat und versucht, es auf seine Art, mit „weichen" Waffen in den Griff zu bekommen. So ist er auch Großaktionär bei dem Gentechnikkonzern Monsanto, was ein bezeichnendes Licht auf ihn wirft und ihm schon öfters ein verstecktes Lob von unserer Seite eingetragen hat.

Bei unserer Betrachtung darf natürlich AIDS nicht fehlen. Selten ist es uns gelungen mit einer Schwindelkampagne so erfolgreich zu sein. Diesmal war es der damalige Präsident Clinton, der uns von der politischen Seite her massiv unterstützte. So initiierte er eine Kampagne gegen Aids, und zwar in den Ländern Afrikas mit reichen Rohstoffvorkommen, um sicherzustellen, dass das an diesen Rohstoffen interessierte China und andere mögliche Rivalen nicht zum Zuge kommen sollten. Denn gegen eine lebensbedrohende Epidemie, so unsere Überlegungen, kann keine politische Macht ankommen. Natürlich gab es auch Mediziner, die unser eher durchsichtiges Vorgehen bald durchschauten, uns Unredlichkeit bei der Definition der für Aids typischen Krankheiten vorwarfen und klare Beweise für die Existenz des HIV forderten.

Zum Glück hatten wir mit Dr. Robert Gallo einen Mediziner zur Hand, der uns einen „stichhaltigen" HIV-Test lieferte und damit den Gegnern den Wind aus den Segeln nahm. Der sicher für ihn erfreuliche Nebeneffekt: Er verdiente mit der Entwicklung und Patentierung des Tests Millionen.

Fakt ist: Die Kranken sterben tatsächlich an den schweren Nebenwirkungen der Medikamente oder an anderen Krankheiten, die durch eine von den Medikamenten verursachte Schwächung des Immunsystems hervorgerufen werden. Abschließend ist zu sagen, dass die Pharmaindustrie mit unserer Unterstützung

das Gesundheitswesen der gesamten Welt mit ihren krankmachenden, oftmals tödlichen Produkten fest im Griff hat.
So spielt auch die in Genf ansässige Weltgesundheitsorganisation (WHO) bei der Reduzierung der Bevölkerung eine entscheidende Rolle. Die Fäden hält dabei Dr. Margret Chan, die in Hongkong geborene Generaldirektorin, in der Hand. Sie versteht es meisterhaft, ein Angstgefühl für die verschiedensten Krankheitsszenarien ins Bild zu setzen. Ob es sich dabei um die Vogelgrippe H5N1, die Lungenkrankheit SARS oder die Ausrufung der H1N1 Schweinegrippe handelte, Margret Chan stellte ihren Mann.
Somit scheint es festzustehen, ohne große Übertreibung, dass die moderne Pharmaindustrie mit ihrer Verstümmelungs- und Tötungsmaschinerie wesentlich effizienter arbeitet als die Drogenkartelle in den dafür berüchtigten Ländern wie Mexiko, Kolumbien, Kosovo oder Afghanistan.
Hervorzuheben in diesem Bereich ist besonders die Rockefeller-Gruppe, die die Allianz des Medikamenten-Trusts bildet und zugleich das Geschäft im Agrobusiness und der Kontrolle über das Erdöl forciert.
Eine Liste der Rangfolge der größten Pharmafirmen mag dies verdeutlichen:
- Merck (USA), Rockefeller-kontrolliert
- Glaxo Holdings (Großbritannien), heute Rothschilds GlaxoSmithKline
- Hoffmann-La Roche (Schweiz)
- Smith Kline Beckmann (USA), GlaxoSmithKline, Großbritannien
- Ciba-Geigy (Schweiz)
- Pfizer (USA), Rockefeller-Gruppe
- Hoechst AG (Deutschland), Rockefeller- und Rothschild- kontrolliert
- American Home Products (USA)
- Eli Lilly (USA), Rockefeller-Gruppe
- Upjohn (USA)
- Squibb (USA), Verbindungen zu Rockefeller
- Johnson & Johnson (USA), Rockefeller-Gruppe
- Sandoz (Schweiz)
- Bristol Myers (USA), Rockefeller-Gruppe
- Beecham Group (Großbritannien), heute GlaxoSmithKline
- Bayer AG (Deutschland), Verbindungen zu Rockefeller-Gruppe
- Syntex (USA)
- Warner Lambert (USA)

Nahrungsmittel als Waffe:

Nahrungsmittel als Waffe einzusetzen, eine uralte Methode, um eine Bevölkerung auszulaugen und damit entscheidend zu schwächen, hat für uns nicht an Attraktivität verloren und wird daher auch bei dem rapide erstarkenden China angewandt. Nur mit dem subtilen Unterschied, dass unsere Methoden nicht mehr auf das bloße Aushungern abzielen, was angesichts der gewandelten geopolitischen Situation auch gar nicht mehr umsetzbar wäre, sondern wir bedienen uns dazu einer hinterhältigen Waffe: den Wandel der Konsumgewohnheiten.

Auch in China wurde in den vergangenen Jahren der Lebens-mittelkonsum, es folgte dabei nur dem Beispiel der meisten Schwellenländer, dramatisch durcheinander gewirbelt. Viele Chinesen betrachteten die neuen Produkte meist amerikanischer Restaurants und Lebensmittelhersteller als Alternative zu ihrem traditionellen Essen und tappten damit in die von uns gestellte Falle: den schleichenden Abbau des Nährstoffgehalts und den damit einhergehenden Verlust von Gesundheit und Vitalität, besonders den der nächsten Generation. Der Erfolg unserer Falle hat uns selbst überrascht. So ist die Zahl der Diabetes-Erkrankungen in den vergangenen Jahren fast explosionsartig gestiegen. Studien ergaben, dass Diabetes unter chinesischen Jugendlichen viermal häufiger auftritt als unter amerikanischen Altersgenossen.

Diabetes Typ 2, soviel ist bereits jetzt zu erkennen, wird die chinesische Arbeitskraft deutlich schwächen und auch die Gesundheitssysteme stark belasten. Noch heimtückischer, neben den offen zutage tretenden Krankheiten, sind jedoch die bewusst zugesetzten chemischen Substanzen, die im Fastfood lauern, und die nach kurzer Zeit süchtig machen. So wurde in begleitenden Versuchen festgestellt, dass beim Verzehr von Fastfood das menschliche Gehirn ähnlich reagiert wie das Gehirn eines Kokainabhängigen, und somit ein Adipöser alle Merkmale eines Süchtigen aufweist.

Interessante Substanzen, dank unserer rührigen Chemiker, bilden auch Geschmacksverstärker. Mononatriumglutamat sticht dabei hervor und wird besonders von den Chinesen, unserer Zielgruppe, bevorzugt. Dabei gilt als gesichert, dass bereits mäßiger Glutamatverzehr neurodegenerative Erkrankungen wie Demenz hervorruft.

Hinzu tritt noch ein wahres Spektrum an künstlichen Süßstoffen. Beispielsweise Aspartam von Monsanto, dem aggressivsten und größten US-Agrobusiness-Konzern, der neben Du Pont, Syngenta, Bayer und Dow Chemical den Großteil der Saatguterstellung der Welt beherrscht, und der Aspartam unter den Handelsnamen Nutra-Sweet, Equal, Canderel oder Amino Sweet vertreibt und als Zuckerersatz verwendet. Beispielsweise in Diät-Cola oder Cola Zero. Als zuckerarmer Stoff vermarktet, führt Aspartam in Wirklichkeit zu rapider Gewichtszunahme. Daneben treten bei regelmäßigem Verzehr epileptische Anfälle und Krämpfe, Schwindel, Migräneanfälle, Gedächtnisverlust, chronische Müdigkeit, Panikattacken und Depressionen auf.

Noch erheblich wirksamer als die eben beschriebenen Lebensmittel-zusätze erweisen sich allerdings die GVOs, gentechnisch veränderte Organismen. Hier

gibt es kaum mehr ein Entrinnen, da sie direkt auf Kontrolle und Bereitstellung der Nahrungsmittelproduktion abzielen.
Wie so oft kam die Idee von unseren eifrigsten Mitarbeitern, der Familie Rockefeller und ihren Stiftungen. Diesmal bedienten sie sich der angeblichen Vitamin-A-Unterversorgung bei schlecht ernährten Kindern, ein beliebter Aufhänger bei vielen Projekten und ein zugleich brillanter Propagandatrick, und initiierten die erste groß angelegte Studie für gentechnisch veränderte Pflanzen. Dieser Schritt, zuerst etwas zaghaft begonnen, war so erfolgreich, dass er binnen kürzester Zeit die gesamte Welternährungsproduktion umkrempeln sollte.
Mit Bedacht hatten sie, unter Hinzuziehung von erfahrenen Forschern, als Einstieg den Reis gewählt, da der Reis das Grundnahrungsmittel von wenigstens 2,4 Milliarden Menschen bildet. Reis, so hatten sie herausgefunden, ist vielen Menschen gleichbedeutend mit Nahrungssicherheit, vor allem in China und Indien, den bevölkerungs-reichsten Ländern der Welt. So hatten es Reisbauern überall auf der Welt geschafft, Reissorten zu züchten, die Dürren standhielten, resistent gegen Schädlinge waren und in jedem nur erdenklichen Klima gediehen – und hatten auf diese Weise die unglaubliche Vielzahl von 140000 Arten geschaffen. Und dies ohne Hilfe durch die Gentechnik!
Rückblickend ist zu sagen, dass die GVOs bereits unseren zweiten Versuch darstellten, die Lebensmittelerzeugung in Asien unter unsere Kontrolle zu bringen. Den ersten Versuch starteten wir mit der „Grünen Revolution", bei der die erwähnte Reisvielfalt bereits erheblich eingeschränkt wurde, da in erster Linie Hochertragssorten angebaut wurden. So schafften wir es, die Bauern in den Sog des Welthandelssystems einzubinden. Dies bedeutete, dass sie dem Diktat des modernen Weltmarkts unterworfen wurden und damit Düngemittel, Hochertragssaatgut, Pflanzenschutzmittel, Treibstoff und moderne Bewässerung benötigten. Was wiederum Kreditaufnahme und globale Vermarktung nach sich zog. Alles Dinge, die die lokal ausgerichteten Bauern weit überforderte.
Doch dieser erste Versuch wurde von der Entwicklung der Gentechnik nach kurzer Zeit überholt und gab uns so die ultimative Waffe in die Hand.

Unser erster Schritt:

Die Errichtung von Saatgutbanken, in der alle bekannten wichtigen Reissorten lagern, unter dem Vorwand von aufwendigen Forschungsarbeiten, die nur durch internationale Einrichtungen zu leisten sind.
Als genialer Schachzug erwies sich auch der stark ausgeweitete Export von landwirtschaftlichen Gütern in ausgesuchte Empfängerländer. Mit diesem Schritt konnte die Gentechnik endlich wirksam zur Anwendung gebracht werden, da mit ihrer Hilfe das veränderte Saatgut nur noch einmal ausgesät werden konnte, und damit dem althergebrachten Vorgehen der Bauern, die jeweils einen gewissen

Teil des Saatguts für die neue Ernte zurückhielten, ein Riegel vorgeschoben wurde (Die sogenannte Genetic Use Restriction Technology GURT; auch als Terminator-Saatgut bezeichnet, in freier Anlehnung an gewisse Hollywoodfilme). Natürlich forschen unsere Wissenschaftler in der Zwischenzeit eifrig weiter. Sie entdeckten, dass genetisch veränderte Organismen (GVO) zur Unfruchtbarkeit führen. So ist es möglich, in Grundnahrungsmittel bestimmte Gene einzubauen, die die Fortpflanzung verhindern. GVOs bilden also die absolute geopolitische Waffe, was bereits Henry Kissinger, ein seit Jahrzehnten tätiger Mitstreiter, mit den dürren Worten kommentiert hatte: „Wer über das Essen herrscht, der herrscht über die Menschen".
Wobei dieser Satz nicht wirklich etwas Neues beinhaltet!

Unsere nächsten Schritte: Die Verseuchung der Nahrungsketten!

Beispielsweise durch den Einbau von verschiedenen Genen, (wie vor allem) den Einbau des Bt-Gens in chinesische Reissorten, für das der Agro-Konzern Monsanto, der auch das in Vietnam eingesetzte berüchtigte Entlaubungsmittel Agent Orange entwickelte, die Patente besitzt und dafür Lizenzgebühren erhält, selbst wenn es von einer chinesischen Firma verkauft wird. Was zur Folge hat, dass Monsanto und die US-Regierung, und damit wir, innerhalb kurzer Zeit Chinas zukünftige Reisproduktion steuern werden.
Was nur eines der vielen Beispiele, neben zahlreichen anderen, darstellt.
Nicht minder wirksam sind neben den GVOs die speziell entwickelten Unkrautvernichtungsmittel, gegen die das GV-Saatgut dank der gentechnischen Veränderung resistent ist. Hier legte die bereits erwähnte Firma Monsanto vertraglich fest, den Landwirten das Saatgut nur zusammen mit den betreffenden Pflanzenschutzmitteln zu verkaufen und zwar das Monsanto-Herbizid Roundup. Ohne Roundup kein Roundup-resistentes GV-Saatgut. Die perfekte Falle für den Landwirt! Forschungen haben allerdings ergeben, dass Roundup sich immer weniger zur Unkrautbekämpfung eignet. So gilt es als erwiesen, dass in Nordamerika, einem der ersten Versuchslabore für Monsanto, mittlerweile Unkräuter, sogenannte „Superunkräuter" sprießen, mit denen kein Herbizid mehr fertig wird. Diese „Frankensteinkräuter" werden jedoch von den GVO-Konzernen wohlweislich verschwiegen, da von Wissenschaftlern festgestellt wurde, dass damit ein selbstreplizierender, mikropilzartiger Organismus entstehen kann, der zu spontanen Fehlgeburten beim Vieh, zum plötzlichen Tod von durch Monsantos Roundup resistenten Sojabohnen und zum Welken von resistentem Mais führen kann.
So gelingt es uns die Nahrungsketten in China und in anderen Ländern zu zerstören.
Inzwischen ist es gelungen, eine neue Klasse von Chemikalien zur Schädlings-

bekämpfung herzustellen. Es handelt sich dabei um sogenannte Neonicotinoide, deren Giftigkeit die anderen Mittel noch weit in den Schatten stellen. Die von Nikotin abgeleiteten Insektizide nahmen innerhalb kürzester Zeit auf dem weltweiten Markt immer größere Anteile ein. Noch 1990 war der Markt für Insektizide weitgehend aufgeteilt in organischen Schwefel (43%), Pyrethroide (18%) und Carbamate (16%). Doch seit der Markteinführung des ersten Neonicotinoids (Imidacloprid) werden diese neuen Pestizide bereits in 89 Ländern verwendet.
Was ist das Besondere an dem neuen Insektizid?
Die Neonicotinoide töten nicht nur Pflanzenschädlinge, sondern auch ganze Bienenvölker und Singvögel. Hinzu kommt, dass das Versprühen auf den Feldern für das Gehirn der Menschen und deren Organe eine große Gefahr darstellt.
Nichtsdestoweniger wird in den von uns gesteuerten Medien die Harmlosigkeit dieser Insektizide verbreitet und …auch geglaubt.

Erdöl:

Öl als Waffe
Ein großer Minus-Posten Chinas, für uns jedoch ein Plus-Posten, ist Chinas Mangel an Öl. Ist doch eine Entwicklung hin zu einem modernen Industriestaat, seit wir alle Staaten in diese Abhängigkeit getrieben haben, ohne Öl nicht mehr möglich. So war auch, wie erinnerlich, eine unserer ersten Maßnahmen nach dem Sieg über Nazi-Deutschland, die Aussprechung eines strikten Verbots für Kohleverflüssigung, das mittlerweile auf die gesamte übrige Welt ausgedehnt und mit massiven Öl-Dumping Preisen untermauert wurde. Kein Wunder also, dass China deshalb auf fieberhafter Suche nach neuen Ölquellen überall in der Welt ist. Die Alarmglocken läuteten daher Sturm bei uns, als es China gelang, nach großen Investitionen, im Sudan Öl zu fördern und es mit einer 1500 km langen Pipeline nach Port Sudan am Roten Meer zu pumpen. Als kurz darauf noch der sudanesische Energieminister Alwad al-Jaz in Khartum in den Medien verkündete, in Darfur, der südlichen Provinz, sei ein riesiger Komplex von Ölfeldern entdeckt worden, der sich von Darfur in das Nachbarland Tschad und weiter nach Kamerun erstrecke, mit großer Wahrscheinlichkeit der größte Ölfund der Welt neben Saudi-Arabien, war für uns das Maß voll.
Schnell zusammengewürfelte Mörderbanden (Milizen), von uns mit den nötigen Waffen ausgerüstet, wurden darauf von Tschad aus über die nur vage angedeuteten Grenzen geschleust und brachten Mord, Vergewaltigung und Chaos in die Region. Doch noch gaben sich die Chinesen unbeeindruckt und unterzeichneten 2008 sogar ein Erdölabkommen, das die Volksrepublik mit den zwei größten Ländern des Kontinents, Nigeria und Südafrika, verband. Neu daran: Zu diesem Zeitpunkt war Nigeria fest in der Hand der angloamerikanischen Ölkonzerne Exxon Mobil, Shell und Chevron.

Was hatten uns die Chinesen voraus?
Sie zeigten sich äußerst großzügig in der Vergabe von zinsgünstigen Krediten, die gelegentlich sogar zinsfrei vergeben wurden. Die Gelder flossen in die Entwicklung der Infrastruktur. Straßen, Schulen und Krankenhäuser wurden gebaut. Unsere Maßnahmen hingegen waren in der Vergangenheit an eine brutale Sparpolitik in diesen Ländern gekoppelt, durchgeführt von unseren verlängerten Armen, der IWF und der Weltbank. Um daher dem Vorgehen der Chinesen entgegenzuwirken, forcierten wir unsere Anstrengungen und beschuldigten die Regierung in Khartum des brutalen „Völkermords" in Darfur. Natürlich konnte dafür kein Beweis erbracht werden, handelte es sich doch um von uns gesteuerte Milizen. Doch aus Erfahrung wissen wir, dass der Vorwurf des Völkermords allgemein auf große Resonanz stößt. Immer auf Wirkung bedacht, engagierten wir auch zusätzlich verschiedene Hollywoodstars, darunter George Clooney, der zu diesem Zeitpunkt um ein besseres Image kämpfte, nachdem verschiedene Gazetten über seine angebliche Homosexualität berichtet hatten. Hollywood war uns schon immer eine große Hilfe. Sei es, dass die gekauften Stars in Aktionsfilmen für uns kämpften, sei es, dass sie über das Medium Film und Fernsehen unsere Vorstellungen unter die Bevölkerung brachten.
So kämpften nach kurzer Zeit, wir steigerten noch unseren Druck, ungeachtet der Zehntausenden von Toten, die unser Vorgehen forderte, zwei Rebellengruppen gegen die Zentralregierung in Khartum, die mit unmittelbar einleuchtenden Namen versehen wurden: die Bewegung für Gerechtigkeit und Gleichheit (JEM) und die Sudanesische Befreiungsarmee (SLA).
Der im Nachbarstaat Tschad vertretene Ölkonzern Chevron Oil Co, in dessen Direktorium die spätere Außenministerin Condolezza Rice saß, und der Ölriese Exxon Mobil, ebenfalls im Tschad vertreten, hatten inzwischen den auf Lebenszeit gewählten Präsidenten Idriss Deby, einen korrupten Despoten, dazu verleitet, noch zusätzliche, von Amerika gelieferte Waffen an die Rebellen in Darfur weiterzugeben, um die Kämpfe noch auszuweiten. So gelang es uns, durch die für die Öffentlichkeit so dargestellten und von uns geschürten „ethnischen Konflikte" – die einzelnen Völkerstämme haben sich noch nie vertragen- 2011 im Sudan eine neue Republik zu etablieren, Südsudan, womit China plötzlich von einem Großteil der vorhandenen Ölquellen abgeschnitten war. Da mit der Regierung im Sudan keine Einigung über die Öleinnahmen erzielt werden konnte, drängten wir den von uns kontrollierten neuen Staat, Südsudan, dazu, sämtliche Erdölanlagen stillzulegen. Gleichzeitig planten wir, um den Sudan zu umgehen, eine neue Ölpipeline zum kenianischen Hafen Lamu. So würden wir wieder die Kontrolle über das im Südsudan lagernde Öl erlangen, wobei vorgesehen war, dass zugleich Kenia, ein starker Partner von uns, bei dem neu geschaffenen US Africa Command eine gewichtige Rolle spielen sollte.
Africom, am 1.Oktober 2008 ins Leben gerufen, mit Sitz in Stuttgart, wurde von

uns gegründet, um besonders China, dessen Rohstoffhunger unersättlich zu sein scheint, und das mittlerweile nahezu die gesamte Welt mit billigen Produkten überschwemmt, wieder in seine Schranken zu verweisen.

So ist Africom, wie schon sein Name verkündet, dazu projektiert, in allen Regionen Afrikas bei der Ausbeutung der reichen Rohstoffvorkommen, besonders in Zentralafrika, logistische, aber auch militärische Unterstützung zur Verfügung zu stellen. Lagern doch allein in der Region Kivu in Zaire einige der wichtigsten Rohstoffe der Welt. Und den Großen Afrikanischen Grabenbruch, der die Grenze zu Ruanda und Uganda bildet, halten Geologen für eine der reichsten Mineral-Lagerstätten der Erde.

Ebenso sieht es in der Demokratischen Republik Kongo aus, wo sich die Hälfte der Kobaltvorkommen der Erde, ein Drittel der Diamanten und drei Viertel der Vorkommen an Columbit-Tantalit oder „Coltan" befinden- für die Herstellung der modernen elektronischen Geräte unentbehrlich.

Dass diese Rohstoffe in der Demokratischen Republik Kongo auch Begehrlichkeiten erweckten, kann deshalb nicht wirklich überraschen. Diesmal war es die Firma American Fields Inc., mit ihrem Hauptsitz in Hope, im US-Bundesstaat Arkansas, die die Fäden zog, um ihren Kandidaten, Laurent Kabila, an die Macht zu bringen und sich so den nötigen Einfluss zu sichern. Mit von der Partie war dabei Bill „slicky" Clinton, der ehemalige Gouverneur von Arkansas. Was nicht verwunderlich ist, waren doch langjährige Weggefährten von ihm Großaktionäre von American Fields Inc.

Bei einem Aufeinandertreffen zweier grundverschiedener Staats-systeme geschieht es nicht selten, dass die Drahtzieher mit ihren eingesetzten Marionetten nicht lange zufrieden sind. Sie wandten sich deshalb an uns. Geübt im Umgang mit solchen Situationen, bedienten wir uns altbewährter Methoden und schalteten wie so oft den IWF (Internationaler Währungsfonds) ein. So „befahl" der IWF der Regierung von Laurent Kabila, die Löhne der Angestellten im öffentlichen Dienst zur „Wiederherstellung der makro-ökonomischen Stabilität" einzufrieren, um so die grassierende Hyperinflation zu stoppen.

Das Resultat: Die gesamte Bevölkerung wurde in eine fürchterliche Armut gestürzt, was einen Bürgerkrieg zur Folge hatte und fast zwei Millionen Menschen das Leben kostete.

Da diese Maßnahmen immer noch nicht zur vollen Zufriedenheit ausfielen, wurde als ultima ratio Laurent Kabila im Jahr 2001 ermordet und sein in Tansania aufgewachsener Sohn, Joseph Kabila, an seine Stelle gesetzt. Dieser schaffte es, sich zum Staatspräsidenten ausrufen zu lassen und nach einer zweiten „demokratischen" Wahl 2011 seine Macht zu festigen.

Fazit: Trotz seines Reichtums an Rohstoffen zählt das Land weiterhin zu den ärmsten Staaten weltweit. Denn entscheidend für uns war schließlich ein anderes Kriterium: Nicht das Wohl der dort ansässigen Menschen war für uns vordring-

lich, sondern in erster Linie die Sicherung der natürlichen Ressourcen und die daran gekoppelte Zurückdrängung Chinas und anderer Staaten, besonders der BRICS-Staaten. Dabei erwies sich Africom als nützliche Hilfe.
Der nächste Zug auf dem Schachbrett: Libyen!
Solange Gaddafi als Staatschef in Libyen nicht mit den Chinesen und Russen Verträge über Öllieferungen abschloss, stellte er kein Problem für uns dar, und so wurde ihm auch seine exzentrische Art, seine ausgeprägte Hingabe für Operettenuniformen, seine Medikamentenabhängigkeit, die ihn oft zu unkontrollierten Auftritten verleitete, und sogar seine pädophilen Neigungen nachgesehen (Gaddafi holte sich bei seinen regelmäßigen Besuchen in Schulen, Heimen und anderen Einrichtungen noch halbe Kindsmädchen in seine Paläste und gliederte sie, nachdem er ihrer überdrüssig geworden war, in seine weibliche Leibgarde ein). Doch sein Sturz rückte näher, als er unsere „Full Spectrum Dominance" (Überlegenheit auf allen Ebenen) in Frage stellte und, entgegen unseren Warnungen, Erdölkonzessionen an China und Russland vergab. Sein Ende kam rasch. Auch bei Gaddafi arbeiteten wir nach dem gleichen Muster, mit dem wir solche Situationen in unserem Sinne bereinigen. Rebellentruppen, von unserer Hilfe abhängig, wurden mit Unterstützung unserer Luftwaffe in Bewegung gesetzt, und der selbstherrliche Despot wurde innerhalb weniger Wochen verjagt und auch physisch beseitigt, um ihm jedes mögliche Comeback von vornherein unmöglich zu machen. Denn ein solches Risiko gehen wir nur in seltenen Fällen ein.
Auch diesmal war Africom, obwohl noch nicht offiziell an den Start gegangen, federführend und spielte auch bei den Regimewechseln in Tunesien und Ägypten eine entscheidende Rolle.
Doch stellte diese rasche Bereinigung unserer Interessen nur eine unserer verdeckten Operationen gegen China dar. So gingen wir in aller Stille daran, die wichtigsten Meerengen, die von den Supertankern passiert werden, um das Öl vom Persischen Golf oder aus Afrika nach China zu bringen, unserer Kontrolle zu unterwerfen, und stationierten deshalb Einheiten am Bab al-Mandab, einem strategischen Engpass für den Öltransport. Nebenan, in Dschibuti sicherten wir uns zusätzlich ein riesiges Areal, um dort Kampfdrohnen für die kommende Kriegsführung zu installieren, die von Stuttgart aus gesteuert werden.
Darüber hinaus gingen wir daran, die umliegenden Länder wie Jemen und Somalia zu destabilisieren.
Beim Jemen, einem trostlosen Land, manche nennen es verächtlich eine mit Sand gefüllte Streubüchse, das über noch weitgehend unerschlossene Ölvorkommen verfügt, die zu den größten der Welt zählen, wandten wir eine Methode wie in einer Slapstick-Komödie an, und zwar äußerst schlagzeilenträchtig. Wir ließen durch die amerikanischen Behörden einen Nigerianer verhaften, der angeblich in seiner Unterwäsche Sprengstoff an Bord einer Maschine der

Northwest-Airlines geschmuggelt hatte, die von Amsterdam nach Detroit fliegen sollte, und der laut Anklage versucht hatte, das Flugzeug in die Luft zu sprengen. Was hatte das mit Jemen zu tun?

Es wurde über die Medien verbreitet, dass bei besagtem Nigerianer der Verdacht bestehe, dass er im Jemen für diesen Terroreinsatz ausgebildet worden sei. Und bereits diese fadenscheinige Anklage genügte, um Jemen als neues Ziel gegen den Terror auszumachen und auf die Liste der zu bekämpfenden Staaten zu setzen. So begannen wir kurze Zeit später mit gezielten Luftangriffen und zwangen den Präsidenten Ali Abdullah Saleh zur Flucht, nachdem er bei einem Bombardement schwer verletzt worden war.

Die Konstruktion der „Beweise" war damit noch nicht zu Ende. Der verhaftete Nigerianer wurde durch sanften Druck dazu veranlasst „auszusagen", dass er von der Terrororganisation al-Kaida, die in Jemen ihr neues Zentrum aufgebaut hatte, geschickt worden war.

Wie es sich in jeder echten „Demokratie" gehört, meldeten sich unverzüglich verschiedene Kommentatoren und äußerten gegensätzliche Ansichten. Manche von ihnen behaupteten fest und steif, dass auch der reiche Saudi namens Osama bin Laden, der angebliche Mitbegründer von al-Kaida, in Wirklichkeit in Afghanistan von der CIA ausgebildet wurde und dass das wahre Hauptquartier der Terrororganisation sich in der CIA-Zentrale in Langley, Virginia, befinde.

Andere wiederum versteiften sich zu der These, dass ehemalige Guantanamo-Häftlinge zu „Schläfer-Terroristen" ausgebildet wurden, deshalb ihre willkürliche Festnahme, um bei Bedarf aktiviert zu werden. So auch im Jemen, wo zwei hochrangige Guantanamo- Absolventen der al-Kaida zugerechnet werden.

Da Folter, wie in Guantanamo praktiziert, bekanntermaßen nutzlos ist, um irgendwelche der Wahrheitsfindung dienenden Geständnisse zu erzielen, kamen manche der Kommentatoren teilweise den Tatsachen nahe. Jedoch nur teilweise! Denn in Wirklichkeit waren es die im Wüstensand lagernden Ölvorkommen und die strategische Position des Jemen, die für uns der Auslöser war. Die darin verwickelten Personen stellten nicht mehr als beliebig austauschbare Figuren auf unserem Weltschachbrett dar.

Myanmar, die ehemalige britische Kolonie Burma!

Mit Myanmar rückten wir dicht an die Grenze zu China heran. Diesmal ließen wir unsere hauseigenen Menschenrechts-NGOs verschiedene Operationen in Myanmar, aber auch in China selbst, so in Tibet und in der Erdölprovinz Xianjiang, durchführen. Den Anfang bildete die sogenannte „Safranrevolution" in Myanmar. (Natürlich werden alle „Farbenrevolutionen" von der Ukraine über Georgien bis nach Serbien je nach Bedarf ins Leben gerufen, wobei die Initiative, die logi-

stische Unterstützung der Abläufe immer vom Pentagon und der CIA sowie vom US-Außenministerium ausgeht.)
Zurück zu Myanmar!
In Myanmar waren es besonders die überfallartigen Auftritte demonstrierender, „hirngewaschener" Mönche, eben in den besagten safranfarbenen Gewändern, die den eher nachlässig gekleideten „gewöhnlichen" Demonstranten einen interessanten farblichen Tupfer verpassten.
Ansonsten wie üblich bei „modernen" Demonstrationen: Internet-Blogs, mobile SMS-Verbindungen zwischen den einzelnen Gruppen, gut organisierte Zellen, die sich zerstreuten und neu formierten.
Selbst die Aufdeckung einer NGO, durch den amerikanischen Sender CNN, der National Endowment for Democracy, einer regierungsnahen Organisation, die bei nahezu allen Umstürzen mitmischt, konnte uns nicht schaden. Sie ist ebenso ein Instrument der Geheimdienste wie George Soros´ Open Society Institut, Freedom House und Gene Sharps Albert Einstein Institut. Wobei Letzteres alles andere als einen Bezug zu dem Physiker und Nobelpreisträger Albert Einstein hat, da sie ausschließlich geheimdienstlichen Zwecken dient. Sharps Institut war auch bei der Niedermetzelung von cirka 3000 Demonstranten in Myanmar, besonders in der Hauptstadt Nay Pyi Taw, aktiv und Sharp selbst befand sich auch bei der dramatischen Niederschlagung auf dem Tiananmen-Platz in Peking. Wobei Geheimdienstkreise ausdrücklich von reinem Zufall sprechen und nicht müde wurden, dies immer und immer wieder zu betonen.
Warum nun diese von uns ausgelösten Rebellionen in Myanmar?
Natürlich war der Auslöser dafür die von uns angestrebte geopolitische Herrschaft, da Myanmar der Schlüssel zur Kontrolle über die strategischen Seewege vom Persischen Golf bis zum Südchinesischen Meer ist. Die Küste von Myanmar liegt in direkter Nähe einer der strategisch wichtigsten Wasserstraßen der Welt, der Straße von Malakka, der Passage zwischen Malaysia und Indonesien.
Hinzu kommen natürlich die ausgedehnten vor der Küste Myanmars gelegenen Erdöl- und Erdgasfelder, wo bereits seit 1871 Förderung betrieben wird. Damals gründete England die Ragoon Oil Company, die später in Burmah Oil Company umbenannt wurde. Nach einigen Besitzerwechseln, die Amerikaner folgten auf die Engländer, gelang es schließlich China, zusammen mit Südkorea und Thailand Förderungslizenzen zu ergattern. Besonders China nützte die Chance und baute eine Öl- und Gaspipeline, die von Myanmars Tiefseehafen Sittwe am Golf von Bengalen nach Kunming in die chinesische Provinz Yunnan verläuft. Immerhin eine Strecke von 2300 Kilometern.
Für uns ein Affront ohnegleichen!
So verschärften wir die Gangart und nahmen Indien in das „Neue System amerikanisch-indischer Sicherheitsbeziehungen" auf. Was eine Allianz gegen China bedeutet, wobei wir von dem Kalkül ausgingen, dass die beiden volkreichsten,

neu aufstrebenden Supermächte sich schon immer als Konkurrenten auf dem eurasischen Kontinent betrachtet hatten. Doch das eigentliche geopolitische Spiel wurde in Chinas Einflussbereich selbst ausgetragen, als im Vorfeld der Olympischen Spiele 2008 gewalttätige Unruhen in China ausbrachen, die in der Autonomen Region Tibet ihren zeitweiligen Höhepunkt erreichten.
Im Mittelpunkt: der Dalai Lama!
Natürlich war der Zeitpunkt der Unruhen genau kalkuliert, da wir davon ausgehen konnten, dass die Aufmerksamkeit der Weltöffentlichkeit durch die Olympischen Spiele verstärkt auf die Lage der Menschenrechte in China gelenkt werden würde.
Was auch gelang!
Die Akteure dabei waren erneut unsere bereits bekannten und bewährten Organisationen National Endowment of Democracy (NED) und Freedom House. Selbst als die Chinesen den Dalai Lama beschuldigten, hinter den Unruhen zu stecken, um die Olympischen Spiele zu sabotieren, zeigten wir uns unbeeindruckt und luden das geistliche Oberhaupt der Tibeter nach Washington ein, wo er im Kongress an einer Zeremonie teilnahm, bei der ihm die Goldmedaille des Kongresses verliehen wurde.
Erstaunlich für viele, die die Hintergründe nicht kennen, ist die Wirkung des 14. Dalai Lama, dem „Ozean der Weisheit", auf die westliche Welt. Besonders die sich intellektuell gebende Schicht äußert sich restlos begeistert über ihn. Erstaunlich vor allem deshalb, untersucht man einmal seine zahlreichen in der Öffentlichkeit gemachten salbungsvollen Vorträge genauer, weil sich bereits nach kurzer Zeit herauskristallisiert, dass sie an nichtssagenden religiös verbrämten Floskeln und leerem Gerede kaum zu überbieten sind.
So wechseln Begriffe wie Weisheit, sich entleerendes Bewusstsein, das in Erkennen übergleitet, Erleuchtung, die einer Buddhanatur nahe kommt, folgt man nur den vier edlen Wahrheiten, wobei die Aufhebung des Leidens, Aufhebung der Gier als Ursache des Leidens, und damit der Wiedergeburt (Samsara), welche die Voraussetzung für das Eingehen ins Nirwana sind, einander ab.
Selbst ernsthafte und renommierte Wissenschaftler, oft auch Naturwissenschaftler, sitzen wie neugierige Schuljungen mit ent-rückten Gesichtern und glasigen Augen zu Füßen des Dalai Lama und versuchen sein vermeintlich tiefgründiges Gefasel, das begleitet wird von ausgiebigem Kratzen seines kahlen Schädels, einer Jagd nach Flöhen nicht unähnlich, und das immer wieder einhergeht mit einem unablässiges Scharren seiner ausgeleierten Sandalen, in denen seine nackten Füße stecken, dann wiederum unterbrochen von einem unmotivierten Kichern, das meist in ein krächzendes Lachen umkippt, in ihre westlichen Denkschemas einzuordnen, was natürlich meist in tiefer Enttäuschung, dem irdischen „Gott" geistig nicht das Wasser reichen zu können, endet.
Betrachtet man nun die angesprochenen Hintergründe genauer, so stößt man

schnell auf seltsame Lehrer, Freunde und Verbündete. So lenkten bereits in den 1930er Jahren die Nationalsozialisten, allen voran der Reichsführer der SS und Chef der deutschen Polizei, Heinrich Himmler und andere Leute aus der Führungsschicht ihre Aufmerksamkeit nach Tibet, wo sie die Ursprungsstätte der Arier, der reinen nordischen Rasse, sahen. So machte schon im Alter von elf Jahren, da bereits als Dalai Lama bestimmt, der gegenwärtige Dalai Lama durch einen seltsamen Zufall die Bekanntschaft des SS-Offiziers Heinrich Harrer, der in Indien in englische Gefangenschaft geraten war, und nach einer abenteuerlichen Flucht bis nach Lhasa gelangte und dort sieben Jahre als Lehrer des Dalai Lama fungierte, woraus eine lebenslange Freundschaft erwuchs.

Da die Westmächte, besonders die USA, nach dem Krieg die Verbindungen zu den Nazis nie wirklich abreißen ließen, sondern im Gegenteil häufig noch förderten, war es nur natürlich, dass im Zeichen des Kalten Krieges auch Tibet miteinbezogen wurde, um es vor der Vereinnahmung durch China, damals kommunistisch und mit Russland verbündet, zu bewahren.

Aus dieser Situation heraus resultierte, dass in den 1950er und 1960er Jahren die Anliegen der Tibeter aktiv mit Waffen, militärischer Ausbildung, Geld und mit Lufteinheiten unterstützt wurden. Parallel dazu wurde in den USA die American Society for a free Asia, ein CIA-Ableger, gegründet. Thubtan Norbu, der ältere Bruder des Dalai Lama, spielte bei der Organisation eine aktive Rolle, wogegen der zweitälteste Bruder, Gyalo Thondup, mit Hilfe der CIA einen Geheimdienst ins Leben rief. Die daraus entstandenen Guerillaeinheiten wurden später mit Fallschirmen über Tibet abgesetzt, ohne jedoch einen großen Erfolg zu erzielen. Dass dabei auch beträchtliche Geldmittel mit im Spiel waren, muss nicht besonders betont werden. Über verschiedene, nicht öffentlich gemachte Zuwendungen ließ die CIA der tibetischen Exilregierung Dollars in Millionenhöhe für „antichinesische" Aktionen zukommen, wobei auch der Dalai Lama selbst mit einer jährlichen Summe von 180000 Dollar bedacht wurde, die er auch noch heute über verschiedene Organisationen erhält, welche sich jedoch betont unpolitisch geben, da sie sich ausschließlich moralischen Belangen verpflichtet fühlen.

Was nun Tibet so interessant für uns macht, ist zum einen die strategische Lage, besonders zu China, und dann – noch wichtiger – die reichen Rohstoffvorkommen. Tibet verfügt über einige der größten Uran- und Boraxvorkommen Asiens, riesige Eisenvorkommen und Tausende von Goldminen. Außerdem besitzt es riesige Holzreservoire, die von den Chinesen ohne Rücksicht auf ökologische Belange ausgebeutet und zur weiteren Verarbeitung nach China transportiert werden. Darüber hinaus lagern in der Region bedeutende Ölvorkommen.

Auf dem Dach der Welt, umgangssprachlich für Tibet, entspringen auch die sieben größten Flüsse Asiens, die zwei Milliarden Menschen mit Wasser versorgen und damit Tibet zur wertvollsten Wasserquelle des gesamten Planeten machen. Die Beherrschung dieser Wasserquellen würde deshalb einen erheblichen Vorteil verschaffen, den wir jederzeit als Hebel zur Erpressung und Destabilisierung gegen China einsetzen könnten.

Ebenso interessant für uns ist das Tarim-Becken, das hart an der Grenze zwischen der Autonomen Region Tibet und der Autonomen Region Xinjiung Urgur liegt, mit der Hauptstadt Urümqi. Ein ebenfalls sehr öl- und rohstoffreiches Gebiet, bekannt auch als „Schatzbecken". Dort wurden Vorkommen von nicht weniger als 57 Rohstoffen nachgewiesen, darunter Erdgas, Erdöl, Kohle, Kalium Magnesium, Blei, Zink und Gold. Der vorläufige ökonomische Wert, der im Tarim-Becken lagert, wird auf mehrere Billionen Dollar geschätzt.

Regelmäßig haben auch westliche Medien über die immer wieder aufflackernden – von uns gesteuerten – Vorkommnisse in Tibet, z.B. im März 2008, berichtet, ohne jedoch auf große Genauigkeit und Wahrheitsgehalt der Informationen zu achten. So zeigten viele Bilder, in europäischen und amerikanischen Medien, immer wieder die gleichen Szenen, die jedoch in keinem Fall die wahren Abläufe darstellten, sondern völlig aus dem Zusammenhang gerissen waren. Deutsche Fernsehzuschauer wurden sogar mit Bildern abgespeist, die Übergriffe der nepalesischen Polizei in Kathmandu zeigten, und daher mit wahrheitsgemäßer Berichterstattung nichts gemein hatten.

Denn, so wohl der Hintergedanke der Mediengewaltigen, die sich trotzdem verpflichtet sahen, ihre Zuschauer zu informieren, den demokratischen Grundgedanken einer freien Berichterstattung vor sich hertragend, welcher von den Informationskonsumenten würde schon den feinen Unterschied zwischen den exotischen Uniformen der nepalesischen Polizei und denen der tibetischen unterscheiden können. In Wirklichkeit folgte alles einem klaren Operationsmuster. Sowohl die Unruhen in Darfur, in Myanmar, in Tibet oder in der Region Xinjiung Urgur waren darauf ausgerichtet, die Chinesen und auch andere Konkurrenten zurückzudrängen oder ganz auszuschalten. Sogar die früheren Handelsrouten der asiatischen Seidenstraße wurde von uns ins Kalkül miteinbezogen, die aus geographisch naheliegenden Gründen über die später entstandenen Staaten Usbekistan, Kirgisistan und Kasachstan liefen. Denn die geopolitische Kontrolle über die genannten Länder würde auch jede potenzielle Pipelineroute zwischen China und Zentralasien verhindern. Unsere geopolitischen Vordenker waren bei unserem Vorgehen schon immer einhelliger Meinung. So umschreibt der Protege´ David Rockefellers Zbigniew Brzezinsky, ein Anhänger Sir Halford Mackinders, einer der Begründer der britischen Geopolitik, 1997 in präzisen Worten die Situation: „In Eurasien liegen die politisch bedeutendsten und dynamischsten Staaten der Welt. Wer auch immer in der Geschichte die Weltmacht anstrebte, kam aus Eurasien. Die bevölkerungs- reichsten Länder, die heute nach regionaler Hegemonie streben, nämlich China und Indien, liegen in Eurasien, ebenso wie alle potenziellen politischen oder wirtschaftlichen Herausforderer der Vormachtstellung Amerikas. Die nach den USA sechs größten Volkswirtschaften

und Militärmächte liegen in Eurasien; ebenso alle offenen Atommächte sowie alle verdeckten Atommächte. In Eurasien leben 75 Prozent der Weltbevölkerung, werden 60 Prozent des Bruttoweltprodukts erwirtschaftet und liegen 75 Prozent der Weltenergiereserven. Insgesamt gesehen stellt die potenzielle Macht Eurasiens sogar die Macht Amerikas in den Schatten.
Eurasien ist der Achsen-Superkontinent der Welt. Eine Macht, die Eurasien dominiert, hätte entschiedenen Einfluss auf zwei der drei wichtigsten Produktivregionen der Welt, nämlich Westeuropa und Ostasien. Ein Blick auf die Karte macht auch deutlich, dass ein Land, das in Eurasien dominiert, fast automatisch auch den Nahen Osten und Afrika kontrollieren würde. Wenn Europa auch heute noch das entscheidende Schachbrett darstellt, dann reicht es aber nicht mehr, eine Politik für Europa zu gestalten und eine andere für Asien. Die künftige Machtverteilung auf der eurasischen Landmasse wird über die Bedeutung der globalen Vorherrschaft entscheiden."

Juni 2014

Von der Situation im Irak und in Syrien – auch hier soll China ent-scheidend geschwächt werden – kann noch nicht abschließend berichtet werden, da in beiden Ländern noch alles im Fluss ist.
So viel kann jedoch schon vorausgeschickt werden: Es handelt sich bei dem bestehenden Konflikt um einen Kampf zwischen verfeindeten Ölkonzernen (Konzerne treten immer, schon bedingt durch die geforderte Gewinnmaximierung durch die Aktienbesitzer, als Konkurrenten auf) wie nahezu alle Konflikte, die im 20. Jahrhundert im Nahen Osten ausgetragen wurden.
Und so benützen wir auch hier, wie in allen Regionen, die durch Religionen dominiert werden, diese, um unsere Interessen, die auf reinen materiellen Vorteilen basieren, durchzusetzen.
Wer sind nun in diesen Regionen unserer Handlanger?
Zuerst: der IS (Islamischer Staat), vormals ISIS.
Die allermeisten „neutralen" Beobachter sehen im IS eine private Söldnerarmee, aus aller Herren Länder zusammengewürfelt, die von US-amerikanischen, französischen und saudischen Offizieren geführt wird, mit dem Ziel, die Regionen in drei Teile aufzuspalten, um sie später besser kontrollieren zu können.
Ein Blick auf die Ölpreise erlaubt eine vorläufige Analyse. Die Ölpreise steigen nicht deshalb, weil die irakische Ölförderung unterbrochen wurde, sondern es wurden nur die Lieferungen gestoppt. Tatsache jedoch ist, dass der Markt ein Überangebot verzeichnet und die momentanen Preise nicht von Dauer sein werden.
So hat Saudi-Arabien angekündigt, seine Ölförderungen deutlich zu erhöhen, um

damit die Lieferausfälle auszugleichen, die durch die IS-Vermarktungsverbote verursacht wurden. In Wirklichkeit hat Saudi-Arabien noch nie mehr als 10 Millionen Barrel pro Tag gefördert und ist auch nicht in der Lage mehr zu fördern.
Nun wird in der Westpresse wortreich berichtet, dass der plötzliche Reichtum des IS ursächlich mit der Eroberung von Ölquellen zu tun habe. Dies wurde allerdings schon von Nordsyrien behauptet, was jedoch von der Presse schlichtweg geleugnet worden war. Diese Kämpfe zwischen der syrischen al-Nusra Front (ein anderer Handlanger von uns) und dem IS wurde als eine verschärfte Rivalität zwischen den beiden islamischen Gruppen dargestellt. Dabei ging es allein um die Kontrolle über die Ölquellen.
Dies wirft nun folgende Frage auf: Wie konnten die als Terroristen eingestuften Banden auf dem internationalen Markt Öl verkaufen, wenn zur gleichen Zeit der Markt von den Amerikanern sorgsam überwacht wird?
Vor wenigen Monaten war es libyschen Separatisten in Bengasi nämlich nicht gelungen, das von ihnen gestohlene Öl zu verkaufen. Die amerikanische Marine hatte kurzerhand den Öltanker abgefangen und nach Libyen zurückgebracht.
Die Schlussfolgerung aus dem eben Berichteten ist: Die al-Nusra Front und der IS können auf dem Weltmarkt nur Öl verkaufen, weil dies von den USA zugelassen wird und sie mit den Ölkonzernen in Verbindung stehen, die die Verkäufe für sie abwickeln. Keine Söldnerbande ist in der Lage, solche Geschäfte, die auch immer eine globale Dimension besitzen, von sich aus zu tätigen.
Im Detail läuft das folgendermaßen ab: Das Öl, das die al-Nusra Front in Syrien gestohlen hat, wird von Exxon-Mobile verkauft (die Rockefeller Firma, die in Katar das Sagen hat), während das Öl von der IS bei Aramco (USA und Saudi-Arabien) landet.
Der eben erwähnte Krieg der Ölkonzerne und die angekündigte erhöhte Ölförderung Saudi-Arabiens sowie die Tatsache, dass der IS von Aramco finanziert wird, ist damit durchsichtiger. Denn Saudi-Arabien muss einfach seinen Stempel auf die Ölfässer mit dem gestohlenen Öl drücken, um so eine Ölförderung vorzutäuschen.
Fakt ist: Durch seinen Einmarsch kontrolliert der IS nun die zwei Hauptpipelines. Die eine führt nach Baniyas und versorgt Syrien, wurde jedoch unterbrochen, was zu Engpässen in Syrien führt. Die andere blieb unangetastet, was daran liegt, dass die pro-israelische kurdische Regionalregierung diese Pipeline zur Ausfuhr des Öls benötigt, das sie gerade in Kirlah gestohlen hat. So wird ersichtlich, dass der Vorstoß des IS seit langem mit Kurdistan abgestimmt wurde, da letztlich die Regionen, wie bereits erwähnt, in drei Teile auf- gespaltet werden sollen, gemäß einer Karte der Bush-Regierung zur Umgestaltung des „Greater Middle East" aus dem Jahre 2001.
So konnten innerhalb weniger Tage zwei Tanker in Ceyhan (Türkei) aufgefüllt werden, die sich im Besitz der Firma des türkisch- aserbaidschanischen Mil-

liardärs Mübariz Gurbanoglu befinden. Nicht wegzuleugnen ist, dass durch die beabsichtigte Spaltung des Irak die Karten im Ölgeschäft neu gemischt werden. Bereits jetzt haben die Ölfirmen ihr Personal deutlich reduziert, um abzuwarten, bis die Situation bereinigt ist, besonders BP, Royal Dutch Shell und die chinesischen Unternehmen Petro China, Sinopee und CNOOC sowie TDAO. Damit steht bereits fest, wer zu den Gewinnern und wer zu den Verlierern zu rechnen ist. Zu den Letzteren gehören auf jeden Fall die Briten, die Türken und unser Hauptgegner, die Chinesen, die mit Abstand die größten Abnehmer des Irak waren. Die Gewinner: USA, Israel und Saudi-Arabien. So wird überdeutlich, dass der Kampf für den „wahren Islam" nur nachrangig von religiösen Interessen getragen wird.

Die Perlenkette Chinas und unsere Gegenstrategie!

Um Chinas Vormarsch einzudämmen und nach Möglichkeit ganz zu stoppen, zielt unsere Strategie darauf ab, die „Perlenkette", gemeint ist die Errichtung von Stützpunkten durch China zur Sicherung der Rohstofftransporte, zu zerreißen sowie die Anbahnung von diplomatischen Verbindungen zu den Ländern des Mittleren Osten bis hin zu Südchina zu verhindern.
Wie aus einem vertraulichen Pentagon-Bericht hervorgeht, der von Andrew Marshall verfasst wurde, ist es China in den letzten Jahren gelungen, verschiedene Stützpunkte zu errichten.
Dazu gehört ein neuer Marinestützpunkt im pakistanischen Hafen Gwadar, der dem Persischen Golf am nächsten liegt. Von Gwadar aus, wo auch ein elektronischer Lauschposten installiert wurde, kann der Schiffsverkehr durch die Straße von Hormus und das Arabische Meer überwacht werden.
Weitere Stützpunkte:
Bangladesch: China errichtet in Chittagong einen Containerhafen und bemüht sich um bessere Beziehungen zur Regierung.
Myanmar (Burma): China unterhält enge Beziehungen zum Militärregime in Nay Pyi Taw (Rangun), errichtet Marinestützpunkte und unterhält auf Inseln im Golf von Bengalen und nahe an der Straße von Malakka elektronische Überwachungseinrichtungen.
Kambodscha: China unterzeichnet ein Militärabkommen und Kambodscha unterstützt China darin, eine Eisenbahnverbindung von Südchina zum Meer zu bauen.
Thailand: China erwägt den Bau eines 20 Milliarden Dollar teuren Kanals durch den Isthmus von Kra, um die Straße von Malakka umgehen zu können.
Unsere Strategie nun, um China in einem möglichen Krieg zu besiegen, trägt die Bezeichnung „Air-Sea Battle".
Der Plan sieht vor: Aggressiver, amerikanischer Angriff mit Tarnkappenbombern und U-Booten, die die im Landesinnern stationierten Langstreckenradar- und

Präzisionsraketensysteme Chinas ausschalten würden. Nach dieser ersten Welle würde der weitere Angriff von Luftwaffe und Marine direkt auf China erfolgen. Entscheidend für diese Strategie, dessen Umsetzung bereits begonnen hat, ist die Anwesenheit von Marine und Luftwaffe in Japan, Taiwan, auf den Phillippen, in Vietnam sowie im südchinesischen Meer und im Indischen Ozean.

Als Auslöser für diese Angriffe (einer von vielen möglichen Vorwänden) könnte der Schutz des „Schiffsverkehrs" in der Straße von Malakka und im südchinesischen Meer dienen. Der Urheber dieser militärischen Revolution, wie sie oft genannt wird, ist der bereits erwähnte Andrew Marshall, der durch innovative Anwendung neuer Technologien, Veränderungen in der Militärdoktrin und operativen und organisatorischen Konzepten die Durchführung von militärischen Operationen, wie er geschönt formuliert, grundlegend verändern will.

Andrew Marshall verdient es, genauer betrachtet zu werden, da er seit Jahrzehnten eine herausragende Figur bei den gesamten militärischen Planungen des Pentagon darstellt.

Marshall, der bereits 1949 bei der Rand Corporation, einem Thinktank, als Nahostexperte begann und später zum Leiter des Office of Net Assessment, einer geheimen Pentagon-Denkfabrik aufstieg, wurde von allen Präsidenten immer wieder neu bestätigt, ein Rekord, der nur von FBI-Direktor J. Edgar Hoover übertroffen wurde. Er war auch der einzige Experte, der während des gesamten Kalten Krieges bei der Strategischen Planung eine maßgebliche Rolle innehielt. Ja, er „überzeugte" sogar kurz nach dem Zusammenbrechen des Ostblocks US-Verteidigungsminister Donald Rumsfeld davon, den US-Raketenschirm in Polen, in Tschechien, der Türkei und Japan zu installieren. Auch blieb der Vorwand eher vage und wurde als Präventiv-Maßnahme gegen eine mögliche atomare Bedrohung durch China und Russland gesehen.

Soweit der unvollständige Überblick über unsere operativen Maßnahmen.

Krieg der Medien!

Bereits im Ersten Weltkrieg gelang es Präsident Woodrow Wilson, mit unserer Unterstützung, sich die Mitarbeit Hollywoods und der übrigen Medien zu sichern. Seitdem bildeten Hollywood und die Medienkartelle feste Größen, wenn es darum geht, die Unterstützung der Öffentlichkeit für das Vorgehen der Regierung zu gewinnen.

Das Vorgehen ähnelt sich. Wurde vor dem Zweiten Weltkrieg Hitlerdeutschland als Feindbild aufgebaut, so ist es nun China, das, grob vereinfacht dargestellt, an seine Stelle tritt.

Natürlich ist ein solches Vorgehen immer an die dafür notwendigen Organisationen gebunden. Bereits zu Beginn des Kalten Krieges wurde deshalb von uns das Office of Policy Coordination, ein verlängerter Arm der CIA, dessen

Leiter Frank Wisner war, ins Leben gerufen. Die Aufgaben dieser Organisation, die nicht streng nach Bereichen festgelegt waren, bestanden in Propaganda, wirtschaftlicher Kriegsführung, präventiver Aktion, die auch Sabotage-, Sabotageverhinderungs-, Abriss- und Evaluierungsmaßnahmen, Subversion gegen feindliche Staaten, Hilfen für Widerstandsgruppen im Untergrund und Unterstützung indigener antikommunistischer Elemente in bedrohten Ländern beinhalteten.
Dies galt selbstverständlich nur für Länder der freien Welt. Genauer: Für die Länder, die von uns zur freien Welt gezählt wurden.
Einer unserer Analysten hat die kulturelle Kriegsführung, die den Boden vorbereitet, und die immer einer militärischen vorausgeht, selten präzise herausgearbeitet. Er schreibt und bezieht sich dabei in erster Linie auf Hollywood: „Unsere Informationen, die wir über unsere Blockbuster aussenden, zerstören in kurzer Zeit traditionelle Kulturen; sie betrügen, verführen und sind trotzdem nicht angreifbar. Dagegen gibt es keine wirksamen Maßnahmen, außer denen, alles einfach nachzuahmen. Was auch geschieht! Denn alle Kulturen und Individuen, die unsere Informationen nicht aufnehmen, werden unweigerlich scheitern.
(Selbst das Internet, das von vielen als die „Vereinten Nationen" für die Individuen gesehen wird, kann uns nicht aufhalten. Verleiht es in Wirklichkeit doch nur die Illusion von Teilnahme und Gemeinschaft.)
Hollywood, so führt er aus, geht über die Interpretationsmodelle aller Universitäten weit hinaus und jeder, besonders ein Ausländer, kann die Realität von Amerikas Fantasien, die eine satanische, offen sexuelle, furchteinflößende und beklemmende Welt zeigen, nicht wirklich begreifen, da er von dieser Welt ausgeschlossen ist. Es ist eine Welt des Reichtums, die er nur nach dem Maßstab seiner eigenen Armut beurteilen kann.
So ist es in den letzten Jahrzehnten unter intellektuellen Eliten modern geworden, sich über die amerikanische Kultur verächtlich zu äußern. Aber diese selbsternannten Eliten vergessen, dass sie seit langem an Bedeutung verlieren und, fast unmerklich für sie, durch kognitiv-praktische Eliten ersetzt werden. Von Leuten wie Bill Gates, Steven Spielberg, Madonna oder unsern erfolgreichsten Politikern. Von Menschen, die Vorlieben erkennen oder erzeugen und sich, falls notwendig, auch neu erfinden können.
Festzuhalten ist, dass die gegenwärtige Kultur die wirkungsmächtigste der Geschichte und zugleich die destruktivste ist. Und sie ist genau das, was die Elite verachtet – eine echte Volkskultur. Denn unsere Kultur fördert Bequemlichkeit, Komfort und Leichtigkeit und schafft dadurch Spaß für die Massen.
Für uns ein Traum, für die Eliten ein Alptraum!
Unser Vorteil besteht darin, dass religiöse und weltliche Umstürzler nie der Psyche der Menschen nahe kamen. Alle hingen sie dem Irrglauben an, dass die Arbeiter, Angestellten oder Gläubigen es nicht erwarten könnten, abends, nach

einem langen Arbeitstag, schöngeistige Literatur, abstrakte Ideologien oder die Bibel zu studieren.

Nein, John Sixpack, Fritz Kraut oder Iwan Iwanowitsch wollen lieber seichte Unterhaltung konsumieren. Sie alle sind süchtig nach extremer Gewalt, nach Sex, nach blutigen Szenarien.

Das haben wir begriffen, und wir sind geschickt darin, dies in die Tat umzusetzen. Unsere kulturelle Macht ist so stark, dass sie auch von Kulturen aufgenommen wird, die außerhalb unserer Unterwanderung stehen. Und so zahlen sie alle für das Vorrecht ihrer Desillusionierung.

Und noch ein anderes Argument der Eliten weisen wir zurück: die Vergänglichkeit der Kultur, die Wegwerf – Produkte. Aber genau darin liegt ihre Stärke. Uns geht es nicht um ideale Leistungen, wie frühere Kulturen versuchten, sie hervorzubringen, um darauf zu erstarren, sondern uns geht es um den schnelllebigen, den dynamischen Prozess, der erschafft, zerstört und wieder neu schafft, gemäß dem dialektischen Ablauf von These, Antithese und Synthese.

Denn unsere Intention zielt nicht auf langlebige Werke, sind doch auch die meisten Dinge des Lebens kurzlebig, genau wie das Leben selbst.

Noch einmal: Gerade extreme Gewalt und Sex sind unsere beliebtesten Waffen, die überall gehandelt oder gar geschmuggelt werden. So gibt es unsere Aktionsfilme überall, ob in der Hütte am oberen Amazonas oder in den Palästen in Katar, da sie noch leichter zu verstehen sind als unsere Musik. Die Filme von Schwarzenegger, Stallone oder Chuck Norris benötigen nur eine visuelle Erzählung, zu deren Verständnis kein Dialog nötig ist. Sie spielen auf der Ebene des universalen Mythos und sind mit Gewalt aufgeladen, die jedoch von der Grausamkeit und dem Blutdurst von Homers Ilias immer noch weit entfernt ist.

Uns zeigt die anhaltende Beliebtheit selbst angestaubter Serien mehr über die Menschheit als alle Bibliotheken, gefüllt mit gelehrten Analysen, und deshalb benützen wir diese Techniken, um unsere Macht, unsere Chancen und unseren Reichtum zu vergrößern. Denn wenn Religion das Opium für das Volk ist, dann ist Video ihre Steigerung.

Nein, es wird für uns keinen Frieden geben. Es wird viele gewalttätige Konflikte auf der Welt geben, aber kulturelle und wirtschaftliche Kämpfe werden letztendlich entscheidender sein, denn auf lange Sicht muss der Mensch immer wieder auf den universalen Mythos, mit allen seinen ihm innewohnenden Grausamkeiten, Schönheiten und Vergänglichkeiten, zurückgreifen.

Soweit die nüchterne und zugleich schonungslose Analyse eines unseres Mitarbeiters.

Wie verhält es sich nun mit den Mediengiganten wie Google, Facebook, Twitter und You Tube, um nur einige davon aufzuzählen?

Natürlich wurden sie alle mit einer kräftigen Anschubfinanzierung ausgestattet,

Jahre 1995 fertiggestellt und bestand aus einer Formation von 18 Antennen bzw. Übertragungstürmen in einer „3plus 6" – Anordnung (Die Anlage wurde natürlich kontinuierlich erweitert). Im Prinzip handelt es sich dabei um synchronisierte ionosphärische Heizapparate. Ein Ziel des HAARP-Projektes ist die Erzeugung von extrem niederfrequenten Wellen (ELF- Wellen). Die Transmitter, also Übertragungstürme, können ihre Strahlungskegel im Elektrojet zusammenlaufen lassen. Wenn diese synchronisierten Strahlungen im richtigen Winkel auftreffen, bewirken sie einen Fluss aus elektromagnetischer Energie, der sich seitwärts ausbreitet. Werden die Strahlen abgeschaltet, kehrt der Elektrojet zu seinem Normalstand zurück. Werden die übertragenen Wellen in einem bestimmten Rhythmus an- und ausgeschaltet, führt die Bewegungsrichtung nach außen und innen dazu, dass ein Wechselstrom erzeugt wird, der wiederum pulsierende ELF-Wellen erzeugt. Diese extrem nieder-frequenten Wellen werden zurück zur Erde reflektiert und können für die Kommunikation mit getauchten U-Booten und für Schicht-aufnahmen tiefer Bereiche der Erde („Tomografie") benutzt werden, was das Scannen (Abtasten) der internen Struktur des Planeten einschließt.

Das eben Geschilderte wirft nun unweigerlich die Frage auf: Wie schützt sich der Personenkreis, der dieses Instrumentarium benützt, also wir, selbst vor diesen Auswirkungen, da es sich ja um eine globale Waffe handelt?
Natürlich haben wir uns auch darüber Gedanken gemacht. Denn was nützt uns eine Waffe, die uns selbst mit in den Abgrund reißt! So wurde für uns ein sogenannter radionischer Code entwickelt, der dort ansetzt, wo die Morgellons ihren Schwachpunkt haben. Der Schwachpunkt: Da sie nicht natürlich sind, lässt sie eine naturnahe Schwingung zerfallen. Als flankierende Maßnahme neben der Erzeugung von Schwingungen ist eine Toxin-Ausschwemmung mit Zeolith vorgesehen. Darüber hinaus ist eine Behandlung für Läsuren der Haut mit einer entsprechenden Creme möglich. Verschiedene Versuche an Testpersonen haben ergeben, dass es damit gelingt den von uns geschaffenen Teufelskreis zu durchbrechen.
Soweit der kurze und unvollständige Überblick!

100000 bis 300000 Menschen betroffen. Daher erscheint eine nähere Analyse vernachlässigbar, obwohl mittlerweile die gesamte Biosphäre damit verseucht ist. Dies bedeutet, dass die meisten Menschen und Tiere diese Hohlfasern problemlos assimilieren und dass die Morgellonsche Krankheit erst dann auftritt, wenn der Körper versucht, die Fasern abzustoßen.
Der Tötungsbefehl kann nun in zwei verschiedenen Varianten gesendet werden. So führt z.b. blaues Licht einer definierten Frequenz zu einer Wachstumsexplosion der Hohlfasern, was einen qualvollen Tod zur Folge hat, ähnlich der Morgellonschen Krankheit. Wesentlich interessanter gestaltet sich jedoch die zweite Tötungsart. Neben den erwähnten Nanopartikeln existiert noch eine zweite Klasse: Nanosprengstoff! Dieser akkumuliert sich in den Lungen oder bestimmten ausgewählten Organen (z.b. der Leber) und kann durch ein Funksignal gezündet werden.
Diese fast unglaublich anmutende Tötungsart ist bereits 2011 in groß angelegten Tierversuchen getestet worden. In diesem Jahr, zu Beginn der Testreihen, standen unzählige Biologen vor einem Rätsel: Ganze Tierpopulationen starben synchron. Vogelschwärme fielen scheinbar grundlos vom Himmel. Bei Fischen, Seehunden, Walen, Fledermauskolonien setzte ein Massensterben ein. Gemeinsam war ihnen eins: Alle wiesen die gleichen Symptome auf – Schäden an den Lungen und auch an anderen inneren Organen, augenscheinlich verursacht durch eine Explosion.
Was beweist: Die explosive Komponente des „smart dust" ist längst Realität.
Zurück zu den Morgellons (Nanobots), und den besagten Chemtrails.
Die Nanobots wären natürlich nutzlos, wenn nicht ein Plasma-hintergrund vorhanden wäre, um sie dreidimensional orten zu können. Dieses Plasma, das auch bei der militärischen Luftraumüberwachung verwendet wird (als Mittel zur räumlichen Radarerfassung, Radar-reichweitenverlängerung und als thermisches Medium zur Raketen-abwehr), besteht aus Barium, Strontium, Titan und Aluminium, von „besorgten" Umweltschützern als die berüchtigten Chemtrails identifiziert, und wird als Nanopartikel durch Sprühanalyse direkt in den Flugzeugtriebwerken erzeugt. In Wirklichkeit handelt es sich bei dem Plasma, das sich als Barium, Strontium, Titan und Aluminium niederschlägt, um einen Cocktail aus barium- und strontiumhaltigen Titanaten und Al2O3- in einer Größenordnung von 2-35 Nanometern.
Betrachtet man die Nanopartikel in der militärischen Anwendung, so bilden sie ein durch Mikrowellen aktivierbares Plasma. Sie verwandeln den Himmel in ein optisches Hohlspiegel- und Linsenkabinett, mit dem sich die Energien der HAARP-Sendeanlagen (High-Frequency Aktive Auroral Research Program) auf jeden beliebigen Punkt der Erde konzentrieren lassen.
Noch ein kurzer Blick auf das HAARP-System, das hier jedoch nicht erschöpfend behandelt werden kann. Die erste Stufe des HAARP- Projektes wurde im

mus vorhanden. Wissenschaftshistorisch betrachtet sind diese Hohlfaser-Laser und hexagonalen Kristalle (smart dust) eine Weiterentwicklung der bekannten Quantum Dots, die bereits 1982 bei Bell Labs in den USA entwickelt wurden. Quantum Dots sind komplexe Verbindungen aus Schwermetallen und organischen Verbindungen, die durch Funk aktiviert fluoreszieren.

Durch einen flächendeckenden Freilandversuch, die Morgellons werden mit Hilfe von Flugzeugen ausgestreut (Chemtrails), wird es uns möglich sein, die gesamte Menschheit endgültig unter Kontrolle zu bringen. Und zwar durch lückenlose Überwachung mit Satelliten, kollektive Bewusstseinskontrolle und die Möglichkeit, jedes Individuum durch Knopfdruck exekutieren zu können.

Diese Überwachung ist möglich durch die unverwechselbare individuelle Lichtsignatur der DNS, die über die Nanobots als Funksignal georted, gelesen und der einzelnen Person zugeordnet werden kann.

Dies ist eine Möglichkeit: von der DNS hin zur technischen Seite.

Noch interessanter ist jedoch die andere Möglichkeit: der Zugriff auf den Biophotonenhaushalt! Dieser wird oft auch Lichtkörper genannt (Die bereits erwähnten Farbqualitäten). Seine Kontrolle wird es uns erlauben, dem Körper auf jeder Ebene Licht in genau festgelegter Farbe zu entziehen oder zuzuführen. Dies gilt auch für die Gesamtmenge des in der DNS gespeicherten Lichts. Deutlich wird, dass diese Technologie eine Bewusstseinkontrolle entscheidend erweitern würde. Denn damit werden nicht nur Gedanken, die Alpha-, Beta- und Gamma-Zustände des Gehirns oder einsuggerierte Sprachbotschaften erfasst, nein, auch die Zustände im infraroten, roten, gelben und blauen Bereich. So wird im oberen Spektrumsbereich (infrarot und rot) die Sexualität und die Gewaltbereitschaft, im mittleren Bereich (gelb) Intuition und Emotion, während im unteren Bereich (blau) das Mentale aktiviert wird.

Konkret: Die Gesamtmenge des in der DNS gespeicherten Lichts ist betroffen. Von den Esoterikern, die uns trotz ihrer oft verquasten Sicht auf die Dinge dennoch manch brauchbaren Forschungsansatz geliefert haben, wird die Höhe des Skalarpotentials des Lichts auch als Schwingungshöhe, die für die Selbstorganisation des Körpers unabdingbar ist, bezeichnet.

Zum Terminatorsignal!

Zum besseren Verständnis dafür wie z.B. ein Tötungssignal ausgeführt wird, erscheint uns noch ein Blick auf die sogenannte Morgellonsche Krankheit notwendig, da die Todessymptome ähnlich oder gar identisch sind. Bei der Morgellonschen Krankheit, von den von uns instruierten Behörden schlicht als ein psychosomatisches Syndrom abgeschmettert, wachsen den Betroffenen bunte Fäden aus der Haut, wenig später durchs Gehirn, was unweigerlich zum qualvollen Tod führt. Von diesen Fäden, die bereits als Hohlfasern beschrieben wurden, und die von den allermeisten Ärzten meist nur als harmlose Fäden erkannt werden, da ihnen der sinnvolle Kausalitäts- zusammenhang fehlt, sind weltweit nur etwa

Dossier:

Neue Waffentechnologien zur Erringung der Weltherrschaft
Beispiel: Morgellons

Eine interessante Variante der Waffentechnik, die angestrebte Fusion von Mensch und Maschine, in den letzten Jahrzehnten von unseren Forschern entwickelt, ist endlich anwendungsreif geworden. Getragen wird sie von der transhumanistischen Agenda. Allerdings soll sie in der genau umgekehrten Richtung der Agenda funktionieren: nämlich nicht den Zugriff auf künstliche Intelligenz erleichtern, sondern den direkten Zugriff auf die Gehirne und auch die Körper der Menschen möglich machen.
Wie genau läuft das ab und was sind Morgellons?
Morgellons sind halb-biologische, selbstreplizierende Nano- Maschinen, Nanobots, die die technische Schnittstelle, die für eine Fusion benötigt wird, herstellen sollen. Eine Art Wandler, der in beide Richtungen funktioniert. Diese bunten Hohlfasern (Hohlfasern, fluoreszierende Nano-Farbstoffe, Nanodrähte und Goldpartikel gelten als geeignet für eine bestimmte Form der Informationsmedizin) und hexagonalen Kristalle fungieren im Körper von Menschen und Tieren als Baustein von „self-assembling nano-machines" (sich selbst montierende Nanomaschinen). Sie saugen durch ihre Kapilarität Farbstoffe und andere Nanopartikel in sich hinein und montieren sich so zu kleinen Laser-Einheiten. Diese Laser, die in ihrer Wirkungsweise zugleich Plasma-Antennen darstellen, dienen als Schnittstelle zwischen Funksignal und der Zellkommunikation: Sie verwandeln im Körper Funksignale in Lichtsignale, die aus einzelnen Photonen bestehen und von der DNS als Biophotonen gelesen werden können. In der anderen Richtung lesen dieser Laser die individuellen Biophotonensignale aus und verwandeln sie in ein lesbares Funksignal.
Wichtig in diesem Zusammenhang ist auch, dass die Zellkommunikation das gesamte Spektrum des sichtbaren Lichts abdeckt und bestimmte Farbqualitäten, ähnlich der vedischen Chakrenlehre, mit emotionalen und mentalen Qualitäten assoziiert werden (Was später noch deutlich gezeigt werden wird).
Hier tritt eine zweite Klasse von Nanomaschinen auf den Plan (Large Area Self-Assembled Plasmonic-Photonic Crystals). Diese bestehen aus Lagen plasmabildender Partikel und hexagonalen Kristallen. Sie haben die Fähigkeit, die Frequenz der Lichtsignale zu modulieren und in eine bestimmte Richtung weiterzuleiten. Im Verbund mit den Hohlfasern können sie die gesamte Zellkommunikation abdecken und gerichtet weitergeben.
Die Hohlfasern und die Kristalle sind dabei vergleichbar mit Pflanzen und Samen. Die Kristalle stellen Hohlfasern her, und die Hohlfasern Kristalle, vorausgesetzt die dafür notwenigen Bestandteile für die Selbst-Montage sind in einem Organis-

Generalplan XXXVI

Der Staat setzt heute viel zu wenig Geld in Umlauf, so dass er seine Aufgaben längst nicht in vollem Umfang erfüllen kann. Die Ausgabe neuen Geldes muss mit dem Wachstum der Bevölkerung Schritt halten, wobei auch die Kinder mitzuzählen sind, da sie vom Tag ihrer Geburt ab einen erheblichen Geldverkehr verursachen. Die Neu-regelung des Geldumlaufs ist eine wichtige Frage für die ganze Welt.

Bekannt ist, dass die Goldwährung ein Verderb für alle Staaten war, die sie angenommen haben. Sie konnte den großen Geldbedarf der Völker umso weniger befriedigen, als wir das Gold nach Möglichkeit aus dem Verkehr gezogen und die Banknoten-Ausgabe in Abhängigkeit vom Goldvorrat gesetzt haben.

In „unserem" Staat muss eine Währung eingeführt werden, die sich auf den Kosten der Lebenshaltung aufbaut. Es bleibt sich dann völlig gleich, welcher Art Umlaufmittel wir in den Verkehr bringen. Sie können aus Papier, aus Holz oder Metall sein. Die Hauptsache ist, dass wir den Geldumlauf mit der Bevölkerungszahl in Einklang bringen.

Modewort – die Medien stärker konzentriert sind denn je. Die Kontrolle liegt natürlich in unseren Händen.

wovon die Öffentlichkeit wohlweislich nichts erfuhr, sondern es wurde immer wieder beredt auf den einzigartigen amerikanischen Pioniergeist verwiesen. In Wirklichkeit gestaltet es sich in den allermeisten Fällen so, dass unsere Abteilung für Forschung und Entwicklung stets nach neuen vielversprechenden Ideen und den dahinter stehenden Köpfen Ausschau hält. Zwar kommt die Zusammenarbeit mit uns oft nur durch "sanften" Druck zustande, bei dem meist an den Patriotismus erinnert wird, der jedem aufrechten Amerikaner zueigen sein sollte, was letztendlich immer ein Einlenken unserer zukünftigen Partner zur Folge hat.
Schließlich kommt eine Zusammenarbeit beiden zugute. So verschaffen wir z.B. Google auch Zugang zur National Security Agency (NSA) mit ihren umfangreichen Speicherplätzen, und im Gegenzug stellt uns Google die Software, Hardware und den technischen Support zur Verfügung. Dinge, die zum Aufbau einer geschlossenen Quellendatenbank unerlässlich sind.
So konnte es auch geschehen, was nicht in unserem Sinne war, dass sich führende Mitarbeiter von Google damit brüsteten, bei der ägyptischen Facebook-Revolution eine maßgebliche Rolle gespielt zu haben, und der Aufbau und die Organisation am Tahrir-Platz und anderswo über Facebook und Twitter auf sie zurückzuführen seien.

Medienkartelle:
Im Zeitalter der Globalisierung haben wir auch mitgeholfen, dass die großen Medien unter Umgehung von Antimonopolgesetzen sich neu zu einer Handvoll großer Konzerne organisiert haben.
Die größte US- Mediengruppe ist AOL-Time Warner mit CNN, dem Bezahlfernsehnetz HBO, der Zeitschriftengruppe Time, der Sports Illustrated sowie Warner Bros. Daneben ist AOL der größte private Internetanbieter in den USA.
Der zweitgrößte US-Medien-Riese ist die Walt Disney Co. Dazu gehören TV und Buena vista TV.
Das dritte Mitglied im US-Medienkartell ist Viacom Inc. Mit den Sportkabelsendern ESPN, Women's Wear Daily, Viacom Inc.
Der aus Australien stammende Medienmogul Rupert Murdoch ist der Eigentümer der viertgrößten US-Mediengruppe News Corporation. Dazu gehören Fox TV, die New York Post und verschiedene Zeitungen.
Das fünfte Medienkonglomerat ist die Newhouse Group des Milliardärs Si Newhouse. Ihm gehören 12 Fernsehstationen und 87 Kabelfernsehsender und verschiedene auflagenstarke Zeitschriften.

Diese kleine Übersicht bildet selbstverständlich nur einen winzigen Teil unserer gigantischen Medienmacht ab.
Festzustellen ist, dass trotz der vielbeschworenen Transparenz – ein hübsches